リサ・マリー・ライス他／著
上中 京／訳

クリスマス・エンジェル
Christmas Angel

扶桑社ロマンス
1235

目次

クリスマス・エンジェル

リサ・マリー・ライス

登場人物

ニコール・キャロン――――――アメリカ人の女性外交官

アレッサンドロ・デラ・トーレ――イタリアの大使館職員

ステファノ・ボルピ伯爵―――――在アンマンのイタリア大使

イタリア、ナポリ
二〇〇三年のクリスマス・イブ

Vide 'o mare quant 'e bello,
Spira Tanta sentimento......
こんなに美しい海を目の前にすると、
感傷に誘われ、胸にこみ上げるものがある……

ナポリ民謡『帰れソレントへ』

ヴェスヴィオ山の向こうに満月が輝き、ナポリ湾の海原が銀色にきらめく。沖に浮かぶクルーズ船が、舳先《へさき》から船尾までまばゆい光に包まれて静かに湾を横切る。ゆっくりとした動きがクリスマスツリーの飾りのように見える。鏡のような水面に月が映り、真珠色の光がどこまでも続く。

これまでニコール・キャロンは、世界じゅうありとあらゆるところを訪れ、さまざまな美しい光景を目にしてきた。しかし、これほどの美しさは初めてだった。

ここはナポリにあるフランス領事館。この建物は十七世紀に建てられたパラッツォ・ロレダン風のゴシック様式で、テラスがナポリ湾に面しているため、堂々たるヴェスヴィオ山の姿とナポリのきらめく街並みが見渡せる。さらには遠くにカプリ島を望み、水平線からダイヤモンドのネックレスが突き出したように見える。

息をのむ美しさ。アレッサンドロが、一年前アンマンで語っていたとおりだ。

そのときニコールはベッドに横たわり、彼の分厚い胸に頭を預けていた。彼が故郷を語る豊かな声がその胸に響いた。

実際のところ、彼の話の詳細にまで注意を払っていたわけではない。人生初めてともいうべき強烈な絶頂感を立て続けに体験したばかりで、笑顔で呼吸する以上のことは、とてもできなかったのだ。それでも、彼の豊かな声の響きがニコールを穏やかな眠りに誘い、彼女は彼の言葉に耳を澄ました。

ある程度は。

そして、この港町の輝く美しさと、生命力に満ちたきらめきの片鱗《へんりん》が、少しだけ記憶に残った。

そのときのニコールは、ナポリの町のことなど何も、いやどんなことも考えていなかった。今思えばあれは〝アレッサンドロ期〟と名づけてもいい期間だった。二〇〇二年の十二月十七日から、二〇〇二年の十二月二十四日までのあいだ、彼女の歴史に刻まれた時期。

世界史で学ぶ出来ごとと同様、その時期は長くは続かなかった。たったの一週間。その七日間で、ニコールの人生は大きく変わった。激しく恋に落ち、惨めに棄てられたのだ。

この七日間を表わすのにぴったりな映画さえ、イタリアにはある。『誘惑されて棄てられて』だ。

ピエトロ・ジェルミ監督、一九六四年作品だ。ブラウン大学の二年生だったとき、学校の映画祭でニコールは実際に作品を観た。リベラルな知識人スーザン・ソンタグに憧《あこが》れ、彼女を真似《まね》て黒髪の前部分に白いメッシュを入れていた。あの頃の彼女は生意気盛りで、世間のことなどみんなわかっていると思っていた。ロマンティックな愛なんて現代社会には存在しない、そんなものは抑圧された女のくだらない妄想だと考えていた。現代の自由な女性には、愛など必要ない、会話をしてセックスするだけだと。その年には同じように知性にあふれたハワード・モーガンという男性と付き合った。二人で何時間も語り明かし、一緒に映画を観に行き、ひどくぎこちないセックスをした。

最近耳にしたところでは、ハワードはテキサスにある美術館で学芸員をしていて、四度目の結婚をしたという話だった。

学術分野に進むつもりだったニコールは、ふと思いついて、外交官試験を受けた。これには自分でも驚いた。そして大学院を出てすぐ、ハイチのアメリカ大使館で外交官としてのキャリアをスタートさせた。その後、ペルー、ヨルダンと海外勤務が続いたが、すべて大使館付きの役職で、政情不安な国を歴任したため、給与以外にも手当がたっぷり付き、また目ざましい速さで昇進していった。

ただし、こういった国々は、独身女性としてはあらゆる行動に注意を怠ってはいけない場所でもある。外交の世界においては、独身女性の奔放な性生活というのは暗黙のうちに禁じられている。

肉体関係は、必ず安全保障上のリスクをともなう。現地の人々には手を出してはいけない。そのため独身の女性外交官は、あらゆる国の男性外交官に狙《ねら》われることになる。きわめて狭い外交の世界で女性外交官とセックスできるのは、戦利品を獲《と》るようなものだ。独身の女性外交官は、ひどい扱いを受けたと周囲に知られればキャリアを棒に振ることになるため、何をされても口外しない。おまけに、せいぜい二年の任期が終わればその女性も別の赴任先に行くので顔を合わすこともない。その結果、各国の大使館員、下種《げす》な既婚男性たちの餌食《えじき》にされがちだ。

セックスはトラブルのもと、そこまでの危険を冒す価値はない。

ニコールはそんなトラブルに煩《わずら》わされることなく、外交の世界をうまく渡り歩いてきた。誘惑に負けず、キャリアに集中できていることにひそかな満足を覚え、あと二十年もすれば大使に任命されるようになるだろうと考えた。人の噂《うわさ》にならないように生活を厳しく律してきた。

アンマンまでは。

アレッサンドロまでは。

彼につかまったのは、クリスマスの頃、アンマンのイタリア大使館の主催するパーティの席だった。イタリア大使館は、どこの国であろうがおしゃれな催しを開くすべを心得ている。たとえどれほどの貧困にあえぐ国であろうと、埃《ほこり》っぽくて何の魅力もない町であろうと。他の大使館にはできない技だ。

イタリア大使館の敷地に入るまでに、イブニングドレスと素足にヒールの高いサンダルという装いで、警備員に三回止められたが、一歩足を踏み入れるとそこはヴェルサーチが作り上げた夢の世界だった。装飾も、集まる人たちの装いも、食べ物も、すべてが完璧《かんぺき》にデザインされていた。その夜のニコールは、十二時間ぶっ続けの外交交渉をやっと終えたばかりだった。ヨルダンとは繊維製品の輸出割当について、シリアとは人権侵害について、厳しい言葉のやり取りに終始する一日だった。少しばかり気晴らしをしてもいいのではという気分だった。

いつもどおり、ニコールはひとりでやって来た。もちろん、外交の世界で魅力的な独身女性をエスコートしてくれる男性に不足することはないし、おまけにここはイスラム圏なので、なおさらだ。それでもやはりひとりで来ることを選んだ彼女は、大使館の車で大使館付きのマイクというアフリカ系アメリカ人の運転手に送ってもらった。人好きのする感じのいいマイクとは親しかったが、彼はおそらくヨルダン駐在のＣＩＡ職員だろうとニコールは踏んでいた。

いつもどおり、イタリア大使館の食べ物はおいしく、ワインはなおすばらしかったが、会話のほうは湿りがちだった。そろそろマイクを呼んで家に帰ろうかと思ったとき、太く豊かな声が背後に聞こえた。「あなたは、僕の家のクリスマスツリーの天使とそっくりだ」

驚いて振り返ったニコールの心臓が止まりそうになった。

ゴージャスな男性がそこにいた。頭のてっぺんからつま先まで、呼吸を忘れさせるほどの人。背が高く肩幅が広く、黒髪に黒い瞳《ひとみ》。オリーブ色の肌、ほんの少しだけ鼻先が上を向いている以外は完璧に整った顔。しかし、その鼻のおかげできれいな少年という顔立ちにならずに済んでいる。

「私は天使じゃないわ」ニコールはそう返事した。

「それを聞いて安心した」ほほえむ彼の頬《ほお》の真ん中が深くへこむ。えくぼだ。男性の英語は完璧だったが、わずかな訛《なま》りがあり、それがひどくセクシーだった。「天使でないのなら、期待は持てるわけだ」

それからのことをニコールはまるで覚えていなかった。男性の魅力にすっかり足をすくわれ、ふと気づくとパーティ客はみんないなくなっていた。二人で五時間話し続けていた。

結局、運転手のマイクを呼ぶことはなかった。アレッサンドロが家まで送ってくれたのだ。アメリカ大使館が借りてくれている豪華なコンドミニアムに着くと、彼は激しく奪うようにニコールにキスしながら最上階のペントハウスに入り、服を脱がした。それから夜が明けるまで、二人は愛を交わした。その間ほとんどアレッサンドロはニコールの体の中に入ったままだった。

翌日、睡眠不足と体に残る官能的な感覚の霧の中で、ニコールは仕事中もぼんやりしていた。集中しなければ、と思った瞬間、きわめてエロティックな場面を思い出して何も手につかなくなる。頭にそういった場面がよみがえるきっかけは、ブラウスが胸の頂を刺激する程度のことだった。すると突然、アレッサンドロの口がその部分を覆っている感覚を体が思い出すのだ。強く吸い上げられ、彼の舌がその上を動くところ。その夜、絶頂感は何度も味わったが、そのうちの一度は胸からの快感だけによるものだった。ニコールはぎゅっと腿《もも》を閉じたが、するとアレッサンドロの口がその奥を探った場面まで頭に浮かんでしまった。そのあと……彼のものがそこに。どう動けばいいかを心得た、飽くことを知らない、彼のもの。

彼のものは非常に大きくて、最初はニコールも窮屈で少し痛みを感じた。アレッサンドロは肘《ひじ》をついて体を起こすと、ショックをあらわにしてニコールを見下ろした。黒髪が緩やかにウェーブを描いて彼の額にかかっていた。「ニコール、いとしい人《カリッシマ》、まさか君は……?」

ニコールは笑顔でかぶりを振った。もちろんそんなはずはない。十七歳の誕生日に処女を棄てたのだから。

しかしアレッサンドロはまだ動こうとしなかった。深く体の奥へ入った彼のものをニコールは燃えるように熱く感じた。彼は濃い眉《まゆ》を寄せ、心配そうな表情を見せている。「愛を交わすのは、ずいぶん久しぶりなんだね? いつからだ?」

そう質問されて、ニコールははっとした。長い時間をかけて彼が前戯をしてくれ、その官能に酔いしれてはいたものの、彼女はまだ彼を迎え入れる感覚に慣れようとしているところだった。体の奥の筋肉が彼の大きさになじもうとして、快感がじわじわと広がっていく最中だった。彼の言葉の意味を理解するのが難しかった。

「宝物《テソーロ》だ」アレッサンドロはそうつぶやくと、体をもっと近づけた。「君の体が男性を受け入れるのはいつ以来のことなんだ？」彼の暗い瞳が磁石のようにニコールを引きつけ、彼女は顔をそらすこともできなかった。しかし、これほどすばらしい顔を間近に見ながら、他の男性のことなど思い出すのは困難だ。

「えっと……」最後にセックスしたのは誰だったのだろう？　もちろんアンマンでは誰とも経験がないし、ペルーのリマでも、ハイチのポルトープランスでもなかった。ということは、外交官試験を受けているあいだのことだ。そう、あの証券取引委員会付きの弁護士だ。人にお世辞ばかり言う痩《や》せっぽちで毛のない男、トム・ウルフの真似をしたような安物の白いスーツをいつも着ていた、あの男だ。マシュマロみたいにふにゃふにゃのものを持っていて、名前までは思い出せない。

　両手を回しても届かないアレッサンドロの分厚い胸板に抱かれているのに、そんな男の名前を思い出せるはずがない。黒い胸毛が、胸の頂をやわらかくくすぐるのに、彼にキスされたせいで、その部分が湿っていて、どうしようもないほど興奮しているのに。

「六年」

　アレッサンドロが腰を丸く動かし、ニコールは自分の体が彼を迎えようと開いていくのを感じた。

「六年前よ」あえぎながら答える。「もう少し前だったかも」

「まいったな《ディオ》」アレッサンドロは一瞬目を閉じた。痛みをこらえているようにも見えたが、次の瞬間強く腰を突き出した。

ニコールは激しいクライマックスを迎え、涙が頬を伝い落ちた。

こんなセックスは初めてだった。こんなセックスが存在するとも思っていなかった。涙を見て慌てるアレッサンドロを、これはうれし涙なのだとなだめると、彼のやさしさに気恥ずかしさも消えた。そのあと夜のあいだずっと、彼に心も体も愛された。

夢うつつの中でどうにか仕事をこなし、ニコールは五時になるのを待った。アレッサンドロがその時間に迎えに来ると約束してくれたのだ。

約束どおり彼はやって来た。警備兵のいる門のところで、ニコールを待っていた。背が高く、全身が隆々とした筋肉で覆われているのにエレガントで、記憶よりもさらに魅力的だった。

アレッサンドロ・デラ・トーレ。その日ずっと、ニコールは彼について、あれこれ考えてみた。魂を揺さぶられるようなセックスのあいまに彼が口にした情報の断片をつなぎ合わせたのだ。

アレッサンドロは三十五歳、ニコールより四つ年上で、ナポリの出身。結婚歴はないが、家族同士が知り合いの娘と結婚寸前のところまでいった。別れるときは、互いにほっとした。

英語とフランス語に堪能《たんのう》で、アラビア語とロシア語とドイツ語はかじったことはあるが、完璧に忘れてしまったんだ、と照れ笑いを浮かべて教えてくれた。彼にドイツ語を教えたのは想像を絶するほど醜いフッパー先生という女性で、彼女の真似をするアレッサンドロを見て、ニコールは大笑いした。

弁護士資格を持っているが、実際に弁護士の仕事をしたことはなく、大学院を出るとすぐにイタリア政府の外務省で仕事を始めた。二十五歳というのは、ニコールがキャリアをスタートさせたのと同じだ。彼の外交官としての地位はニコールよりも上で、通商交渉における代理大使だった。自国の食べ物とワインについての売り込みは非常に熱心だったが、読書ならフランス文学のほうがいいと認め、アメリカ映画が好きだった。イタリアのサッカーとアメリカン・フットボール、イギリスのテニスが好き。

その当時は、恋に落ちるには、それだけわかればじゅうぶんだと思った。あとになって冷静に考えれば、彼のことは何も知らなかったのだなと思う。彼は自分のことについて、ほとんどニコールには語らなかった。履歴書に書いてあるような一般的なことを教えられただけで、彼女もそれ以上深く調べてみようとは思わなかった。彼こそが自分の運命の人、愛情を注ぐべき男性で、今後一生かけてゆっくり互いのことを知り合えばいいのだ、となぜか思い込んでしまった。

しかし当然ながら、なぜそれ以上のことを聞かなかったのかには、別の理由があった。二人は一緒の時間のほとんどをベッドで過ごしたからだ。彼とのセックスは本当にすばらしく、おしゃべりすることすら考えつかなかった。

彼とはただのセックス・フレンドだったのだと、その後ニコールは自分に言い聞かせた。あれは体だけの関係だったと思うことで、最初の辛い時期をどうにかやり過ごせた。やがて心の痛みがいくらか薄れ、夜通し泣き明かすこともなくなった。目覚めると頬に涙のあとが残っているだけだ。そうなると、やっと食事も喉《のど》を通るようになった。

その後数ヶ月、心の痛みを忘れようとしながら、あれは単なる体の欲求だったと考えて過ごしたが、その説明にはどこかしっくり来ないものがあった。心のどこかに鋭いトゲが突き刺さったままだった。記憶の中のアレッサンドロを体だけの関係だと言いきるには無理がある。全身を余すところなく愛してくれたアレッサンドロ。そして別れのひと言もないまま、いなくなったアレッサンドロ。

最初のめくるめく一夜のあと、仕事に束縛されない時間のすべてをニコールは彼と一緒に過ごした。その時間のほとんどはベッドにいたが、セックスはベッドの上だけとは限らなかった。キッチンのテーブル、広々としたテラスに出て、浴槽で、リビングの大きなペルシャ絨毯《じゅうたん》の上で、などなど。

あの頃はセックス依存症になっていたようなものだ。それまで何年も、男性とのかかわりをいっさい断っていたから、無意識にその反動が来たのかもしれないとニコールは思った。

彼女はセックスの渦に巻き込まれ、はっと気づくとすっかり彼に恋するようになっていた。

アレッサンドロから、十二月二十四日のクリスマス・イブは出張だと言われた。もともとイスラム圏ではクリスマスは祝日ではない。夕方には戻る、彼はそう言った。すっかり荷造りしてくるよ、と彼は付け加えた。二人は一緒に住み始めることにしたのだった。

クリスマス・イブの日、ニコールはどきどきしながら豪華な食事を用意し、キャンドルをともした。買ったばかりのシルクのネグリジェの下には、何も身に着けなかった。アレッサンドロのいるところでは下着など無用だ。これまでにも彼は、ニコールの中に入ろうと急ぐあまり、ラ・ペルラの高級下着を何枚か引き裂いている。

午後七時半までには、彼が来るはずだった。夕方が近づくと、ニコールはうれしくて頭がおかしくなりそうだった。すごい勢いで料理をして、食べ物の臭《にお》いがついたかもしれないと香水を体にスプレーし、クッションの位置をああでもないこうでもないと動かし、また風呂に入り、風呂に入っても彼が戻ってきた足音が聞こえるようにとドアを開けたままにしておいた。もうすぐ彼が帰ってくる……。

九時頃になると、ニコールの興奮も醒《さ》めてきた。彼、仕事が片づかないんだわ、それだけのこと、と自分に言い聞かせた。ただ、それならどうして遅くなると電話してこないのだろうと思った。

料理はぬるくなり、冷たくなり、やがて脂肪分が固まっていった。

キャンドルがどんどん小さくなり、やがて燃えつきた。

真夜中になると、ニコールは心配になり、二時頃には恐怖に震え上がった。ここは中東、思いもかけない不運に見舞われることがある。自爆テロに遭遇したり、テロリストの攻撃に巻き込まれたり、爆弾を積んだ車に突っ込まれることもある。ニコールはCNNにチャンネルを合わせた。特にニュースはない。インターネットで調べてみても、いつも以上に危険なことは起きていなかった。アレッサンドロに電話しようと思い立ったとき、彼の家の電話番号を知らないことに気づいて、ニコールは慄然《りつぜん》とした。彼がどこに住んでいるかも知らないのだ。

彼の携帯電話はつながらなかった。

夜が明け、つまりクリスマスの朝、ニコールは絶望的な気分と怒りを交互に感じ、激しく揺れ動く感情の波に押しつぶされそうだった。イタリア大使館は業務を行なっておらず、電話をかけても応対するのは下級の事務員だけで、何の役にも立たなかった。さらに事務員はアレッサンドロという名前の人物さえ知らなかった。

　クリスマスとその翌日、ニコールはネグリジェのままで過ごし、むさぼるようにテレビのニュースを見ては、インターネットで何か事件が起きていないか調べた。やがて二十七日になり、仕事に戻らねばならなかったが、そのとき彼女は神経がぴりぴりして、今にも切れてしまいそうで、これから戦場に赴くような気分だった。

　その後数日、イタリア大使館に何十回となく電話をかけた。イタリア大使館の職員が全員英語に堪能なのはわかっていたが、なぜか誰と話してもまともに意思の疎通がとれていないような気がした。

　やがてイタリア大使、ステファノ・ボルピ伯爵自らが、ニコールの自宅に直接電話してきた。穏やかで貴族的な話し方をしながらも、ボルピ伯爵はきっぱりと、アレッサンドロ・デラ・トーレなる人物は当地のイタリア大使館の職員ではないと告げた。いえ、万一そういう人物がいたとしても、もう深追いしないほうがいいのですよ、とも言われた。

　イタリア大使からの電話は金曜の夜だった。その後二十四時間、ニコールはコードレスホンを握りしめたまま、ソファで丸くなっていた。ショックで体を動かすこともできなかった。伯爵の穏やかな声が耳に残る。彼の言いたいことがはっきりとニコールの頭にも伝わってきた。

アレッサンドロにこれ以上かかわるな。

何をどう間違ってしまったのか、ニコールにはまるでわからなかった。アレッサンドロはやっと出会えた運命の人ではなかったのだ。彼はただすばらしい、本当にすごい、信じられないほどのセックスをしてくれるだけの男性でしかなかった。二人は短期間情事を楽しんだ。彼のほうは、そんな情事を過去のものとして片づけた。

哀れなニコールは、あの体験を過去のことにはできなかった。

悲しみに打ちひしがれ、彼女はいつまでも痛みを引きずった。

ニコールは夢遊病者のように、ただ仕事をこなしていった。年が明けると、大きなスキャンダルが表ざたになり、春までその事件が外交の世界に影を落とした。下級の外交官たちが密輸組織を作り、それでなくても武器が多く出回るこの地域に、外交官特権で大量の違法兵器を持ち込んで金儲《もう》けをしていた。囮《おとり》捜査の結果、それが明るみに出たのだ。アメリカ大使館からも二名逮捕者を出し、その他の各国大使館もあわせて十数名が密輸組織にかかわっていた。大使館に残った職員は、足りなくなった人手を埋めようと、一日十二時間働くことになった。

この間ニコールは、日中できる限りのことをして働き、夕方にはまた眠れぬ夜がやって来ると思いながら、寒々とした誰もいない自宅に戻った。

ニコールはどんどん痩せていった。彼女が通りかかると、大使館の同僚がぴたりと話をやめる場面に何度も出くわした。社交生活を保つというのは、外交官の職務のひとつではあったが、職責上当然受けるべきコンサートやパーティへの招待もことごとく断った。どうしてもそんな場所に出向くことはできなかった。ニコールから明るさが消え、カクテルを片手に談笑する能力が失われた。

夏になると彼女は、誰かと体の関係を持つ必要があると思い立った。アレッサンドロを失って悲しんでいるのではなく、肉体的な歓びを味わえないのがさびしいだけだという結論に達したからだ。彼に出会うまで、自分が本来官能的であることに気づかずにいたが、彼によって眠っていた本性が呼び覚まされたに違いない。だからその欲求が満たされなくて元気が出ない。つまり愛する人ではなく、セックス相手、体を重ねる相手を必要としている。それがニコールの論理だった。

候補者に不足はなかったが、ニコールは慎重に相手を選んだ。外交官仲間からは選べない。狭い世界では大きな噂になる。さらに、アンマン在住でないこと。将来を約束するつもりはないから。

しばらくして、条件にぴったりの相手が見つかった。身体的な特徴からしてアレッサンドロとは正反対の男性だった。中背で痩せ型、ブロンドの髪に青い瞳、細面《ほそおもて》で白い肌のデイビッド・アンダーソンは、アメリカ中西部出身、大きな農機具メーカーの重役で、何よりすばらしいのは、ヨルダンには商談で来ているだけというところだった。つかの間の情事を楽しめる相手。この男性とセックスしてアレッサンドロのことを心身ともに忘れようとニコールは思った。

　デイビッドが言い寄ってくるのを許したニコールは、何度か彼と夕食をともにした。高価なレストランで、鼻にかかった中西部訛りの彼の話を聞いた。健全でまじめな男性で、ニコールの気を引こうとする話自体もそこそこ楽しかった。やがて七月のとある夜、家まで送ってくれたデイビッドに、うちに上がって一杯お酒でもいかが、と誘うと、彼の瞳が輝いた。

　デイビッドは時間をかけて丁寧な前戯をしてくれたが、そのことにニコールは腹立たしい気分を味わった。彼女が求めていたのは、何も考えないで済む荒々しいセックスで、その激しさで何もかも、とりわけアレッサンドロのことを忘れたかったのだ。

　デイビッドは、これはただのセックスではなく、愛を確かめ合う機会だと思い込んでいるようだった。彼は非常にキスがうまかったが、ニコールはキスなど求めていなかった。とうとう顔をそむけてキスを避けると、デイビッドはやさしい愛撫《あいぶ》で彼女の興奮をあおろうとした。しかしそんなものも彼女には不要だった。ニコールはただ彼との性交渉が欲しかっただけなのだ。暗闇《くらやみ》で、激しく奪ってもらいたかった。前戯などくそくらえ、だ。

　そのうちデイビッドの体が覆いかぶさり、膝《ひざ》で脚を開くように求められると、ニコールはほっとした。

これを求めていた。男性の体重を感じ、男性器が自分の中に入ろうとする感覚。激しく荒っぽいセックス。

ところがデイビッドの肩につかまったとき、無意識に分厚い筋肉を期待していたニコールは裏切られた気分になった。乳房に触れるのはすべすべした胸板。そして彼のものを自分の中へ導こうと手を伸ばすと、りっぱに勃起《ぼっき》してはいても小さくて細いペニスがあった。

これはアレッサンドロではない。

暗闇の中でも、これがアレッサンドロでないことは、はっきりわかる。ニコールの全身が強ばった。体が意思を持ったかのように相手を拒絶し、開こうとしない。デイビッドはニコールの中に入ることができなかった。

驚いたデイビッドが、肘をついて体を浮かせると、ニコールはがばっと彼の体を押しのけ、バスルームに駆け込んだ。ドアに鍵《かぎ》をかけ、壁にもたれたままずるずるとフロアにしゃがむ。そして暗闇の中で膝に額を載せ、ぶるぶると震えた。震えを抑えようと、脚をしっかり抱え込んだのだが、どうすることもできない。とうとうあきらめると、苦い涙があふれてきて、ニコールはなすすべもなく泣きじゃくった。

それからしばらく、ニコールは静かに暗闇で涙を流し、失った愛を悲しんだ。女性であることのすばらしさをなくしたことを悼み、抜け殻になってしまった自分を憐《あわ》れんだ。

やがて勇気を振り絞り、泣きはらした目をして部屋に戻ると、デイビッドの姿はなかった。彼は黙って服を着て、頭のおかしな女性の家をあとにしたのだ。

翌日、二ダースもの黄色のバラがニコールのもとに届いた。真夏のアンマンで二十数本ものバラを見つけるというのはちょっとした奇跡で、かなりの金額になったはずだ。デイビッドからのカードがついていた。思いやりのこもった言葉が書いてあった。

『うまくいかなくて、残念だ』

そのときニコールは決心した。正気でいようと思えば、アンマンを離れるしかないと。

そろそろ転任を命じられる時期でもあった。これまでの仕事ぶりに高い評価を得てきた彼女は、外交官として期待の星でもあった。国務省にいる友人は、次のニコールの赴任地として、アフガニスタンかジンバブエを選べばいいと言ってきた。

ニコールの選択は決まっていた。もう砂埃の立つイスラム圏の都市はごめんだ。アレッサンドロのことを思い出すから。内戦で荒廃したアフリカの国でいいと考えたニコールは、ジンバブエと希望を出し、政治的に悲惨な過去を持つ東アフリカの歴史を学んで赴任の準備を始めた。

ところが新しい赴任地を知らせる封筒を開いて、ニコールは恐怖に凍りついた。イタリアのナポリ領事館。ワシントンに電話をかけ、必死に手紙を書き、国務省内の有力者に片っ端からあたってみたが、どうすることもできなかった。ナポリへの赴任はこうして決まった。

ナポリへの赴任には必死で抵抗したニコールだったが、到着したその日に、この町と恋に落ちた。到着したのは晴れ上がった暖かな十一月の初旬で、その日街のあちこちをひとりで歩き、その美しさと活気に圧倒された。

そしてふと思った。ひょっとしたら、世界じゅうのあらゆる都市の中で、自分の心の傷を癒《いや》してくれるのは、ナポリだけなのかもしれないと。

そしてこの湾の夜景なら、どれほど傷ついた心でもきっとやさしく慰めてくれるだろう。

大広間からのバロック音楽の四重奏が、テラスにも漏れてくる。騒がしいパーティに戻る気はなかった。クリスマス・イブだったが暖かくて、湾からのそよ風が心地いい。クルーズ船のひとつが、ぼーっと汽笛を鳴らし、イスキア島に渡るフェリーが、ぼっぼっぼーとそれに応じる。風に乗って、人々の笑い声が聞こえるような気がした。

クリスマス・イブなのだ。

アレッサンドロと出会ってから、丸一年が過ぎようとしている。

本当に久しぶりに、希望のようなものがニコールの心にわいてきた。一年を何とか乗り越えた。これならもう一年やっていける。そして翌年も、さらにその次も。そしていつか遠い先に、アレッサンドロのことなどまったく考えない日も来るのだろう。ささやかな希望ではあるが、この一年を考えるとたいしたものだと思う。

音楽が大きく聞こえて振り向くと、テラスへの扉が開いた。テラスは広いし、ニコール以外にも、季節外れの穏やかな気候を楽しみたい人がいるようだ。ニコール以外にも、自分が誰にも近寄ってもらいたくない、というオーラを出しているのがわかっていたので、他に人がいても気にはならなかった。わざわざこんな女性に声をかける人もいないだろう。パーティのあいだ、ずっとここにいるのもいいかもしれない。この町の外交官社会にも、自分が風変わりで孤独を愛する人間だと知らせるいい機会だ。

足音が近づく。男性の足音だ。ニコールは自然に自分の背中が強ばるのを感じた。ひとりでいたいというメッセージを読み取れないとは、どういう男性なのだろう？

「シニョーラ」若い男性の声がした。「こちらをあなたにお届けするようにと申しつかりました」イタリア語がニコールに向けられる。

振り向くと、十七世紀そのままの制服を身につけた若いウエイターがいた。銀の手紙盆を差し出している。盆の上には、木製の天使像があった。ニコールが何だろうと思って、木彫りを手にすると、ウエイターは姿を消した。

不思議なこともあるものだ。

ニコールは天使像を裏返してみた。ナポリに来て日は浅いが、この町の特産品のひとつがクリスマス関連、特にキリスト降誕の図柄の小人形だということを学んでいた。細い路地のすべてがきれいな人形を作る職人に開放され、張子や木製の人形が売られる。百年近く続く伝統で、アンティークの人形なら数千ドルもする。教会には生まれたばかりのイエス・キリストとその光景を天上から見守る神、数百もの羊飼いといった人形が並べられ、降誕の模様を立体的に表わしている。

ニコールが手にした天使像もアンティークで美しい芸術品だった。卵型の顔、白いサテンのドレス、細部にいたるまで緻密《ちみつ》に彫られている。ニコールはそっと人形を撫《な》で、ほほえんだ。

「言っただろう、君に似てるって」張りのある太い声が聞こえ、ニコールはぴたりと動きを止めた。うなじの毛が逆立つのを覚えながら、顔を上げる。天使を持った手が震えていた。

影になっていて声の主は見えないが、この声が誰のものかはすぐにわかる。地獄で耳にしても。

「君に会えて、うれしいよ、大切な人《カーラ》」豊かな声がそう言うと、影の中からアレッサンドロが姿を現わした。

手先から力が抜け、美しい天使像が指のあいだから滑り落ちた。ニコールの耳元に強い風の音が聞こえ、膝ががくっと崩れた。

彼はくそっとつぶやき、前に飛び出した。ここまで慎重に計画してきた。場所も完璧に選んだ。危険な賭《か》けだとはわかっていたし、自分の言い分を聞いてもらう時間はほとんどないのも知っていた。しかし、ニコールが気を失うところまでは予定になかった。崩れ落ちる彼女をかろうじて抱きとめ、そこでまたショックを受けた。

彼女はひどく痩せてしまった。しかし、それは彼のほうも同じで、立っているのもやっとのありさまだった。アンマンでは軽々と彼女を腕に抱き上げ、ベッドまで運ぶ喜びを味わったというのに、今の彼は、ニコールを支えるだけで精一杯だ。

しかし、この息が止まることがあっても、ニコールを抱きかかえてみせると彼は思った。ニコールは彼のもの、命の尽きる日までいとおしむ人だ。

二人きりになれる場所が必要だが、どこがいいか彼にはわかっていた。アレッサンドロはフランス領事館として使われるこの建物の隅から隅まで知っている。ここはもともとデラ・トーレ家のもので、彼の五代前の祖母にあたるロレンダ・デラ・トーレにちなんで名前がつけられた。領事館として使用するためフランス政府がここを購入したのは、たった二十年前のことで、人目につかない場所がどこにあるか、デラ・トーレ一族の跡継ぎであるアレッサンドロにはちゃんとわかっていたのだ。

アレッサンドロはニコールを女王の間に運んだ。ここはイタリア女王マルゲリータがサヴォイ公からの求婚を受け入れた部屋だ。

レカミエ椅子《いす》と呼ばれるソファが置いてあるのだが、基本的にはクイーンサイズのベッドと変わらない。アレッサンドロはそっとニコールをそこに横たえ、扉に鍵をかけた。二人の邪魔をする者がいないことはわかっていた。

ニコールを運んだことでひどく疲れて汗びっしょりになりながら、アレッサンドロは足を引きずりソファのところに戻った。

生まれてこの方、アレッサンドロは常にたくましい体を誇ってきた。だからこそ、今この力も出ない状態がいまいましくて仕方がない。我慢できるのは、痛みがまだ生きていることの証《あか》しだと思えるからだ。この一年、何ヶ月も生死の境をさまよってきた。

「アレッサンドロ?」ニコールが力なくつぶやいた。焦点の合わない視線が、彼の顔の上を動く。

「ああ、僕だよ、アモーレ・ミオ」そっと指を彼女の額に滑らせて、彼女の輝く黒髪をかき上げる。ニコールの頬骨が以前より尖《とが》ってはっきり見える。透きとおった肌はほとんど色がない。触れると壊れてしまいそうだ。ニコールはあまりにも繊細だった。

二人で一緒に、この一年で失った体重を取り戻そう。本当に最悪の一年だった。ベッドの上で互いに食べさせ合おう。食べ物とセックス、最良の薬だ。

ただ、ニコールは一年前にアンマンで出会ったときのような官能的な美女に戻るだろうが、アレッサンドロのほうはそうはいかない。時計の針を戻すことはできないのだ。彼の体に刻まれた傷痕《きずあと》は一生消えることがない。

ニコールは何度か瞬きをしてから、大きく目を見開いた。これほど美しい瞳を持った女性はいない。知性の輝く緑の瞳、猫のようだ。そのゴージャスな瞳がもう一度閉じられ、開かれたときには当惑に満ちていた。そして驚き、やがて冷淡さに表情が変わる。

「アレッサンドロ、その、何と言うか……驚いたわ」もうしっかりとした口調になったニコールが、起き上がろうとする。

アレッサンドロは瞬間的に悟った。ここで彼女が起き上がって部屋から出て行けば、もう二度と彼女を取り戻すことはできない。永遠にニコールを失うことになる。

だめだ。彼の全身がそんな結末を拒否する。ニコールは彼のものなのだ。心も体も、魂も。今ここで、彼女が自分のものであることを宣言しなければならない。説明などあとまわしでいい。彼女の体が必要だ。そうすれば彼女の魂もあとからついてくる。

アレッサンドロは彼女にキスした。最初は彼女の言葉をさえぎるつもりで。すぐにそのキスに彼はすべてを忘れてしまった。

初めてキスしたときもこうだった。あれはアンマンのイタリア大使館の前に停めてあった、彼のアルファ・ロメオの中だった。その場で彼女の服をはぎ取りたい衝動を抑えるのには、強い意志が必要だった。セックスへの興味で頭がいっぱいの十代の男の子のように、車の中で愛を交わしてしまうところだった。ニコールのそばにいると、アレッサンドロはセックスのことばかり考える十代の少年の行動を取ってしまうのだ。女性に不自由したことはなかったのに、あの一週間、孤島で二一年を過ごしてきた男のように、夢中でセックスにふけった。

アレッサンドロは彼女の頭を支え、舌で彼女の唇を撫でた。彼女の味は変わっていない。

最初の四ヶ月、アレッサンドロは食べることさえできず、点滴をつながれたままだった。そんなとき、ニコールの唇の味の記憶だけが、栄養として彼の生命を支えた。

今日の前では、ニコールの体が思考と闘っていた。頭が彼を拒絶しようとし、心が彼を受け入れようとしている。

それでいい。彼女の心はアレッサンドロのものなのだから。彼女のすべてが、彼のものだ。

キスは濃厚なものになっていった。彼女がキスを返してくるのがわかって、アレッサンドロはうれしくなった。彼はニコールと口で愛を交わせる。彼女の胸にも、そして彼女の蝶々《ちょうちょ》にも。

アレッサンドロがこの言葉を教えてやると、ニコールはずいぶん面白がった。イタリアの子どもは女性器のことを〝ファルファラ〟つまり蝶々と呼ぶ。二人は冗談で、彼女の蝶々がどうだとかいう話をした。気まぐれで、大切に扱う必要があるという意味では、蝶々という呼び名がぴったりだと彼は思っていた。

ニコールの蝶々については、自分のペニス同様にわかっていた。それが求めるもの、何を必要としているか、どうされれば気持ちがいいのか、何をされるのが嫌いか、何をされると興奮するのか。

ニコールの蝶々は今、興奮している。まだ触れてもいないが、ちゃんと伝わってくる。

彼女の蝶々の中に入りたい。できる限り奥まで。

こんなことを考えられるようになったのさえ、最近のことだった。九ヶ月間というもの、彼のものはまったく生気を失った肉の塊として、彼の脚の間に横たわっていた。丸い木の棒が置いてあるのも同然だった。

九月になってやっと誰の助けもなしにベッドの上で起き上がれるようになったとき、非常に魅力的な看護師が体を洗ってくれ、下半身がむくむく反応するのを感じた。看護師である彼女は、そういった反応をじゅうぶん理解し、アレッサンドロがめざましい回復を遂げたことを認めてくれた。完璧に勃起したわけでもなかったが、それでも九ヶ月前には地面に転がって死体だと思われた男性にとって、人きな出来ごとだったのだ。彼女はにっこり笑顔を見せ、力を蓄えようとするペニスを一度だけたっぷりとこすってから、去っていった。

アレッサンドロはその看護師を求めていたのではない。彼が欲しかったのはニコールだった。勃起したのは体の自然な反応だ。その一年前には、深く考えもしなかったことだった。

しかしそのときは、奇跡のように思えた。まだ生きているという最初のしるし。ひょっとして、もしかすると、また人生をやり直せるかもしれない、ニコールを取り戻せるのかもしれないと初めて思えた。

勃起したことをきっかけにするかのように、それから彼の体は瀕死《ひんし》の状態から急速に回復し始めた。その次の週には初めて自分の足で立てた。翌週には歩き始めた。病院の廊下を行ったり来たりするだけではあったが、それでも自分の足で歩けるという事実に違いはなかった。

そしてアレッサンドロはニコールを取り戻す計画を立て始め、あちこちに連絡を開始した。

死ぬことはない、無能で役立たずな男ではない、そうわかったからには夢が生まれる。彼は未来というものを描き始めた。粉々に砕けた自分の人生をかき集め、また希望を組み立て始めるのだ。

ニコールの新しい任務地をナポリにするよう、アレッサンドロは山をも動かした。アメリカは彼に大きな義理がある。それをしっかりと思い出してもらうことにした。彼の願いを叶《かな》えるため、以前の直属の上司も一緒にあちこちにかけあってくれた。

そしてニコールがナポリにやって来た。彼の町で、同じ空気を吸って、もう六週間になる。しかし一時間以上自分の足で立っていられるという自信が持てるまで、行動は起こさなかった。

今は自分の足で立つ必要もない。ニコールのそばに横たわり、ペニスが完全に本来の力を取り戻している。他の女性でこれほど興奮することはなかったし、これからもないだろう。

「カーラ、かわいい人」唇を触れ合わせるようにしてささやく。彼女はイタリア語でささやかれるのが好きだった。彼女の下唇を軽く嚙《か》むと、鋭く反応してくるのがうれしかった。

彼のすることなら何でも、ニコールは気に入ってくれた。彼女の情熱的な反応が彼をさらに燃え上がらせた。今何かを言おうとする彼女の口を、アレッサンドロはまた自分の唇でふさいだ。

今は言葉を交わすときではない。言葉はあとでいい。きちんと説明しよう。今はただ、互いの体が作り出す魔法に酔いしれるのだ。

濃密なキスをしたまま、アレッサンドロはニコールの体を少し持ち上げ、パーティ用のカクテルドレスのファスナーを下ろした。エメラルド・グリーンの優雅なシルク地が彼女の瞳の色とぴったり合っている。アレッサンドロは震える手で襟元を押し開き、彼女の肩をむき出しにするとそのまま腰のあたりまで引っ張り下ろした。彼女の意思がどうあれ、やめてという言葉を聞くことはなかった。命がけとも言える必死の思いで、唇を重ね続けたからだ。

手ざわりで彼女がお気に入りの高価なレースのブラを身につけていることがわかった。このブラをつけた彼女を見ると、いつもひどく興奮した。フロント・ホックだったので、すぐにぱちんと前が開いた。ああ、ニコールだ。丸みを帯びて――いいぞ、乳首が硬くなっている。震える手をさらに下に動かし、もどかしい思いでパンティを引きちぎる。自分と一緒にいるときには、ニコールに下着を身につけさせないほうがいいいな、とアレッサンドロは思いながら、その場所へ手を這《は》わせる。自分のものを収めるところ。彼女の蝶々のその中へ。

ニコールは濡《ぬ》れていた。以前、彼女が恥ずかしそうに打ち明けてくれたことがある。

アレッサンドロを見るとその瞬間に濡れてしまうのだと。互いにとって、それは好都合だった。最初のときは常に荒々しく体を重ねてしまうから。彼女の中に自分のものを埋めたあとで前戯というものを思い出す場合もしばしばだった。

今回は、そういう場合にあたる。

一年間会えなかった理由について、丁寧に事情を説明すべきだろうとは思った。ニコールにしてもやさしい言葉で気持ちをなだめてもらいたいだろう。しかし、そういった言葉はすべてあとまわしだ。今、この瞬間、アレッサンドロはどうしても彼女の中に入る必要があった。ニコールは自分のものだと宣言し、失った人生を取り戻したことを実感したかった。

すばやくニコールを裸にしたアレッサンドロだったが、自分の服を脱ぐことはできなかった。まだ、だめだ。ニコールがまた自分のものになったと実感するまでは。彼の体はひどい状態だった。愛情というフィルター越しでしか、人目にはさらすことができない体になっている。そこで、ズボンのファスナーを下ろし、シルクのブリーフの前を開けるだけにした。ペニスが勢いよく飛び出した。

アレッサンドロはニコールの頭の後ろを抱えてしっかり唇を重ねたまま、彼女の体に覆いかぶさった。あとは何もしなくていい。彼の分身は自分の行き先をきちんとわかっているのだから。

ニコールの中へ、彼女の小さな蝶々の中へとするっと入るのを感じると、二人の唇が離れ、軽いため息にも似た声が漏れた。また一緒になれたことで、互いの体が安堵《あんど》したようだった。ニコールの頭を抱えていたアレッサンドロの手に力が入り、いい匂《にお》いのする彼女の髪をつかんだ。そして自分の瞳にこみ上げる涙をニコールに見られまいと、彼は目を閉じた。

死と闘いながら絶えず思っていたのは、この瞬間だった。もう一度ニコールの中に入ること。

アレッサンドロは彼女の口、頬、耳の後ろのやわらかな肌の味を堪能した。深く息を吸い込み、ニコールの匂いで頭を満たす。もう一度深呼吸してから、腰を動かし、自分のものをしっかりと包み込む彼女の体の奥の感覚を確認する。

ニコールは他の男とは寝ていない。匂いで、感覚で、アレッサンドロは確信した。

彼女が別の男を見つけるのではないかということこそ、この一年アレッサンドロにとって最大の恐怖だった。他の男が彼女のベッドで、自分と同じことをする。彼女の蝶々に入っていく。

ニコールに触れずにいられる男がいるということ自体、そもそも彼には信じられなかった。アンマンの大使館でのクリスマス・パーティで初めて彼女を見たとき、アレッサンドロは雷に打たれたような気がした。彼女の噂は以前から聞いていた。美貌《びぼう》のアメリカ人外交官、近寄りがたい雰囲気があり、謎《なぞ》めいた女性。上品で優雅で、ひとりでいることに満足している感じ、猫のようなとらえどころのない美女。

こっそり聞いた話では、付き合っている男性はいない。特定の相手と関係を持ったという噂もなかった。こんなに美しい女性に特定の男性がいない理由はただひとつ、好みがうるさいのだ。

知り合うと確かにそうだった。美しいニコールはあらゆるすべてのことについて、自分なりの基準とこだわりがあり、食べ物にしろ着るものにしろ、あるいは本や音楽、どんな人たちと付き合うかにいたるまで、厳密に選んでいた。そんなところも、アレッサンドロが彼女を好きになった理由のひとつだった。

アレッサンドロは自分の直感を信じて行動する男だ。そして自分の理性と感情と下半身のすべてが、大声を上げて訴えた。この女性だ、と。許された時間は一週間。その間、彼女に飽きることはまるでなく、彼女のすべてに魅了された。入院してからは、アレッサンドロが病院のベッドにつながれているあいだに、誰か他の男が彼女との時間を共有し、語り合い、笑い、セックスしていると思うと気が休まらず、痛み以上に体にこたえた。

彼女が誰とも付き合っていなかったことはわかったが、はっきりと彼女の口から聞いておきたかった。

さらに深く体を沈めると、瘦せて尖った彼女の腰骨を感じた。以前は腰にも丸みがあったのに。アレッサンドロは体を押しつけながらゆっくりと腰を動かし、深く入ったまま動きを止めた。

「この一年、他の男はいなかったんだね？」彼女の顔の位置を固定しながら、アレッサンドロは静かにたずねた。目を見てそうたずねるのに、勇気が要った。

「いなかったわ」ニコールのしっかりとした答が低い声で返る。「他の人と関係を持とうとしたの。でも、できなかった」

その言葉に、アレッサンドロの抑制が切れた。

目を閉じ、額を合わせ、アレッサンドロは頂点へと登り始めた。自分のものなのに、下半身はまったく言うことを聞いてくれない。どんなに我慢しようとしても、止めることはできなかった。精液が激しくニコールの中へ噴き出し、そのことで彼女のかわいい蝶々が収縮を始め、彼のものをもみしだくようにまとわりつく。

アレッサンドロは、ああっと声を上げながら、円を描くように腰を動かし、さらに強く奥のほうへと突き出した。腰を突き出せるのもあと数回、そのあとは崩れ落ちてしまう。そして全身が麻痺《まひ》するような激しいクライマックスにのみ込まれていった。

その波に体をまかせ、理性がすっかり奪われていくのがうれしかった。一年ぶりの絶頂感だった。

あまりにもすぐ終わってしまったが、別に問題はない。次はもっとニコールの体に負担をかけずに出し入れできるというだけのことだ。そのあと、何度も回数を重ね、そのたびにすんなりと彼女の体に入っていけるようになる。アレッサンドロの愛する女性の蝶々はとても小さくてかわいらしいから、これまでも二度目のほうがスムーズにできた。彼女の蝶々は彼の液をまとったほうが、具合がいいのだ。

ニコールの収縮がゆっくりしたものになり、荒い呼吸も収まってきた。ただ、彼女の心臓はまだ激しく打っているのが乳房の揺れでわかる。

それでも構わない。アレッサンドロは呼吸を整えながら、全身を駆け抜ける喜びを噛みしめた。構わないさ。こうやって生きているのだから。男としての自分を取り戻したのだから。絶頂を迎えた直後なのに、まだ硬いままだ。これをもう一度使えばいいのだ。

アレッサンドロは大人の男としての自分を取り戻した。そしてニコールがここにいる。

この瞬間から、すべてはうまくいくはず。

しばらくしてから、アレッサンドロは頭を上げ、笑顔でニコールを見下ろした。すると冷たい緑の瞳があった。

「ま、楽しませていただいたわ」ニコールがアレッサンドロの体をどけようと、肩を押す。「さっさと私の体から下りて」

＊　＊　＊

ニコールは泣きたい気持ちだった。下半身がまだ絶頂感に震えている。彼のものをつかんでひくひくと収縮しているのが、自分でもわかる。記憶の中にあるより、実際の彼のもののほうが大きかった。アレッサンドロは愛の技巧を使おうとさえしなかった。彼女の体のリズムに合わせて愛撫してくれるだろうと思っていたのに。ただそんな必要がなかったのも事実だ。彼の姿を目にするだけで、とっくに死んだものと思っていた彼女の体のどこかが、目覚めたからだ。アレッサンドロはよく、彼女の体の大切な部分を〝蝶々〟と呼んだ。その蝶々は、彼がそばに来るといっさいのプライドを失うらしい。彼が何をしているわけでもないのに、ニコールのクライマックスはいつまでも終わらなかった。自分の意思とはまったく無関係に、体のどこか知らない部分がオーガズムを体験して痙攣《けいれん》しているような、そんな感じだった。

下半身はアレッサンドロを迎えたことを歓んでいる。頭は、何てばかなの！　と叫んでいる。

ニコールという女性が二人いるような感覚。

これからも、こんなことが続くのだろうか？　今後一生、誰とも体を重ねることができず、ひとりでさびしく暮らす日々。出て行っては気の向いたときだけ戻るアレッサンドロを待ちわびながら、空虚な毎日を過ごすのだろうか？　彼を失った悲しみを乗り越えるのに、丸一年かかった。やっと立ち直ったと思ったら、彼が現われセックスしてくれる。それだけでありがたいと思うような愚かな女。そしてまた彼はどこかに消えていくのだ。

同じことをこれからも繰り返すのだ。

それを思うだけで、耐えられない。

アレッサンドロの肩を押したとき、クライマックスはまだ続いていた。「聞こえなかったの？　どいてちょうだい。今すぐ」

アレッサンドロはショックに色を失い、ぽかんとニコールを見下ろしていた。「今、何て？」

なるほど、驚いているわけだ。哀れな女は、ノーとは言わないものだから。そういう情けない女は、すてきな男性にセックスしてもらえるだけで、ありがたいと思うものなのだろう。

ニコールは深く息を吸って、意を決した。「言ったでしょ、どいてちょうだい」

アレッサンドロは返事の代わりに、彼女のヒップをつかむと短く突き上げた。彼しか知らない、ニコールの秘密の場所を彼のものがこすりつける。

鋭い快感がニコールの体を貫いた。じわじわと燃えるように始まった快感は、やがて電気のように全身を走る。体をよじって彼から離れようとしたニコールの目に涙が浮かんだ。体はもちろん、離れようとしてくれなかった。

「動かないで」アレッサンドロがつぶやく。ヒップをつかむ彼の手に力が入り、腰を突き出すリズムが速くなる。また新しい絶頂感に押し上げられていくのをニコールは感じた。恥ずかしくてたまらない。これではまるで、十ドル札を手にした客に喜ぶ娼《しょう》婦《ふ》と同じだ。

太腿が小刻みに震え始める。今やめなければ。二度目のクライマックスを迎える前に。

「こういうのをどう呼ぶか、知ってる？」アレッサンドロを見据えながら、ニコールは冷たく言い放った。「犯罪にだってなるのよ」

アレッサンドロの頬が波打つ。「これはレイプなんかじゃない。君だってわかってるはずだよ、カーラ」

「女性が嫌だと言えば、れっきとしたレイプよ」

怒りにも似た光が彼の暗い瞳を横切った。「嫌だって言うのか、君は？」腰を打ちつけるスピードが上がり、彼が何をしたのかはわからないが、彼のものの付け根の太い部分が、直接ニコールの敏感に尖った蕾《つぼみ》の部分を強くこすった。そしてさらに奥のほうまで彼が入ってくる。その瞬間、ニコールは荒々しい炎の嵐《あらし》に包まれた。激しい絶頂感に体がよじれるほど揺さぶられ、悲鳴を上げた。体にしか意識が向かない。アレッサンドロが入っているその場所にだけ、感覚が集中する。いつまでも収縮が続く中、彼は腰を打ち続けた。自分の体をどうすることもできない。何か得体の知れない異物がニコールの体を乗っ取ったようだった。

こんなことを望んでいたのではない。アレッサンドロの求めるまま反応するのは嫌だ。これでは自分が錠で、彼が鍵だ。その錠を開けられる唯一の鍵。

やっといくらか心の平穏を得られるようになった。わずかながらも落ち着いてきた。それなのに、またずたずたに引き裂かれた。

ニコールはわっと泣き出し、自分でも情けないと思った。

「僕の宝物《テソーロ》」アレッサンドロがつぶやく。ニコールは顔をそむけようとしたのだが、頭をしっかりと抱えられ、キスされた。唇に、閉じたまぶたに、そして頬を伝う涙に彼の唇が触れる。

「カリッシマ、アモーレ、ミオ」静かにアレッサンドロのイタリア語が響く。「ね、泣かないで」

そのとおりだ。泣いてはいけないのだ。涙など見せてたまるか、とニコールは思った。泣くと弱さをさらしてしまう。そんなことをすれば、さらに傷つけられてしまう。ぎゅっと目を閉じ、唇を嚙みしめ、ニコールは涙をこらえた。この一年、涙ならじゅうぶん流しつくしたはずだ。

しかし、アレッサンドロに覆いかぶさられていたのでは、まともに考えることもできない。彼はまだ愛の行為を続けており、いっそう深いところまで彼のものが届いている。彼が放った精液の量があまりに多く、動くたびに濡れた音が響く。豪華なソファの黄色のサテン地にもしみがついているだろう。

部屋には匂いも満ちていた。ニコールが愛用するディオリッシモの香り、彼の石鹼《せっけん》、そしてセックスの匂い。アンマンの匂いだった。

彼を押しのけようと、さっきは力ずくでやってみた。今度は言葉を使ってみよう。

「アレッサンドロ・デラ・トーレ、気が向いたら私の前にひょこっと現われて、好きなときに飛び立っていけるとでも思っているの？　ずいぶん見くびられたものね。そんなに甘くないのよ」

アレッサンドロは肘をついて上体を起こした。ニコールを見下ろしながらも、まだ腰を深く突き動かしている。「ニコール、今後、僕はずっと君の人生にかかわっていくんだよ、ミア・カーラ。それに、飛び立つなんてとんでもないさ。歩くことさえ満足にできないんだから」

彼の顔が急に真剣みを帯び、口の両脇《わき》のしわがくっきり目立った。そのとき初めて、ニコールはアレッサンドロの変わりように気づいた。この一年でずいぶん年を取ったように見える。アンマンにいたときと比べると精気のみなぎった感じがなくなり、黒髪には白いものが混じる。もともと背の高い男性なので体の上にはどっしりとした重さを感じるものの、ずいぶん体重を落としたようだ。気づかなかったのは、彼が服を着たままだったから。しかし考えてみると、以前よりもずいぶん軽くなったように思える。

わけがわからなくなって、ニコールはアレッサンドロを見上げた。何らかの理由が……

「やめて」ささやきながら、ニコールは彼のヒップをつかんだ。彼に愛の行為をされているときには、考えることなどできない。今度はアレッサンドロも彼女の言葉に従って、腰を動かすのをやめた。「いったい何の話なの？」

「この一年、僕はずっと病院にいた」重々しい声が静かに告げる。「クリスマス・イブの日に、死にかけたんだ」

「どうして、何があったの？」ニコールは目の前がぐるぐる回るような気がした。

「僕は外務省の職員じゃないんだ、ニコール」しっかり視線を合わせたまま、アレッサンドロが話し始めた。「僕は防衛に関する仕事をしている――していたんだよ」

新しい任務に就くにあたり、ニコールがイタリアの行政組織についてあらゆる説明を受けていたことを、アレッサンドロは知っていた。分厚い書類で五冊にもなるファイルの中には、シークレット・サービスについての記述もあったはずだ。

「あなた、情報・民主主義保安庁《SISDE》の諜報員《ちょうほう》なの？」SISDEというのは、アメリカのCIAをモデルとして作られたイタリアの防諜機関で、その活動が表立って知られることはほとんどないが、主として外敵から国を守るための仕事をする。

　アレッサンドロがうなずいた。厳しい表情をしていた彼の口元が少しだけ緩む。

「君は頭がいいからね、どきっとすることがよくあるよ。ステファノ・ボルピが教えてくれたが、彼が君の自宅に直接電話しなければならなかったんだってね。彼も戦々恐々としてたよ。ああやって警告を与えなければ、すぐに真相をさぐり当てられてしまっただろうって」

「大使の言葉で、私はすっかり打ちひしがれたわ」ボルピ大使との電話のやり取りを思い出して、ニコールはぶるっと体を震わせた。

「ああ」アレッサンドロが、こともなげに言った。「しかし、ああする必要があった」

「もしかして」ニコールの頭がすごい勢いで回転し、当時の状況を考え合わせた。

「あなた、あの武器密輸のスキャンダルと、何かかかわりがあったの？」

「ただかかわってたんじゃないんだ、僕の宝物《テソーロ》。組織を壊滅させたのが、僕なんだ。

僕はその隠密捜査のために、アンマンの大使館に派遣された。ああいう形で各国の諜報機関や警察機構の人間が協力するのは、めったにないことだが、中東に武器が流れ込むルートの解明が必要だということで多くの国の利害が一致した。君の国の大使館にも優秀なCIA職員がいて、協力してくれた。そいつも身分を偽っていたが」

「マイク・ホールデンね」ニコールはすかさず言った。「大使館の運転手」

「まいった《ディオ》な」アレッサンドロは目を閉じて首を振った。「君にはごまかしなんて通用しないんだね。浮気なんてできないって、肝に銘じておくよ」

そう言われて初めて、ニコールの表情も緩んだ。「浮気なんてしたら、心臓をえぐり出して、そのまま食べてやるんだから」

「血に飢えた美女か」アレッサンドロが軽く口づけする。「完全に首根っこを押さえつけられたってことだね、僕は」

ニコールはためらいながらも、彼の背中を撫でた。心が彼に開いていき、その言葉を受け入れるのが自分でもわかった。「それで……どうなったの?」

「僕は餌《えさ》をまいたんだ。外交官特権を利用して少しばかりの小遣い稼ぎをしてみてもいい、入国の際に僕の荷物に見慣れないものが入ってても知らん顔をするぐらいは構わないと言った。するとすぐに、連中は餌に食いついてきた。クリスマス・イブの午後、僕は連中と会う約束をした。密輸組織の人間と、八つの国からの外交官が十二人いた。簡単に逮捕できるはずだった。証拠として提出できる情報をじゅうぶん得て、僕がその場を去ろうとしたときだった。不慣れな若いアメリカの捜査官が功を焦って、予定より早く踏み込んできた。あとは、銃撃戦で地獄絵図だったよ。僕はちょうど双方が撃ち合う真ん中で身動きできなくなった」アレッサンドロはそこで、すうっと息を吸い込んだ。「僕は体に七発銃弾を受けた。血を三リットル失い、心肺蘇生《そせい》の処置を受けた。それから一ヶ月、意識が戻らなかった」

「アレッサンドロ」ニコールはあまりの衝撃に、そっとそれだけつぶやいた。その間彼女は失意のどん底にあり、夜のさびしさに打ちひしがれてはいたが、アレッサンドロがこの世にいると思うことが、ほんの少しの慰めだった。「あなたは死んでいたかもしれないのね。でも私はそれを知ることもなかったんだわ」

「世の中っていうのは、そういうものなんだよ、僕の宝物《テソーロ》。それから、ここから先の説明をする前に、言っておかなければならないことがある。僕の全身は傷だらけだ。ひどく醜い痕になっている。腰骨と膝に金属のボルトが埋められていて、金属探知機に引っかかるほどなんだ。一生、足を引きずって歩くことになるし、そのせいでSISDEも退職せざるを得なくなった。障害者年金をもらって、今は無職なんだ」アレッサンドロがさぐるようにニコールの目を見る。「そんな僕でも、君はまだ愛してくれるかい?」

「アレッサンドロ」とろけるようなやさしさに包まれた声でつぶやきながら、ニコールは彼の顔をそっと撫でた。彼の目元にもしわができ、ほうれい線もくっきり目立つようになっている。「そんな質問をされるほうがおかしいわ。あなたのあと、私、他の男性は愛せなくなったのよ」

「よかった。では、このあと一生をナポリで暮らすのはどうだい？　そうなれば、君が仕事を辞めなければならないのはわかっている。だから、どうしても外交官としての仕事を続けたいというのなら、僕は世界じゅうどこにだって喜んでついていく。ただ、言っておくが、僕は主夫としてはまったくの役立たずだぞ」

この美しい町に、一生住める。しかもアレッサンドロと一緒に。答はひとつに決まっている。「もちろんここに住むわ。ここでだって、仕事は見つかるはずだもの」

「ニコール、いいことを教えてあげよう。ここのNATO軍基地の連絡将校の職に空きがあるんだ。非常に高位の仕事だが、君がやりたいと言えば、連中は喜んで君を迎えてくれるはずだ。僕はそろそろ弁護士資格を使ってもいい頃だと思っている。いとこの法律事務所にパートナーとして加わるつもりなんだ。評判の高い、ナポリきっての事務所でね。それに僕の一族の財産もある。実を言うと、使いきれないほどあるんだ。だから、生活を心配する必要はまったくない。だから春までは二人で休養しよう。これからの三ヶ月、僕たちはずっとベッドで過ごすんだ。愛を交わし、ベッドで食事をする。そういう計画はどうだ？　気に入らないかい？」

　ニコールの胸は愛と希望ではちきれそうだった。涙をこらえながら答える。「そういう計画って……すてきだわ」

「よし《ベーネ》」アレッサンドロが、ふっと少年っぽい笑みを浮かべ、いっきに若返ったように見えた。「ではさっそく、計画に取りかかろう。君はまだピルを飲んでいるのかい、カーラ？」そう言って彼が腰を揺すると、ぬるっと体がこすれ合う。

　ニコールは、はっとしてアレッサンドロを見上げた。避妊のことなどまったく頭になかったのだ。顔から血の気が引いていくのを感じる。「いえ、やめたの。もう四ヶ月も処方してもらっていないわ。ああ、アレッサンドロ、どうしよう」

「それでいいんだ」彼は満足そうだ。「たった今、二人の子どもができたんだよ。できれば女の子がいいな。僕が年老いたとき、面倒をみて甘やかしてくれる娘が欲しい。イタリアではそうするのが普通なんだ。いずれは息子ができるのもいいだろう。大きくなったら、一緒に葉巻をくゆらせてチェスの相手をしてくれる子がいたほうがいいが、男の子はひとりでじゅうぶんだ。それから、子どもの話のついでに」アレッサンドロが上着のポケットに手を入れ、その動きで、ニコールはさらに体の深いところで彼を感じた。

　鋭い快感が体を貫き、ニコールはクライマックスを迎えるぎりぎりのところまで押し上げられて、低く悲鳴を上げた。アレッサンドロがいたずらっぽくほほえむ。

「もう少し我慢するんだよ、カリッシマ」彼がうれしそうに目をきらきら輝かせてつぶやく。「あとちょっとばかり、片づけておかなきゃならないことがあるんだから。それが済めば思う存分君を愛してあげるから。さあ、しっかり目を開いて、大切な話なんだ」

体の中にアレッサンドロをこんなに熱く、強く意識していたのでは、目を開けているのも大変だ。しかし、彼の手にあるものを見て、ニコールも下半身のことなど忘れてしまった。

指輪だった。燦然《さんぜん》と輝く、アンティークの指輪。見事なカットのエメラルドが周囲に豪華な飾りをつけて、指輪の中心に座っていた。

「これは僕の一族に先祖代々伝わるものだ」アレッサンドロがおごそかに告げる。

「この指輪を身につけるデラ・トーレの女性たちは全員、幸せな結婚生活を送り、長生きするんだ。それに子宝にも恵まれる」そしてにやっと笑って付け加える。「あとで文句を言われないように、先に教えておくが、僕には弟が四人いる。君をひと目見るなり、全員が恋に落ちて言い寄ろうとするだろうからね、その前に結婚しておかないと。それよりも、急ぐ理由があるけど。僕の大切な娘にはデラ・トーレの名前で生まれてほしいから」

冗談めかした口調だったが、きらきら輝く指輪をニコールの指にはめるとき、アレッサンドロの瞳に涙が浮かんでいた。ニコール自身も泣いていたが、涙を拭《ぬぐ》おうともせず、ただあふれるままに流しておいた。

「結婚してくれ」アレッサンドロがそっとささやく。

「ええ、もちろん」ニコールも小さな声で答えた。

そのとき大気をとどろかす音が聞こえ、ニコールは海に臨む大きな窓のほうを見て驚いた。ヴェスヴィオ山の向こうに花火が上がり、夜空が紫と真紅と金色に輝いた。真夜中になったのだ。

「*Buon Natale, amore mio*」ぐっと体を突き出しながら、アレッサンドロが言った。

「メリー・クリスマス、マイ・ラブ」ニコールは同じ言葉を英語で返した。その瞬間、彼女の体の中でも花火が高く上がった。

ジェサミンのクリスマスの贈り物

N・J・ウォルターズ

献辞

すばらしい読者の皆さん、いつも親切な仲間の作家たち、そして出版社のスタッフ、とりわけ私を支えてくれる編集者のパメラにこの作品を捧《ささ》げます。このクリスマスが皆さんにとって楽しいものでありますように、そして穏やかな新年を迎えられますように。新しい一年が、皆さんのご家族にも幸せと健康を運んできてくれることを祈ります。

そして大切な私の夫へ。揺らぐことのない信念で私を支えてくれてありがとう。あなたとともに歩むことで、私の夢が叶《かな》ったわ。毎年一緒にクリスマスを祝うことも、私の夢のひとつだったの。

登場人物

ジェサミン・パーカー――――スイーツショップ『ディレクタブル・デライト』のオーナー・パティシエ

ケイレブ・モーガン――――セレニティの町の保安官

グレイシー・コリンズ――――『ディレクタブル・デライト』の副店長

ジム・ゴウワー――――保安官補、ケイレブの部下

1

私ったら、絶対頭がおかしくなったんだわ、そう思いながらジェサミン・パーカーは手をこすり合わせて少しでも寒さをしのごうとした。そばの暖炉では炎が燃え盛っているのだが、全身に鳥肌が立っている。派手な音を立てて薪が燃え落ち、火花がふわっと大気に舞う。

まったく、何を考えていたのだろう？　炎を見つめて自問しながらも、その答はちゃんとわかっていた。これほど絶望的な行動を自分が起こした理由、それはベネット・アンダーソンだ。

彼との付き合いは、もう半年にもなる。しかしこの三ヶ月、ベネットは仕事で町を離れていた。この小さな田舎町セレニティでは、弁護士のベネットは、もっとも夫にしたい独身男性とされていた。自分がハンサムな弁護士に目を留められるタイプの女性ではないことを自覚していたジェサミンは、町じゅうの女性の憧《あこが》れの的《まと》である彼から初めてデートに誘われたときは、ずいぶん驚いた。そして、みんなに自慢したくてたまらなかった。

　ジェサミンにも、もちろん彼女なりの美しさはある。ただ社会通念として美人と呼ばれるための基準からは外れている。ブロンドではないし、痩《や》せてもいない。三十歳になった今、自分がLサイズの服を着て、かなり豊かなふくらみを持つ女性である事実はしっかりと受け入れている。背中の真ん中まで届く茶色の髪はひどくカールして、いくらきれいにとかしつけようとしてもすぐ顔にかかるし、だからこそ、いつもなじでひとつに丸めてある。しかし今夜は、髪を下ろしてあった。

　ベネットが今夜ニューヨークから戻る予定なのだ。この三ヶ月大都会で働いていた彼からの連絡は途絶えがちで、特にこの数週間は電話で話しても会話が続かなかった。ひとつの恋が終わる兆候だ。別れが避けられないのを予感して、ジェサミンの心は沈むばかりだった。そして、何とかそのときを先延ばしにしようと、最後の強硬手段に出たというわけだ。

　体を覆う赤いサテン地を撫《な》で、ジェサミンはせり上がりそうになる胃を押さえた。今日は十二月二十四日、ふっとロマンティックなことをしてみたくなり、このばかげたほど肌を露出させるキャミソールとパンティのセットを買った。襟にはフェイク・ファーの飾りがあしらってある。

こういうセクシー下着を買うこと自体は難しくはなかった。

ジェサミンはきれいな下着が大好きで、自宅のタンスの引き出しにはシルクやサテン、レースなどの下着がありとあらゆる色、あらゆるデザインでそろっている。ただ、通常はこれほど……いや、その……小さな面積の下着を買うことはない。布などほとんどないのも同然、スパゲッティのように細い肩紐《かたひも》がボディスの部分をかろうじて留めてはいるが、そのボディス自体がきわめて大きく襟ぐりを取ってあり、谷間がはっきり見える。また裾《すそ》は短くて腰のあたりまでしかなく、つまりほとんど裸も同然ということだ。

ランジェリー・ショップでこれを買ったときには、すごい名案、とジェサミンも思った。セクシーなテディを身に着け、あたしがプレゼントよ、さあいらっしゃいと言うようにクリスマスツリーの下に寝そべり、ベネットが家に帰ってきたときに驚かすのは、すてきだろうと考えたのだ。

実行に移すのもまた、非常に簡単だった。つまり、ベネットの住まいはタウンハウスで、ジェサミンは庭続きの隣の家に住んでおり、おまけに彼がニューヨークに出張しているあいだ、様子を見ていてくれと言われて、鍵《かぎ》を預かっていたからだ。ジェサミンは丸一日をかけ、彼の家をクリスマスムードいっぱいにしようと飾りつけた。二人で楽しくクリスマスを過ごすところを思い描きながら、ツリーをリビングの中央に置いた。ところが、いよいよ彼が戻る時間になって、心配になってきたのだ。心の中にどんどん不安が広がる。にぎやかなクリスマス・ソングを低い音でかけていたのだが、それでも緊張は募るばかりだ。

実際に寒さを感じるわけでもないのに体が震え、ジェサミンは手にしたクリスタルのグラスを両手で包み、自分を元気づけようとワインをひと口すすった。高価なワインはさっきグラスに注いでおいたものだ。

ぴりっとしてフルーティなワインが喉《のど》を滑るように下りていき、緊張で乾いた口を湿らせてくれる。これ以上の緊張には耐えられない気がする。ベネットが一刻も早く帰ってきますようにと、ジェサミンは心から願った。

すると間もなく、車がタウンハウスの敷地の外玄関の門を入ってくる音がした。彼女はふうっと息を吸い、グラスをソファの前のテーブルに置くと、しなだれるように体を横たえた。誘っているように、官能的に見えるといいがと思いながら、暖炉の前に広げたふかふかのフェイク・ファーの敷物の上で体をさらす。鍵を開ける音がすると、彼女は息を殺して待った。玄関を入る足音、そのブーツ音が廊下を進んでくる。ジェサミンは勇気を振りしぼり、かすかな咳払《せきばら》いをして、自分の存在を伝えた。ほら、早くここに来て、クリスマス・プレゼントを受け取ってちょうだい。

咳払いが聞こえたのか、足音が止まった。そして、さらにジェサミンが今いる部屋へと近づいてくる。ジェサミンは部屋の入り口をじっと見据えた。部屋の入り口も緑で飾りつけ、白い電飾をつけてある。彼がまばゆい光を抜けてくる。その瞬間、ジェサミンの全身が警報を発した。

色落ちしたジーンズが筋肉質の脚を包んでいるのが目に入る。ずっと視線を上げていくと、ジーンズの上は引き締まったウエスト、フランネルの青いシャツ、幅の広い肩に少しシャツが窮屈なのか、こぶしを握る動作のせいで縫い目が引っ張られている。マホガニーのような真っ黒の髪が無造作に額にかかる。整った目鼻立ちというよりは、精悍《せいかん》で男らしい印象を与える顔。鼻が高く、唇が薄く、ひげが伸びてきたのかうっすら顎《あご》に影が差して見える。

しかし、ジェサミンがその場から動けなくなったのは、彼の視線のせいだった。彼女を見ているうちに琥珀《こはく》色の瞳《ひとみ》が光を帯びる。捕食動物の目だ。彼女の前に立ち、ほとんど裸の姿をじっくりながめる、オスの眼差し。

ジェサミンは胸の頂が硬くなるのを意識した。薄い布地を突き上げているところが丸見えなのもわかる。彼の視線がそのあたりで止まり、瞳がぎらりと光る。脚のあいだがうずくのを覚えたジェサミンは、落ち着きなく脚の位置を変えた。じっとりと濡《ぬ》れてきて、薄いサテン地の一部が湿った暗い色になる。目の前に立つ男性をジェサミンの全身が求めていた。体がひどく興奮している。

ただひとつ、ちょっとした問題があった。男性はベネットではなかったのだ。

ケイレブ・モーガンは目の前に横たわるクリスマスの妖精《ようせい》の官能の魔法に完全に魅入られていた。彼女が何か言っているが、ほとんど理解することができない。これほど美しい女性は生まれて初めて見た。彼の持てる本能のすべてが叫ぶ。俺のものだ！

彼女の豊満な体は、あるかないかほどの布地で覆われているだけで、その光沢のある布地が、炎をゆらゆらと映し出す。襟にあしらわれた毛皮が豊かな胸元をさらに強調し、ケイレブはその布地を彼女の体からはがしたくてたまらなくなった。少しずつ、少しずつあの肌があらわになっていくところを見られたら、どれだけわくわくするだろう。脚全体が長くて、腿《もも》がぽっちゃりしている。あのあいだに自分の体を置くところを彼は想像した。あっという間に大きくなった自分のものを突き立てたら、どんな気分だろう。

そして妖婦のような体を持つこの女性には、天使の顔がついている。肩に落ちる長い髪は、たっぷりミルクと砂糖の入ったキャラメルを思わせる色だ。波打つあの髪を自分の指ですくい上げたくてたまらない。見た目と同じように、やわらかな感触なのだろうか？　大きな目に濃いまつ毛。色ははっきりとわからない。ふっくらと肉感的な唇。高い頰骨《ほおぼね》を覆うバラ色の肌が、今ベッドから出てきたばかりよ、といったセクシーな雰囲気をかもし出す。彼女が不安そうに唇を舐《な》めたので、舌の先がちらりと見えた。

「あなた、いったい誰？」膝《ひざ》をたたんで足先を後ろにやりながら、女性が言った。遅ればせながらも、小さな敷物を手に取り、体の前を隠す。熱のこもった彼の視線から自分を守る盾のようなものだった。

ケイレブははっとして、自分が女性を怖がらせていることに気づいた。こんなかわいい女性を怖がらせるなど、もってのほかだ。「僕はケイレブ・モーガンだ。で、君は？」

「ジェサミン・パーカーよ」そう言いながらも、彼女は部屋の反対側の入り口へと少しずつにじり寄った。

女性が逃げ出そうとしていることに気を取られていたケイレブは、少ししてから彼女の名前に思い当たった。「君がジェサミン？」ひどく驚いた。ベネットがさんざん愚痴をこぼしていた女性？　棄てるつもりなのだが、言い出す勇気がなくてなかなか別れられないという、その相手だ。

こげ茶色の眉《まゆ》をぎゅっと寄せて、ジェサミンがケイレブをにらんだ。すると手の位置が下がり、体の前にあったふわふわの敷物も下りてくる。もうちょっと下にして、あの見事な乳房をもう一度見せてくれ、ケイレブは心の中で祈った。

「ええ、私がジェサミンよ。でも、あなたが誰なのか、私にはまだわからないんだけど」彼女は反対側のドアにさらに近づいた。そこから裏庭に出られるのだろうとケイレブは見当をつけたが、このまま彼女を逃がしてしまいたくないと思った。

「僕はこの町の新しい保安官なんだ。ニューヨークでベネットと会ってね、あいつから君の名前は耳にしていた」ジェサミンは少しだけほっとしたようで、足を止めた。それを見て、ケイレブ自身の体からも緊張が解けた。

「どういうこと？」

ジェサミンが下唇を噛《か》む様子に、ケイレブはすっかり心を奪われた。クリスマスツリーのイルミネーションに濡れた唇がきらきらと輝く。そのふっくらしたピンクの唇の味を確かめてみたくて仕方がなかった。

「ベネットはどこ？」

ケイレブは心の中で、くそっと毒づき、ベネット・アンダーソンと出会ったことを後悔し始めた。ベネットとは法律を学ぶ大学時代に知り合ったのだが、向こうはそのまま弁護士になり、ケイレブは法を執行する側、つまり警察へと別々の道を進んだ。それもあって卒業後は頻繁に会うあいだがらではなくなった。まったくの偶然から二人はニューヨークで再会し、そこからケイレブはこの田舎町のセレニティで新しい仕事を得ることになった。そして不安な様子のこの女性を目の前にする羽目に陥ったわけだ。

彼女が震えているのを見て、ケイレブは自分を叱《しか》りつけた。ずいぶん寒いに違いない。さっと部屋を見回しても、彼女の体を覆うものは何もないので、ケイレブは自分のシャツを着せてやろうと、シャツの裾をジーンズから引っ張り出し、急いでボタンを外し始めた。

「あなた、何する気なの？」また彼女は慌てて逃げようとして、ドアに駆け寄った。

「それじゃ寒いだろうと思って」彼女を怖がらせないように、ケイレブはゆっくりと近づいた。シャツを脱いでも、ケイレブはまだTシャツを着ているし、Tシャツ一枚でも何だかずいぶん暑い気がする。

「そんなの、どうでもいいの。ベネットはどこ？　飛行機が遅れたの？」

シャツをジェサミンの肩にかぶせるとき、彼女の匂《にお》いがケイレブを包み込んだ。深みのあるぴりっとした香りが彼の鼻をくすぐり、官能を刺激する。ジェサミンは急いで袖《そで》に腕を通し、フランネルのシャツの前を重ねて体に巻きつけた。ケイレブの大きなシャツが腿のあたりまで垂れ下がるので、彼女もやっとそれまで盾のようにつかんでいた毛皮の敷物を手放した。その姿が心を締めつけられるほどに美しく、傷つきやすく見えた。袖は手の甲を隠すほど長く、爪《つめ》の先が見えるだけ。爪はセクシーな下着と同じ色にマニキュアしてあった。

そんな目の前の女性に、これから何を告げなければならないかと思うと、ケイレブの心がひどく重くなった。

「ベネットはここには戻ってこない。ニューヨークで仕事を見つけたんだ。明日、引っ越し業者がやって来て、あいつの荷物をまとめていく。ここはもう僕の家なんだ。二週間ほど前に、僕がベネットから買った」

ジェサミンの顔から血の気がなくなり、足元がふらついた。ケイレブは彼女が気を失うのではないかと思い腕を差し出したが、ジェサミンはその手をさっと振り払って、しゃんと背骨を伸ばした。「二週間ほど前って？」

ケイレブはできることなら彼女の気持ちをこれ以上傷つけたくはなかったのだが、嘘《うそ》をつくのはよくない。「ああ、僕がセレニティの町の保安官職に決まったのが一ヶ月前で、同じ頃あいつもニューヨークで新しい仕事を得た」

「そういうことなのね」

しかし、どういうことだかジェサミンが理解していないのは明らかだった。今の彼女は強いショックと失望で頭がいっぱいで、ケイレブが目の前にいる意味すらわかっていない。彼はまともな男性であり、普通の男ならこれほどセクシーな美女をこのまま逃がしてしまうはずがないことも思いつかないのだ。

直情型の彼女の性格にベネットは恐れをなした。職が決まってからこの一ヶ月、ケイレブは町でジェサミンについていろいろな噂《うわさ》を耳にしたが、その肉感的な体つきをかなり卑猥《ひわい》な言葉で表現する男性たちも何人もいた。今本人を目の前にして思うのは、ベネットというのは何と愚かなやつだということだった。こんな女性を手放すとは。まあいい。そのほうが、自分にとっては好都合だ。

「じゃあ、引っ越しで大変でしょうから、このへんで。そうそう、冷蔵庫の食べ物はどうぞご自由に。気に入ると思うわ」ジェサミンが引きつった笑みを見せる。「引っ越し祝いだと思ってくれていいわよ。私たちお隣同士になるんだもの」

そしてくるりと背を向けると、ジェサミンはキッチンを抜け裏庭に通じるドアへと向かっていった。ケイレブは、彼女を腕に抱きしめ慰めてやりたい気持ちを抱えながら、そのあとを黙ってついていった。はだしを無理やりブーツに突っ込み、コートをつかんでドアを出ていく姿を見守る。ジェサミンは裏庭を走って自分の家に駆け込むとばたんとドアを閉めた。すぐにすすり泣く声が彼女の家から聞こえてきた。

ケイレブも自分の家の裏口を閉めると、額をドアに預けた。冷たい木材が心地よかった。そして手を伸ばし、自分のものの位置を直した。ジーンズの中で大きくなって、前がはちきれそうになっていたのだ。頭をドアから離すと、背中を汗が伝い落ちる。冷たいシャワーを浴びなければ。できるだけ早く。今夜は眠れない夜を過ごすことになりそうだ。

　玄関を通り過ぎるとき鏡が目に入り、ケイレブは自分の姿にぞっとした。今すぐ欲望をどうにか処理する必要のある男性、まさにそんな感じだった。

　心の平穏《セレニティ》の町へようこそ、か。

2

「クリスマスなんて大嫌いよ」大きな荷物を抱え下ろし、ジェサミンはえっちらおっちら重さに耐えながら、自分の店の小さな事務室へ入っていった。

「クリスマス大好きだって、いつも言ってたじゃない」

自分のあとをついて事務室に入ってくる副店長のグレイシー・コリンズをにらみつけ、ジェサミンは言葉を返した。「考えを変えたの」

グレイシーは笑って、ジェサミンのデスクの前に置いてある椅子《いす》に、どさっと腰を下ろした。「うちの店のかき入れどきなのよ」グレイシーはポケットから銀紙のチョコレートを取り出して、ジェサミンにすすめた。

ジェサミンは荷物をどうにか棚に収めてから、自分の椅子に崩れ落ちた。腹を立てたままでいたかったが、大好きなご褒美を目の前にするとどうしても口元が緩む。

「この季節って、どういう魔力を持っているのかしらね。普段はまともな人が、狂乱状態になるんだもの」ジェサミンは包みをはがして、チョコレートを口にほうり込んだ。豊かで深い味わいが口の中に広がる。本物の上質のチョコレートは、セックスと同じぐらいすばらしいものだ。ときにはセックスよりいい場合もある。

　グレイシーがまた笑った。「あなた、クリスマス・ショッピングがまだ終わってないなんて、どうかしてるわ。あと一週間しかないのよ。この時期が忙しいことぐらい、わかってたはずだし、今週は忙しくててんてこ舞いになるのよ。イブが近づくとなおさらひどくなるんだから」

「はい、はい。わかってますとも」

　もちろんそれぐらいジェサミンにもわかっていた。この『おいしい楽しみ《ディレクタブル・デライト》』というスイーツ・ショップを始めて、もう十年になる。トリュフなどの高級チョコレート、ケーキ、ホームメイドのアイスクリームを売る店は非常に繁盛していた。この一年は仕事に没頭することになってしまったが、それもまた天の助けだった。猛烈に働いたおかげで店は成功し、悲しみを忘れ、二重のプラスがあった。

　だめ、あのことはもう忘れよう、ジェサミンはそう自分に言い聞かせた。去年のクリスマスは惨憺《さんたん》たるありさまだった。ひとりの男のために、ひどい笑いものになってしまった。あんな思いをしてまで手に入れたい男などいるはずがない。もちろんセックスへの欲望はあるが、自分でどうにか対処できる。もちろん男性に抱かれるのとは違うが、体を持て余す気分の夜には、慰めにはなる。

デスクにあるファイルを手に取って広げる。「特注ケーキの予約がまた入ったのね。クリスマス・イブの朝いちばんに用意するのか……」ジェサミンはファイルを繰りながら、ペンの端で注文票をとんとんと叩《たた》いた。「商工会議所のクリスマス・パーティ用のケーキと料理はあさっての朝、配達する」

「心配しないで。準備は完璧《かんぺき》にしてあるもの。あなたならこれぐらい、目をつむっていてもできるわよ」店のドアのチャイムが鳴ったので、グレイシーが立ち上がった。お客が来たのだ。「休憩はここらでおしまい。仕事に戻るわ。クビにされたくないものね。あなたはここで書類仕事をしてて。私は六時になったら店を閉めるわ」

「ありがと」グレイシーがドアを閉めて店に戻るや、ジェサミンは経理仕事に没頭した。こういった小さな店では、クリスマス・シーズンにじゅうぶんな利益を上げなければならない。その利益でバレンタインデーの時期まで持ちこたえるのだ。ジェサミンはどうやって利益を確保できるか、頭をひねった。

どん、どん、と大きな音がして、ジェサミンははっと我に返った。そして時計を見てとうに六時を過ぎていることに気づき、驚いた。午後はあっという間に終わった。銀行の預金残高を計算し終わると、じゅうぶんな利益が出ることがわかった。これで終わりだ。少なくとも、今日もうすることはない。そう思うあいだも音が大きくなり、彼女は椅子から立ち上がった。店の表から音が聞こえる。

店の中は暗く、防犯システムのランプと、ショーケースのクリスマス照明がにぎやかに光るだけ。店の前に人影が見える。この季節になると、店が夜には閉まるのだという事実を受け入れてくれない人があまりに多い。最初はそういうことも信じられなかったが、もう我がままな客の対応にも慣れたジェサミンは、とっておきの〝売り子〟スマイルを顔に貼《は》りつけ、急いでドアに近寄った。しかし人影が誰かがわかって、彼女の足取りが重くなった。どうしてもケーキが買いたいから店を開けてくれという客ではない。

「開けてくれ、ジェサミン」分厚いガラス戸越しにも、この太く豊かな声の持ち主が誰かはわかる。ケイレブだ。

やれやれ、と思いながら、ジェサミンはドアに近寄り鍵を開けた。この一年の経験で、彼が言い出したら聞かない人であることはわかっていたし、このままほうっておけば、一晩じゅうでも店の前に立っているだろう。ジェサミンがドアを開けるのも待たず、鍵を外すとすぐに彼が店に飛び込んできた。ぶつからないために、ジェサミンは横にどくしかなかった。

大きな体が、入り口をすっかりふさいでいる。ドアがしっかり閉じられたかを確認してから、彼はジェサミンのほうを向いた。

「何かあったのか？　店の前に君の車が停めたままになっているのを見たもので」ケ

イレブが店の中を歩き回る。売り物のお菓子を調べるように見ながら、まるでここが自分の店であるかのように落ち着いている。

ジェサミンは心の中で十まで数えてから、返事した。「何も変わったことはないわ。書類仕事にちょっと時間がかかっただけよ」彼とはあの運命の出会いから一年、隣同士として接してきた。ケイレブはジェサミンをかわいそうに思ったためか、折に触れ彼女の様子を聞いたり、店に立ち寄ったりする。町のちょっとした委員会の役員を一緒に務めさえした。ケイレブは常に紳士的な態度で接してくれるが、それでも心の中でジェサミンのことを憐《あわ》れんでいるのだろうと思わずにはいられず、そのことで彼女は余計に惨めな気分になった。「これから家に帰るところよ」ちょっと不愉快な調子で付け加え、さっさと帰ってと思っていることが彼に伝わるといいがと願った。

「よかった。君の車まで送るよ」

もうこれ以上は我慢できない。「こういうのやめてちょうだい、ケイレブ」

ケイレブは腕組みをして、わけがわからないという顔をした。幅の広い肩に上着が引っ張られているが、彼の体の男らしさにはなるべく気を取られないでいようとジェサミンは思った。「どういうのだ？」

「これよ」ジェサミンは目の前でひらひらと手を動かした。「私のこと、心配してるんでしょ？　去年のクリスマスにあんなことがあったから。これまでにも何度も言ったけど、ベネットが私を棄てる話をあなたに任せたからって、あなたを恨んではいないわ。あなたのせいじゃないもの。だから、私を憐れむのはもうやめて」ああ、やっとすっきりした。これで彼も立ち去ってくれるだろう。

「憐れむ?」低く唸《うな》るような彼の声がジェサミンの肌を撫でる。

いつものことだ。ケイレブが近くにいると、ジェサミンの体が彼の存在に反応する。ただそこに彼がいるだけで。こんなふうになるのは、何としてもやめないと。「ええ、憐れみよ」ジェサミンはここでひるんではならないと決意を固め、ケイレブのほうに近づいた。「ベネットのことなんて、もうとっくの昔に忘れたわ。だからガラスを扱うみたいにして私と接するのはやめてちょうだい。そんなことしてもらわなくたって、いいんだから」

「それはいいことを聞いた」その言葉がケイレブの口から飛び出すのと、彼がジェサミンを抱きしめるのは、ほとんど同時だった。すぐ唇が重ねられ、キスが熱く燃え上がった。

熱だ。ケイレブが軽く彼女の唇を噛んでから、口の輪郭を自分の舌でなぞっていくと、ジェサミンの体全体に熱いものがじわっと広がった。はっと息をのむために口を開けると、その瞬間ケイレブが舌を中に入れた。彼はペパーミントとコーヒーの味がした。

抵抗することなど、ジェサミンの頭の片隅にさえなかった。こうしてほしいと、ずいぶん長いこと待った。昨年のクリスマス以来、ジェサミンは毎晩のようにエロティックな夢に悩まされてきた。夢の主役は今彼女にキスをしている男性だ。意識が遠のくようなキスを。ジェサミンはふらつく体を支えようと、彼の肩に手を置いた。これまでくすぶり続けた情熱のすべてをぶつけるように、舌を絡ませて激しくキスを返す。彼のキスはどんな味がするのか、長いあいだ想像ばかりしてきた。実際にキスしてみると、夢で思い描いていたより、もっとずっとすばらしかった。

ケイレブがジェサミンをのみつくす。彼の手が両側から彼女の頰を包み、顔の角度を変えさせ、さらに濃密なキスを求めてくる。彼が舌を動かし始めると、ジェサミンの喉の奥から甘えるような声が漏れた。やがて彼が顔を離したとき、ジェサミンの心臓は高鳴り、頭がふらついていた。二人は荒い息を吐きながら、互いを見つめた。

「今のが憐れみだと思うか？」ジェサミンはただ首を振るだけだったが、ケイレブのほうも何か返事を期待していたわけではない。「憐れんでもらわなきゃいけない人間がいるとしたら、それはこの僕だ。この一年間、僕はただ君のことを黙って見ているだけだった。君がまた男性と付き合う気になっただろうか、そんなそぶりを見せないかとずっと待ってたんだ。僕に好意を持ってくれるだろうかとそればかり気にしていた」

ケイレブの言葉に、ジェサミンは耳を疑った。まあ返事をする必要はない。今のようなキスのあとなら、ジェサミンの気持ちも伝わったはずだ。さらに彼のズボンの前が大きくふくらんでいるところから判断すると、彼もすっかり興奮しているようだ。その部分が当たるとひどく硬くて、つい自分の下腹部をそこに押しつけたくなってしまったが、どうにかそんなはしたない衝動を抑えることはできた。ジェサミンの女性としての部分にもうずくようなくすぐったい感覚がわき起こり、彼の大きく硬くなったところにこすりつければ、うずきもやわらげられそうだと思ってしまった。とにかくちゃんと頭が働くようになるまで、少し体を離しておく必要がある。そう考えて、ジェサミンは一歩退こうとしたのだが、彼の腕ががっしりと彼女のウエストに回され、まったく動くことができなかった。

「だめだ、今度こそ逃がさないぞ」ケイレブがジェサミンを抱きしめたまま歩いたので、彼女はあとずさりした。二人はショーケースの前を過ぎ、店内でも光の当たらない場所に来たと思うと、裏の事務所に通じる狭い通路に入った。ここは完全に影になって外からは見えない。

「どういう意味？　私には何が何だか……」背中に壁が当たるのを感じて、ジェサミンは力が抜けそうになる体を壁に預けた。ケイレブがそびえるように目の前に立ち、彼の体から発せられる熱があたりを包む。

「なるほど、何もわかってないんだな」ケイレブが上着を床に脱ぎ捨てた。「どういう意味か、できるだけ率直に説明しよう」ジェサミンの顎をつかんで顔を上に向けさせる。「君が欲しい。クリスマスツリーの下に暖炉の炎を体に反射させて寝そべっていた君を見た瞬間、君を抱きたくてたまらなくなった。だがあのツリーは僕のものじゃなかったし、君はあそこで僕を待ってくれていたわけではなかった」

ケイレブの口がジェサミンの口元に近寄ったが、もうすぐ触れ合う寸前で彼が動きを止めた。彼の息が口にかかり、ジェサミンは唇を重ね合わせたくてたまらなかった。それでも、彼の言葉の続きが聞きたかった。「去年のクリスマス、僕は望みのものを得られなかった」

「何が望みだったの？」

「君だ」彼の唇がジェサミンの耳をかすめる。「僕のクリスマスツリーの下で、ふかふかの敷物を広げ、その上に贈り物の君がいるところを見たい。激しく荒っぽく奪ったあと、ゆっくり時間をかけてセックスしたい。その間、あらゆる方法で君の体を楽しみたい。君の体のあらゆる部分を舐め回したい」

ケイレブの言葉にどうしようもなく興奮して、ジェサミンの息が荒くなっていた。二人が汗ばんだ体を絡ませているところが頭に浮かぶ。彼の大きな体が上からジェサミンをしっかりと抱え、激しく腰を動かしているところ。そんな場面を前に夢でみたことがあり、まだそのときの記憶が生々しく残っている。胸が敏感になり、体の奥が欲望にちりちりとうずく。ああ、この人が欲しい、ジェサミンはそう思った。そしてふと考えた。いけない理由がどこにあるのだろう？　ケイレブと体の関係を持っても、何の問題もないはずだ。彼はジェサミンとセックスしたがっており、ジェサミンもそれを望んでいる。二人とも大人だし、傷つく人はいない。理性のどこかが、またあなたが傷つくことになるのではないの、と問いかけてきているが、そんな声は無視できる。なぜなら、心を奪われる心配などないから。これは単純に大人の男女が性的な欲求を満足させるためだけにすることなのだ。

「君の大切なところを味わって、僕の口だけで歓びの叫びを上げさせたい」ケイレブが耳たぶを軽く嚙むと、ジェサミンは、あっとあえいだ。「君の口にも僕の大切なものを入れて、君の唇が僕のものを包んでくれる感触を楽しみたい」彼の言葉に膝からどんどん力が抜けていき、ジェサミンはしっかりと彼の肩につかまって体を支えた。

「そして君の熱い体を深く貫きたい」

「ええ」そのすべてを、ジェサミンは求めていた。してほしいことはもっとある。

「ええ、お願い。そうして」腰を突き出してケイレブの硬く盛り上がった下腹部にこすり当てると、彼はジェサミンのヒップをつかみ、勃起《ぼっき》したものを強く押しつけてきた。

ケイレブは、あうっと声を上げてから、ジェサミンの両脚を膝ではさんで動けなくした。「本当にいいんだね、ジェサミン？」

「あなたが欲しいの」ジェサミンも体を乗り出して、ケイレブの首にキスして、少しばかり欲望を満足させた。ケイレブは一歩下がると、ジェサミンのブラウスの前をつかみ、両側にぐいっと引っ張った。布がちぎれてボタンが飛ぶ。ブラウスを取り去った彼の目がジェサミンの体に釘《くぎ》づけになり、ジェサミンはその視線を炎のように肌に感じた。「君は本当に下着の趣味がいい」サテン地のブラのカップ越しにもくっきりと突き出している胸の頂を、ケイレブが親指で撫でる。「完璧だ。パンティのほうも濡れているんだろうね」

その言葉に欲望をさらにかき立てられ、ジェサミンの体の芯《しん》から液体となってわき出てくる。唇をしっかり閉じていないと、あえぎ声が大きく出てしまう。パンティは濡れていたはずだが、今の言葉でさらにぐっしょり濡れてしまった。ジェサミンは右脚を上げて彼の腿に乗せ、体をくねらせた。自分の体の満たされない部分を彼に何とか慰めてもらいたくてたまらなかった。硬くて大きな彼のものがジーンズの前を突き破りそうになっている。これで体の奥を満たしてほしい。

ジェサミンは彼のシャツをジーンズから引っ張り出して、シャツの下に手を入れた。彼の体は温かく、筋肉がびくっと反応するのを指に感じる。手を分厚い胸板に滑らせると、手のひらに彼の鼓動が伝わる。彼の親指が胸に快感を与え続けるため、ジェサミンの息はますます荒くなり、欲求が高まる。ジェサミンは震えながら手を下へと伸ばした。

ジェサミンが頭をのけぞらせてあえぐまで、ケイレブは愛撫《あいぶ》を続け、乳首の形がすっかりサテンの布地に浮き出てきた。彼の肩につかまるジェサミンの指に力が入る。ケイレブは体を壁に押しつけながら、少し位置を変え、非常灯の光にジェサミンの姿が照らされるようにした。この瞬間をずっと待っていたのだ。ジェサミンの体を余すところなくながめたい。

ジェサミンのブラは熟れたイチゴの色だった。パンティも同じ色に違いない。早くスカートを脱がせて、推測が正しいかを確かめたい。しかしそのとき自分の胸に置かれていた彼女の手が腹部を下へと滑っていったので、ケイレブは急いでその手をつかんで止めた。彼女に直接触れられたら、もう我慢できなくなる。ケイレブはシャツの下から彼女の手を引っ張り出し、自分の口元に持っていった。指一本ずつにキスし、指のあいだを舐める。「君に触れられたら、そこで果ててしまう」

ジェサミンが目を丸くしたが、うれしそうにほほえんだ。「ほんとに?」

「ああ、そうだ。ほんとに、だ」ジェサミンの手をまた自分の肩に置かせて、ケイレブは彼女の乳房に集中した。豊かな胸は、ケイレブの大きな手からもこぼれるほどだ。ブラを外して、胸を完全にあらわにする。「きれいだ」顔を近づけながら、ケイレブは思わずつぶやいた。丸く盛り上がったやわらかな輪郭を舌でなぞり、ジェサミンの味を覚え、彼女の形を記憶していった。

「ケイレブ」ジェサミンが胸を突き出しながら、彼の名をつぶやいた。胸の頂がさらにケイレブの口に近づく。ケイレブをさらに近くに感じようとしてか、ジェサミンの手が彼の髪をつかみ、強く自分の体に引き寄せる。

ケイレブは根っからの紳士なので、レディの頼みとあればすぐに応じる。片方の胸の頂を撫でながら、もう一方は口に含み強く吸い上げた。痛くないように気を遣いながら、硬く突き出した乳首を歯のあいだにとらえ、舌を動かしていたぶる。

ジェサミンが鋭い声を上げ、悲鳴にも似た音にケイレブのペニスが直接反応した。足りなくなった酸素を吸おうとケイレブは口を離し、そのあと深い谷間に顔を埋めた。

ああ、彼女はなんて感じやすいんだ。こんなに敏感に反応されたのでは、抑制など利かなくなると、ケイレブは不安になった。彼のものははちきれそうにどくどくと脈打っている。ケイレブはジーンズの前を急いで開け、いくらかでも痛みを鎮めようとした。すると、どっと解放感を覚えた。

スカートのウエストをつかんで、ぐっと引くと、膝のあたりまで下がったので、ウエスト・ゴムというものを発明した誰かに、ケイレブは心から感謝した。ひざまずいて彼女の足を一本ずつ上げさせ、スカートを取り去る。するとケイレブの顔に笑みが広がった。思ったとおりだったたからだ。パンティはブラと同じ色だった。しかもレースの縁取りのある腿までのストッキングをはいている。

「ケイレブ?」ジェサミンの声に不安がにじむ。ここで考えを変えられては困ると、ケイレブは急いで次の行動に移った。

サテンに包まれた彼女の下腹部の盛り上がりを撫で、指を脚のあいだに滑らせる。

「言ったとおりだったたね。すっかり濡れてる。僕を求めて」指にぬめりを感じて、ケイレブは勝ち誇った気分になった。

「ええ、濡れてるわ」ジェサミンの腰が前に突き出される。「あなたが欲しいのよ、ケイレブ」

薄い布地の上から、ケイレブの指がジェサミンを愛撫する。ケイレブの頭をつかむ彼女の指に力が入り、もっとそばに来て、と訴える。見上げると、ジェサミンは目を閉じ、丸めた髪が乱れて肩に落ちていた。ブラウスがはだけ、乳房がすっかりむき出しになり、呼吸のたびに小さく上下に揺れる。

ああ、何てセクシーなんだ。ケイレブはどうしても、彼女の味を確かめたくなった。

ケイレブはパンティのゴムに指をかけ、ちょうど彼女の茂みがあらわになるぐらいまで下げた。茶色のやわらかなカールの中で指の向きを変え、襞《ひだ》をめぐって濡れたピンクの肌とふくれて飛び出そうとする蕾《つぼみ》をむき出しにした。ジェサミンも彼の指の動きに応じようと、脚を大きく開こうとしたのだが、パンティに邪魔されて思うように開けない。

「もう一度して。ケイレブ、もう一回さわってちょうだい」

あえぐような彼女のささやきを耳にして、ケイレブはぞくっと震えた。目を閉じ、自分を抑えようと必死になる。自分のものからもねっとりと液がにじみ出てくるのがわかる。睾丸《こうがん》が体のほうに引っ張られ、ジェサミンに触れたくてうずうずする。

ケイレブは体を前に倒し、今むき出しにした湿った襞を舐めた。ジェサミンの体がびくっと反応し、腰が動く。もっと強く触れてほしいのだ。ああ、最高の味がする、とケイレブは思った。彼女の店で売られているどんなスイーツより、甘い。そっと指を一本、彼女の体の奥へと滑らせると、そこは熱く濡れていて、いつでもケイレブを迎え入れる準備が整っていた。自分のものをその熱の中に埋めると思うだけで、その甘さに気を失いそうで、彼は歯を食いしばった。燃え上がる欲望に血が沸騰しないようにするには、そうやってこらえるしかない。

ケイレブの二本目の指も、ジェサミンはすんなりと受け入れてくれた。「もっとよ！」そう言いながら腰をくねらせて押しつけるので、指が奥へと入っていく。

ケイレブは逆にすっかり指を抜いた。彼女の甘えるような声が、喪失感を訴える。しかし今度は彼が指を三本強く突き出したので、甘えた声が鋭い快感を叫んだ。彼の指にまとわりつく筋肉が波打つように動き、彼女の腰全体が猛烈に上下する。ケイレブはその反応の激しさに魅入られ、彼女の顔を見つめた。

また顔を下ろして、ケイレブは大きく尖《とが》った彼女の蕾を唇にとらえた。ジェサミンの手がケイレブの頭や首全体を落ち着きなく動き回る。強い快感を訴え、そしてその感覚をもっと強く与えてもらいたくて夢中なのだ。ケイレブは必死で自分にしがみつく彼女のさらに奥まで指を入れ、高みへと押し上げた。彼の指に、口に、どっとあふれ出たクリームが、彼女は頂点に達したことを告げた。彼の髪を強く握りしめたままのジェサミンが絶頂に震えるのを、ケイレブは痙攣《けいれん》を繰り返す部分に顔を固定されたまま感じた。

やがてジェサミンが手を放し、ずるずると壁に崩れ落ちかけたので、ケイレブも指を出して口を離し、立ち上がろうとした。今度は自分の番だと思った。彼のものはあまりに硬くなり、一度か二度こすればそれで終わってしまうこともわかっていた。ジェサミンがにっこりして、自由に脚を広げられるようパンティを完全に脱ぎ捨てようとした。

ところがそのとき、ドアを乱暴に叩く音がしてケイレブはびくっと体を起こした。

ジェサミンは恐怖に引きつった顔で、ブラウスの前を急いで合わせる。ああ、ちくしょう、と強い口調の罵《ののし》り言葉がケイレブの口から漏れた。今店の表に来た地獄の使者が誰であれ、絶対呪《のろ》ってやるからな。もうあと少しのところだったのに。ジェサミンはもうスカートをたくし上げ、髪をとかしつけようとしている。さっきまでどうだったかは、無意味なのだ。タイミングを完全に失った。

　はっきりと事態を認識したケイレブは、慌てるジェサミンを落ち着かせることにした。表のドアを叩く音はさらに大きくなり続けるが、それを無視して、ジェサミンの顔を両手で包み込んだ。そしてキスした。するとすぐにジェサミンは静かになり、彼の手首をつかんで腕を彼女の体に回させた。ぴたりと寄り添う彼女の乳房のやわらかさを、ケイレブは胸に感じた。

　ああ、だめだ。ケイレブはしぶしぶ体を離した。「まだ終わっていないからな。また君と会いたい」ふっと息を漏らして、額を合わせる。「今日は夜勤なんだ。仕事が明けるのは、明日の朝、八時だ」

「私は明日の朝、七時に店を開けないといけないの。会社でクリスマス・パーティをするお客さんの注文があって」

「じゃあ、その次の日は？」しかし、ケイレブがそうたずねる前に、ジェサミンはかぶりを振っていた。

「ごめんなさい。あさっては午前中グレイシーが休みを取ってて、店が終わるのは遅くなってからよ」

ケイレブは必死だった。「その次の夜、商工会議所のパーティに一緒に行こう。八時に迎えに行くから」ジェサミンがわかったしるしにうなずいてから、やっとケイレブは体を離した。「表に来たのが誰かはわからないが、僕が相手をする」そして背を向けてシャツをきちんと元に戻し、ジーンズのファスナーを上げた。あまりに大きくなったものがひどく痛かったが、この際そんなことは言っていられない。

床に落ちていた上着を拾うと、袖を通した。「先に車のところまで行って待ってるから。君の車のあとをついて、君が家に無事帰るところを見届けるよ」

非常に辛いことではあったが、ケイレブは決意を固めた。ともかくはジェサミンとは距離を置くことにしよう。ちらっと見ると、彼女はまだ半裸の状態で自分の事務室に駆け込むところだった。ばん、とドアを閉める音を聞きながら、彼は店の表の鍵を開けた。目の前にいるのは自分の部下である、保安官補ジム・ゴウワーだった。心配そうな保安官補の険しい表情が、上司を見るなりいっきに緩んだ。

「失礼しました、モーガン保安官。ボスがこちらにいらっしゃるとは思っていなかったもので。パーカーさんの車がまだ駐車場にあったので、何かあったのかと思ったんです」

ケイレブは深呼吸して、おまえってやつは、と部下を叱りつけたい気持ちを抑えた。ケイレブが発情したあげく、欲求不満を抱える事態に陥ったのは、ジムのせいではない。ケイレブが時間と場所をわきまえていなかっただけのことだ。「いいんだ、僕も同じことを思って心配になったんだから。ジェサミンはコートを取りに行ってる。これから帰るところで、彼女の車のあとを僕が車でついていって、ちゃんと家まで送り届けることにした」

ゴウワー保安官補はうなずいたが、帽子の縁を上げて、ちらっとケイレブの背後を見た。ジェサミンが来たことは感じ取っていたのに、彼女の手がそっと腕に置かれるとケイレブの全身が緊張した。見下ろすと、冷静なビジネスウーマンの顔がそこにあり、さっきの官能的な女性の姿はあとかたもなく消えていた。髪はきちんとまとめてあるし、長いウールのコートのせいで、服装の乱れがあるとしても完全に隠れている。落ち着き払ったその様子を見て、ケイレブはなぜか無性に腹が立った。

「もういいんだな?」荒っぽい口調に、ジムもジェサミンも驚いた顔をしたが、誰も何も言わずにそれぞれの車へと歩き、それぞれが車を発車させた。

3

玄関口まで付き添ってくれたケイレブに、ジェサミンは不安そうな笑みを見せた。「ちょっと寄っていく?」店の官能的な出来事から二日間、ジェサミンはあのときのことばかり考えてきた。仕事の最中も気もそぞろで、グレイシーに心配されたほどだ。これまで仕事中に気を取られたことなどなかった。グレイシーにはあきらめたような笑顔を返しておいた。気を取られたことがなかったのは、昔の話。ケイレブと出会う前のこと。

「ああ」ケイレブの太い声を聞くと、背中にぞくっとする感覚が走る。ジェサミンは玄関の鍵を開けた。すぐ後ろにいるケイレブがドアを閉めて、また鍵をかける。ジェサミンは、コーヒーでもいかが、というような面倒くさいプロセスも省いた。二人ともわかっている。二日前の続きをするために、今こうしてここにいるのだ。

その夜のケイレブには、驚かされどおしだった。まず黒のスーツで現われたのだが、特別に誂《あつら》えたものらしくぴったりと彼の体に合っていた。男らしくてすてきな人だというのはこれまでにもわかっていたが、スーツ姿のケイレブは保安官の制服のときとは比べ物にならないかっこよさだった。そして迎えに来た彼は、ドレスを着たジェサミンを見るなり、琥珀色の瞳を称賛に輝かせた。その瞳を見てジェサミンは、忙しい合間をぬって新しいドレスを買いに行った甲斐《かい》があったと思った。森のような深い緑のベルベットのドレスは長袖だが胸元がV字型に深く切れ込み、ぴったりと体に張りつく。丈は膝の少し下ぐらいまで。

商工会議所のパーティのあいだ、ジェサミンはずっと夢み心地で過ごした。隣同士で住んでもう一年になるため、ケイレブがどういう人間かはよくわかっていたのだが、それでも驚きの連続だった。彼が見事にダンスをこなすのは驚きだったが、踊りを心から楽しむ姿も意外だった。フルコースの正式なディナーが終わると、きらめくクリスマスのイルミネーションを浴びて、二人は趣味のいい飾りつけがしてある大広間で踊り続けた。彼女の店『ディレクタブル・デライト』が受け持ったデザートも大好評だった。踊りながら、近くのカップルがデザートのチョコレート・タルトのすばらしさに感嘆するのを耳にはさみ、ジェサミンはケイレブと笑みを交わした。

その夜ずっと、ジェサミンは性的にいくらか興奮した状態だった。正確に言うと、あの夜以来、興奮が続いていた。荒々しい絶頂感を味わったのに、それでもまだもっと強い感覚を求めていた。そんな体のうずきは、ケイレブでなければ鎮められない気がした。もったいぶったことの嫌いな現代女性であるジェサミンは当然、それならケイレブとセックスすればいいはずだと思った。ケイレブには自分の全身をすっかり見られているのに、彼の裸をまったく目にしていないと考えるとショックでさえあるが、それももう過去のことにできる。

ケイレブがコートを脱ぐのを手伝ってくれたが、そのときうなじを撫でる彼の指の感覚が残った。今夜はパーティ用に髪をきれいに頭の上でまとめてあるので普段は見えないうなじがむき出しになっている。触れるか触れないかの感触が体の奥のほうへ伝わり、ずきんとうずく。靴を脱ぎながら、上着を取り去るケイレブの姿を見た。漆黒の髪が風で少し乱れている。見ていて楽しい光景だ。しかし、ジェサミンが惹きつけられるのは、その精悍な顔立ちのせいではない。外観からは隠れて見えないけれど、しっかりとした強さと誠実さ、そういうところが彼の魅力なのだ。

ケイレブは玄関ホールで辛抱強く立ったままだった。その姿を見て、彼が何か合図を待っているのだとわかったジェサミンは、腕を差し伸べた。すると、彼の瞳が欲望にかげった。差し出した手をゆっくりとつかむ彼の手が、とても大きく見えた。この人は、自分がどれだけ肉体的に強いかを理解している。けれどその力を使ってジェサミンを傷つけることは絶対にない。ジェサミンはすっと目を閉じ深呼吸をした。そしてまた目を開けると、彼を寝室へと案内した。

今夜どういうことになるか最初からわかっていたので、ジェサミンはじゅうぶん時間をかけて部屋を用意した。シーツは洗いたて、すぐにベッドに入れるように上掛けはきれいに折り返してあり、小さな白のクリスマス・イルミネーションが窓辺を飾っている。アロマ・キャンドルの官能をそそる香りが部屋を満たしている。

ケイレブはぐるっと部屋を見渡し、クイーンサイズのベッドで視線を留めた。息を殺して彼の反応を待つジェサミンに、彼が笑顔で告げた。「ありがとう」

飾りのないその言葉に、ジェサミンは本当にうれしくなった。ここまでしたのがケイレブのためだったと、彼はちゃんとわかってくれたのだ。二人のために、今夜のために、こうやって用意した。ケイレブをベッドの横で立たせたままにして、ジェサミンは部屋のあちこちに置いてあったキャンドルすべてに火をともしていった。部屋がやわらかな光に満ちた。

「ドレスを脱いで」

振り向くと、ケイレブはこらえきれない欲望のためか表情を硬くして、こぶしを体の横で握っていた。どんな男性とでも、初めてのときは目の前で服を脱ぐのは気恥ずかしいものだが、ケイレブにはこれまでの常識など通用しない。そもそも、彼には体のほとんどをすでに見られている。ジェサミンは自分がスリムでないのは承知しながらも、体に自信がないわけではなかった。それにケイレブのおかげで、自分の体がどれほど彼を興奮させるかには、疑問の余地はない。

ジェサミンは思わせぶりにヒップを揺すりながら、ケイレブのところへ戻った。彼の視線が自分の頭のてっぺんからつま先まで、舐めまわすように動くのを見てうれしくなる。彼の前に来ると背中を向けた。「手伝ってくれる?」

静かな部屋に、ファスナーが下りる音が妙に大きく響く。冷たい大気を肌に感じて、ドレスが開いて背中があらわになったのがわかる。ケイレブの指が一本、背筋を伝い下りパンティのところで止まる。ぶるっと身震いして、ジェサミンは一歩離れた。

「全部脱ぐんだ、ジェサミン」

振り向いてケイレブの顔を見ながら、ジェサミンはゆっくりと袖から腕を抜いた。ドレスの上部分が外れて、一瞬ヒップに引っかかったあと、床に落ちた。ジェサミンはまた一歩前に出てドレスの布地から離れ、下着と腿の中ほどまでのストッキングだけの姿でケイレブの前に立った。

「君の下着の趣味が気に入ってるって、前にも言ったかな?」ケイレブの声がかすれている。ズボンの前が大きくふくらんでいる。ああ、彼、すごく興奮してるんだわ、とジェサミンはさらにうれしくなった。

ちょっと大胆になったジェサミンは、もっと彼をあおってみたくなって両手で乳房を持ち上げ、生地の上からでも尖っているのがわかる先端を指先でもてあそびながら、くるりと回った。「あなたが気に入るかと思って買ったの」このサテンの下着は緑のドレスに合わせたもので、ケイレブの目つきから判断して、大枚をはたいただけのことはじゅうぶんあったようだ。

「僕をあおってくれ、ジェサミン。裸の君が見たい」

彼の言葉に、脚のあいだに感じていたうずきがさらに強くなった。欲望のあまり、パンティが濡れているのはジェサミンも自分でわかっていた。今夜は早い時間からずっとこうなのだ。ダンスというのは、ふさわしい相手となら驚くほど官能を刺激する体験となる。ケイレブは最高の相手だった。パーティのあいだずっと、触れるか触れないかの感覚に肌がくすぐられ続け、欲望が頭で渦巻いていった。しかし、ダンスはひとりでするものではない。

ジェサミンはたっぷり時間をかけて、ブラの紐を片方だけ肩から下ろした。そして反対側も同様に。ケイレブは息遣いも荒く、じっとジェサミンを見ている。「あなたも上着を取って、ゆっくりすれば？」誘いかけるようにそう言うと、おもむろに背中に手を回し、ブラのホックを外した。ブラは一瞬胸にへばりついたあと、はらりと床に落ちた。

ケイレブはスーツのジャケットのボタンを外して無造作に脱ぎ、ベッドの横の椅子に置いた。「パンティだ、ジェサミン」

　ジェサミンは思わせぶりにたっぷり時間を取って、上体を前に倒した。乳房が垂れ、重たく揺れる。パンティのウエスト部分に指をかけると、ケイレブがむさぼるような眼差しを向けるのを感じる。彼の視線を意識しながら、ゆっくりとパンティを下へずらし、くるぶしまで下ろしたところで、蹴《け》り脱いだ。今度はストッキングを脱ごうかと、レースの留め具に手を置いた。

「それはそのままで」ジェサミンがケイレブのためのストリップ・ショーをしているあいだ、彼のほうも有効に時間を使ったらしく、シャツの前がはだけていた。筋肉の盛り上がった胸板と平らなお腹《なか》がのぞいている。もっと見せてほしい。

　妖婦になった気分で、ジェサミンはもっと彼を刺激してやろうと、しゃなりしゃなりと彼のところまで戻って、膝をついた。「あなたは私の味をみたわけでしょ？　私もあなたを味わってみたいわ。でないと不公平だもの」わざと時間をかけながら、ベルトを外しズボンの前を開ける。そしてコットンのブリーフに包まれたはちきれそうな彼のものを両手で包んだ。「ジェサミン」ケイレブの指がジェサミンの髪をつかみ、顔をぐっと引き寄せた。

　ジェサミンは、ふふっと笑いながらブリーフを引き下ろした。束縛を解かれた彼のものが勢いよく飛び出し、ジェサミンはズボンもすべてまとめて、足首までむき出しにした。彼のものはとても大きく、根元をぎゅっとつかむと血管が浮き上がる。彼女の髪をつかむ彼の手に力が入り、ケイレブは結局下着もズボンも蹴飛ばして脱いでしまった。

反対側の手で、彼の脚のあいだに重くぶらさがる睾丸をそっと持ち上げてみた。指で撫でるとケイレブが、うっとうめき、彼女の口を勃起した先端へと促した。先のところからにじみ出る液を舐めてから、ジェサミンは口の中へ彼のものを入れた。

「君の口に出したい」

荒っぽい言葉がケイレブの生々しい欲求を伝え、うれしくなったジェサミンは喉の奥深くへ彼を迎えながら、舌を動かした。自分の脚のあいだも強い欲望にひくひくと収縮するのがわかる。体の芯からクリームが伝い落ちてくる。体をさらに近づけて硬く尖った乳首を彼の腿にこすりつけ、彼の硬い毛が敏感な肌をくすぐる感触を楽しんだ。

二人とも激しくあえぎ始めた。ケイレブはジェサミンの顔をしっかり固定して腰を前後に突き、ジェサミンは腕を回して彼のヒップを押さえ、できるだけ口の奥のほうまで彼を迎える。彼を味わうことがうれしくて、彼の大きなものが自分の口いっぱいになり、頬の肉が伸ばされる感じが気持ちよかった。ケイレブの絶頂はもうすぐだ。彼がためらっているのがわかったが、自分の口の中で出してもらいたいとジェサミンは思った。その快楽を彼に与えてあげたい。そう決心した彼女は根元をしっかりつかみ、さらに激しく頭を動かした。

ケイレブの腰がびくっと前に突き出た。勢いよく口いっぱいに液体があふれ、少しむせそうになったが、ジェサミンはそのままのみ込んだ。彼のものをもう一度すっかり舐め、完全にもう出すものは残っていないと納得してから口を離した。そしてかがんだまま顔を上げ、彼を見つめながら舌舐めずりをした。

ケイレブは酸素が足りなくて、はっはっと呼吸していた。濡れた髪が額に落ち、ジェサミンが見上げる中、髪をかき上げる。まだ袖を通したままだったシャツ、それにソックスを脱ぎ、横にほうり投げた。

ジェサミンは立ち上がり、初めて裸のケイレブの全身をじっくりとながめた。つま先から視線を上げ、彼の顔を見たとき、身動きできなくなった。本当に立派な男性そのもの。長くて筋肉質の脚、贅肉《ぜいにく》のない腰回り。大きなペニスは本来なら今力を失っていてもいいはずなのに、またむくむくと勢いを増してきた。それを見てジェサミンの体の奥が期待にうずく。彼の胸板は分厚くて力強く、肩幅もじゅうぶんある。そして口元が一方だけ持ち上がり、瞳が肉食動物のように金色に輝く。

ケイレブが手を貸してくれたので、ジェサミンはやっとしっかりと立つことができた。「僕を信じてくれるか、ジェサミン?」

何のためらいもなく返事をした自分に、ジェサミンは驚いた。「ええ」ケイレブが自分を傷つけることはない。それには、確信を持っていた。

「よし」ケイレブが軽く口づけしてきたが、濃密なキスへと発展させようとジェサミンが思ったところで、彼が体を離した。「うれしいよ」そう言って彼が背を向け、スーツのジャケットの置いてあるところに行ったので、ジェサミンは何だろうと思った。ポケットから何か取り出したが、ジェサミンのところからは何だかわからず、ただ問い詰めるように眉を上げてみせた。

ケイレブは手にしたもののひとつを指からぶら下げ、ジェサミンに見せた。手錠だった。手首に当たる部分にやわらかな毛皮のついた手錠を見て、ジェサミンは驚くと同時に、興奮もした。これまで大人のおもちゃを使ったことはなかった。

「他にもまだあるの？」彼が何かを隠しているのはわかったが、何があるのかまでは見えなかった。

「ベッドに横になって、両手をヘッドボードのところに上げて」ケイレブは手錠についた毛皮で、ジェサミンの尖った胸の先端をくすぐった。「僕とたっぷり楽しんでくれ」

ジェサミンの体が、これまでに感じたことのないような強い興奮にうずく。この人ったら、言葉だけで私をいかせてくれるのね、と思った。体の芯が脈を打って震え、胸の先がちりちりと興奮を訴える。期待に血がわき立つ。

ベッドに横たわり、両手を上げ、脚を大きく開いて、ケイレブがこれから何をしてくれるのかをジェサミンは楽しみに待った。

4

ケイレブの頭はたった今体験したとんでもないオーガズムでまだ、ふらふらしていた。ジェサミンのやわらかな口が自分のものをくわえる感触がまだ残っている。それでも、実際に彼女の体の中心部へ突き立てるほうがはるかにすばらしいことはわかっていた。

ジェサミンは自分にとって完璧な女性だ。どこをどうさわっても敏感に反応してくれる。そしてこの豊かな体。彼女を見るたびに下半身に血が集まり、この一年、勃起しているのを悟られないようにするのが大変だった。腿までのジャケットを着ていて、どうにか目立たずに済んだことも何度かある。

ジェサミンのすべてが大好きだ。しっかりとした大人で、強い意志を持って何でもやり抜く強さがあること。ふとした拍子に見せるユーモアや、接する人たちすべてへの思いやり。そして今、そのジェサミンが目の前で体を広げて自分を待っている。ケイレブから何をされようと、それを喜んで受け入れようとしている。そう思うと彼の興奮はいや増し、ほんの今しがたすっかり欲望を吐き出したはずなのに、ペニスがまた硬くなって次に備えている。ジェサミンのそばにいると、男性としての自信がみなぎってくる。ケイレブはベッドのジェサミンのすぐ近くに腰を下ろし、手にした道具をマットレスに置いた。「目を閉じて」

「どうして?」

ケイレブは笑い出した。何でもそのまま言うことを聞く女性でないのは、わかっていた。「目を閉じると、他の感覚が鋭くなるからだ。体じゅうが敏感になる。僕がいつどの部分に触れるか、わからないからね」ジェサミンの興奮は大きくなってきている。呼吸が浅く、速くなっているのだ。

「目を閉じたままではいられそうにないわ」驚いた顔でケイレブを見たジェサミンが肩をすくめた。キャンドルの光の中で、チョコレート色の瞳がもっと暗い色に見える。

「それなら心配は要らない。こういうのがあるから」黒いサテン地の目隠し布を手にしてみせる。彼女が嫌だと言うなら、無理強《じ》いはしたくない。拒絶の言葉が来るかと待ったが、ジェサミンは目を閉じ、顔をケイレブのほうに向けた。

ケイレブはサテンの部分を彼女の目に当て、後ろのゴム部分を調整した。ジェサミンの髪を留めていた宝石のついた櫛《くし》飾りを取って、髪を真っ白な枕《まくら》カバーの上に広げる。

　ジェサミンが不安そうにしているのに気づき、ケイレブはやさしく語りかけた。「セックスというのは楽しいものだ。歓びを得るためにあるんだよ、ジェサミン。君が歓んでいる姿を見るのが、僕の快楽になる」ケイレブはベッドの足元のほうへ移動して、手錠の毛皮でジェサミンのつま先をくすぐった。

　ジェサミンが足をぱっと引っ込めて笑う。「くすぐったいわ」

「ふうん、そうか」そう言いながらも、もう片方の足にも同じことをした。ジェサミンがまた笑う。そして彼女がくすぐられていることに気を取られているあいだに、ケイレブは指で彼女の腿のあいだを撫でた。笑い声がすぐに欲望に満ちたあえぎ声に変わる。「快感と痛み、笑いと興奮、こういうのは裏を返せば同じものなんだ。互いに似た感覚だが、どこからどこまでが快感で、どこからが痛みかを認識しておくのが大切だ。笑いと興奮も同じだよ」

　ケイレブはジェサミンの脚のあいだに移動して、大きくふくれ上がった乳首を舐めた。バラ色に輝き、ひどく敏感になっている。舐めて湿ったので、今度はふっと息を吹きかけ、そのあと毛皮で撫でる。ジェサミンの歓びの声がケイレブの耳に響き、彼はもう一方の乳首にも同じことをした。

　ジェサミンはケイレブにしがみつこうと手を下ろしたが、彼はすぐにその手をつかみ、頭の上に戻した。ケイレブはベッドの細いパイプに手錠を通し、反対側を彼女の手首にかけた。両手をベッドにつないでから、声をかける。「さあ、もう君は動けない。何も見えない。君の歓びはすべて僕にゆだねられたんだ」

自分の意思では自分の体をどうすることもできないと悟ったからか、ジェサミンの体が一度ぶるっと震えたが、それでも手錠を外してくれとも目隠しを取ってくれとも言わなかった。それればかりか、脚をさらに大きく広げ、膝を立てて腰を突き上げる。こんな状態になってもジェサミンは、これは自分の意思なのだとはっきり主張したいらしい。力なく彼の言いなりになるのではないと、伝えているのだ。

ケイレブはほほえんで、唇を重ねた。ゆっくり舐めると、彼女のふっくらした唇が開き、彼は舌を差し入れた。口の中を隅々までさぐると、パーティのときダンスのあいまに楽しんだ甘いワインの味がした。

ケイレブの腕に抱かれて踊っていたときのジェサミンは、とてもくつろいでいた。彼女を腕に抱くのは天国のような気分ではあったが、同時に拷問のようにも感じた。彼女の体が触れるたびに、彼女の香水の匂いを嗅《か》ぐたびに、さらには彼女の声を聞くだけで、ケイレブの体が反応した。休憩することなど問題外だった。他の男に彼女と踊るチャンスを与えるなど考えられなかった。クリスマス気分を盛り上げる緑のパーティ・ドレスが似合い、ジェサミンは輝くような美しさだった。あのまま肩に担ぎ上げて、商工会議所の大広間をあとにしたい気持ちでいっぱいだったが、これまでの人生で叩き込まれた礼儀作法をどうにか思い出して我慢した。ただ、ジェサミンがパーティを楽しんでいるのはわかったし、それがうれしくもあった。

　ジェサミンの舌がケイレブの口に入ってきて、同じような激しさで彼を求めた。しばらくしてからケイレブは唇を彼女の口から離し、頬に滑らせてそのまま耳にキスした。耳の外側を舌でなぞってから、舌先を中に入れる。ジェサミンは小さく声を上げ、少し顔を傾けてもっとしてほしそうにしている。ケイレブは彼女の望むまま、もう一度舌を入れてから、耳たぶを軽く嚙んだ。「君に歓びを与え続けるからね。もういいって言うまで。そのあと君の中に入って、もう一回いかせてあげる」

「だめよ、ケイレブ。これ以上だめ。早くして」ジェサミンが背中をそらし、やわらかな下腹部を彼の硬くなった部分にこすりつけた。

「では、僕は急いで仕事に取りかかろう」ケイレブは首の皮膚を唇でつまむと、そのまま口を胸のふくらみへと滑らせた。頂を指にはさみ、親指の腹で先端をこすってから、ぎゅっとつまみ上げた。

　ジェサミンがもだえ、肌にうっすらと汗がにじむ。顔を見ると下唇を嚙んでこらえている。

　ケイレブは膝で彼女の脚のあいだに割って入り、その中央を大きくなった自分のもので撫でた。襞《ひだ》を開いて大きく尖った蕾に触れると、ジェサミンは反射的に体を動かすのだが、手錠に引っ張られて思うように動けない。ケイレブは彼女をいたぶり続けた。

「もっと欲しいの」ジェサミンが切実な声で訴える。「お願いよ、ケイレブ」

そこでケイレブはすぐに指を彼女の内腿に当て、ゆっくりと濡れた真ん中の部分へ滑らせていった。

今すぐして、と叫びたいのをジェサミンは必死にこらえていた。あまりに興奮して、もう耐えられない。自分がそんな状態になっていることが信じられない。軽く触れられるだけで拷問のように思える。絶頂がすぐそこまで来ているのに、ケイレブはそこに行くことを許してくれないのだ。

愛の行為の最中に、目隠しをされ手錠でベッドにつながれることになるとは思ってもいなかった。さらに驚いたのは、そうされることが非常に刺激的で、さらに興奮してしまうという事実だった。手錠の部分には毛皮が張ってあり、肌に当たる感触はやさしい。しかし、しっかりと手首を固定され、本当に自分の体をどうすることもできない。目隠し布のサテンは軽くて心地いいが、完全に視界をさえぎっている。

ケイレブの口と手による愛撫で、胸がうずく。彼が次はどこに触れるのか見当がつかず、何をされるのかもわからない。目隠しをされて時間が経つにつれ、彼が次に何をするのか、じりじりとした気分で待つようになった。ときにはシーツがこすれる小さな音だったり、彼の息遣いを熱く肌に感じたり、そんなちょっとしたことに、感覚を研ぎ澄ます。あらゆる感覚が百倍以上も鋭くなった気がする。

それでももう我慢も限界だ。「お願いよ、ケイレブ」悲鳴に近い声で懇願し、いかせてほしいと訴えた。すると内腿に彼の指を感じる。

内腿を動く彼の指はぎりぎりのところでジェサミンの体の中心を離れ、反対側の腿へ移った。ジェサミンは激しく体をもだえさせたが、手錠に引っ張られてどうにもならない。ケイレブの様子を見たかった。自分に歓びを与える彼の姿を目にしたい。また指が中心部に近づいてきて、一刻も早く彼そのものをそこに迎え入れたくてたまらなくなった。今度は彼の手の動きを予測し、うまくタイミングを計って腰を高く上げてみた。ちょうど尖った蕾に彼の指先が触れ、大きな声が漏れた。するとケイレブは黙って手を離した。

「やめたら許さないわよ！」そう訴えながらも、実際にやめられたらどうすればいいのかわからなかった。口が渇き、こめかみから汗がこぼれ落ちる。彼の次の行動を待ちながら、体の芯からクリームが伝い下りた。

ふっと熱い息を下半身に感じて、驚く暇もなく、彼の舌が息のかかったところに押しつけられた。同時に彼の指がするっと体の中に入ってきた。

その瞬間、ジェサミンは体が爆発するのを感じた。快楽のうねりが全身をのみ込む。高く腰を突き上げると、指がさらに奥のほうに入っていく。ケイレブの低い笑い声が耳に聞こえたと思ったら、高く上げた腰の真ん中で尖った蕾の部分を彼が吸い始めた。目隠しの布の下にいくつもの星が見え、何度も繰り返し体が痙攣する中、ジェサミンは唸り声にも似た悲鳴を上げ続けた。その波が去ると、全身の力が抜け、彼女はぐったりとベッドに崩れ落ちた。

ケイレブの荒い息が聞こえる。彼はまだひどく興奮したままなのだ。何かが引き裂かれる音がする。コンドームだ。ケイレブが自分を守ろうとしてくれていることが、ジェサミンにはありがたかった。彼女自身はあまりに夢中になって、そんなことをすっかり忘れていたからだ。

やがてはっと気づくと、ジェサミンは瞬きしていた。ぼんやりとした明かりに目が慣れていく。ケイレブが目隠し布を取り去ったのだ。さらに手錠も外される。彼のものがやっと収縮が終わったばかりの部分を撫でると、即座にジェサミンの中でまた欲望がわき起こる。この人のせいで、私は飽くことを知らない女になるんだわ、と彼女は思った。

「君を僕のものにする」ケイレブは自分の体にジェサミンのぐったりした腕を巻きつけさせ、脚のあいだで位置を合わせた。その間もじっと視線を彼女の顔から離さない。

ジェサミンは脚を上げ、彼の背中のくぼみでくるぶしを合わせて、体を近づけた。自分の体の入り口に彼のものがぴたりと当たっているのを感じる。「早くして」ジェサミンの言葉にもかかわらず、ケイレブが一瞬ためらった。ジェサミンは腰を突き出し、腕と脚を使って彼の体を引き寄せると、怒鳴るように彼に告げた。「やって、ケイレブ」

ケイレブは一気に深く体を沈めた。彼の大きなものを受け入れようとジェサミンの皮膚が強く引っ張られる。体が満たされる感覚はあったが、それでも彼のすべてが入っているのではないのはわかった。さらに奥まで彼を迎えようとすると、痛みに体がすくんだ。

「力を抜いて。大丈夫だから」彼のやさしい言葉が耳元に聞こえる。ケイレブがジェサミンの首筋に顔を埋め、少しだけ体を引いた。そしてもう一度強く突いてきた。「そうだ」その言葉と同時に、少しずつ彼が奥のほうへ入ってくるのを感じた。

彼が体を突くたびに、胸毛がジェサミンの胸の先をくすぐる。ジェサミンはあえぎながら、彼の胸にキスした。そして喉に、唇が触れる場所すべてに。狂おしいほど絶頂を迎えたくてたまらなかった。「強くして。もっといっぱい」

一瞬動きを止めたケイレブは、次にはさらに速く腰を動かし、激しく奥のほうへと突き立ててきた。二人ともあえぎながら、頂上へと駆け上がっていく。ケイレブの手が二人の体がつながっているところへ伸び、蕾を強くこすり上げていっそう激しく腰を押しつけた。ジェサミンは自分の体の芯が収縮して彼を包み込むのを感じ、その次の瞬間、完全に上りつめた。

さっきのときと同じように、全身が痙攣するのがわかったが、彼の腕に抱かれている今回は異なることがあった。肉体的な満足だけでなく、ケイレブとのあいだに精神的な強い結びつきを感じたのだ。そんな感情を持ってしまったことが怖かったが、絶頂感にのみ込まれた今、何を心配しても手遅れだ。ケイレブのほうも、最後に一度強く突き立てると、びくっと体を起こし、ああっと声を上げた。その瞬間ジェサミンは、コンドームがなければよかったのに、と思った。彼が放つものを自分の体でそのまま感じたかったのだ。

ケイレブは放ち終わると崩れ落ちたが、それでも肘をついて体重がジェサミンにかからないよう気を配っている。ジェサミンはどさっと腕と脚をベッドに下ろした。ケイレブは大きく息を吐いて、ジェサミンの体から自分のものを抜き取ると、さっきまで手錠のあった彼女の手首にやさしく口づけし、そのあとベッドから離れた。寝室の横のバスルームに入っていく彼の後ろ姿を見ながら、ジェサミンは彼の引き締まった脚がすてきだと思った。

完全に何をするエネルギーもなくなったジェサミンは、ただベッドにごろんと横になる感覚を楽しんだ。やがてケイレブの足音が戻ってきて、ジェサミンの体の下から上掛けを引っ張り出してから、ベッドに入った。ジェサミンを抱きしめ、二人の体に上掛けをふわりとかぶせる。

「すごかったね」ジェサミンが彼の胸元に顔をつけると、ケイレブの唇の動きを髪に感じた。耳には力強い彼の鼓動が聞こえる。

「ええ、ほんとに」ジェサミンはため息を吐《つ》いて、彼の乳首を舌先でくすぐった。

彼の笑い声が振動で伝わる。ケイレブはジェサミンの髪に指を入れて頭を少し引き、彼女の口を自分の体から遠ざけた。「おいおい、今すぐは勘弁してくれ」

ジェサミンは完璧に満足した気分だった。これ以上求めるものはなく、自然と笑みがこぼれる。ケイレブの胸に手を置き、彼の胸毛を指でけだるくすいていくのが、本当に心地よかった。彼と一緒に横たわるのはいい気持ちだ。リラックスして、うとうとしてくる。しかし、彼の次の言葉に、ジェサミンの心の平穏は完全に壊された。

「僕たちがともに運命の相手だって、やっと君もわかってくれてうれしいよ」

「今夜のことは本当に楽しかったわよ、ケイレブ」ジェサミンはそう切り出した。これはただセックスだけのことだ。二人の大人が互いに好意を持ち、性的な快楽を与え合っただけ。将来をどうこうするという話ではない。

ケイレブが動きを止め、全身が緊張するのがジェサミンにも伝わってきた。「どういうことだ？　もう少しわかりやすく説明してくれないか？」

ジェサミンは彼の腕から出てベッドに起き上がり、シーツの端を体に巻きつけた。

「つまり、セックスしたということよ」笑顔を見せて、明るい雰囲気を保とうと付け加えた。「すっごくすばらしいセックスを」

ケイレブの顔が曇る。「今のはセックス以上の意味があった。僕は二人のこれからの関係の話をしてるんだ。将来を二人で築いていこうと」

「いいえ、違うわ」ジェサミンは震える体をさらにケイレブから遠ざけた。

「違うはずがないだろう！」ケイレブはベッドから出て、下着を手にして身支度を始めた。彼の全身から怒りが波のように押し寄せてくるのだが、彼は何も言わない。ズボンとシャツを着て、ジャケットを肩にかけてから、やっとケイレブがジェサミンをにらみつけた。「肉体的に君は完全に僕のことを信じ、体を僕にゆだねてくれた。しかし気持ちの上では僕を信じてくれないんだな？　僕はベネット・アンダーソンとは違うし、君も一年前とは変わった。前よりも強い女性になったはずだ。だが、やっぱり君は弱虫だったんだね」

彼の言葉がぐさりと胸に突き刺さり、ジェサミンも言葉を返した。「そんなのあんまりだわ。私がＯＫしたのはこれだけよ」そう言ってベッドを示す。「でもそれ以上のことはないの」

ケイレブは目を閉じた。また開かれたとき、その瞳は荒涼として何の感情もなかった。「そうだな、君の言うとおりだ。僕が勝手に思い込んだだけだ。これはただセックスだけのことだった」そして首を振って手のひらをうなじに当てる。その姿を見て、ジェサミンはどうにか彼の心を慰めたくてたまらなくなり、その衝動と闘った。やがてケイレブはしゃんと背筋を伸ばした。普段は暖かな光を放つ琥珀色の瞳が冷たかった。「ただ僕は一夜限りの関係を求めていたんじゃない。ジェサミン、もし君の気が変わったら教えてくれ。僕がどこにいるかは、知ってのとおりだから」

ケイレブは背を向けてドアに向かった。最後にちらっと彼がジェサミンのほうを見た。「それから、そのキャンドルは全部ちゃんと消して寝るんだぞ」

ジェサミンはベッドに座ったまま、遠のいていく彼の足音に耳を澄ました。玄関ドアが閉まる音が聞こえ、とうとう本当に終わったのだという現実を思い知らされ、ジェサミンは泣き出した。体だけのことにしておこうとがんばったつもりだった。けれど残念ながら、今怒って彼女の家から出て行った男性が、自分の心も一緒に奪っていったのをはっきりと悟った。

5

その日から二日、ジェサミンは目の前の仕事をやり過ごすことで生きながらえた。ケイレブの最後の言葉が耳にこびりついて離れなかった。その間、店のお客とちょっとした会話をして、売り上げをレジに打ち込み、チョコレートを光沢のある赤と緑の紙に包んで金色のリボンをかけた。クリスマスのにぎやかな音楽が店に流れていたが、彼女の耳には届かなかった。クリスマス前のにぎやかさは、完全に自分とは異なる次元のものだという気がした。ジェサミンの周囲に漂う気配といえば〝悲惨〟だけだった。

弱虫。その言葉が頭によみがえり、ジェサミンは本当にケイレブの言うとおりなのだろうかと考えた。自分が時代遅れではない自立した女性であることを誇りに思ってきた。大人の男女が互いの了解のもと、セックスを楽しむ、そういう女性だ。ただそこにかかわる重要な部分を見逃していた。ジェサミン自身は一夜限りのセックスを楽しむタイプの女性ではなかったのだ。

否定したいとは思いながらも、ジェサミンの心ははっきりとセックスに影響されていた。ベネットとの情けない過去を、今も引きずっているのかもしれない。そうではないと断言したいところだが、自分の行動を考えるとそうとしか思えない。そして二日間眠れぬ夜を過ごしたあと、ジェサミンはとうとうある結論に達した。絶対にこれだけは避けようと思っていた事態に、完全にはまり込んだのだ。ケイレブに恋してしまった。なお悪いのは、彼を愛し始めて、かなり日が経つことに気づいたことだった。去年、クリスマスツリーの下で彼に見つけられてから、ずっと彼への気持ちが大きくなってきていたのだ。

ケイレブはベネットと正反対の男性だ。今思えば、ベネットはうわべだけで中身のない男だった。ケイレブ・モーガンは地に足が着いていて、頼もしい。女性をどっしりと受け止めてくれる。人に流されることなく自分の意見をしっかり持っているので、一緒に暮らせば面倒も多いかもしれない。しかしけっして嘘をつかず、女性を欺くことなどないだろう。何か問題があれば、正面からその困難に立ち向かい、これが気に入らないとはっきり言ってくれる。二日前に自分の寝室を出て行くとき、彼がどれほど怒っていたかを思い出して、ジェサミンは身震いした。それなのに、怒りの中でもジェサミンの身の安全を気遣ってくれた。今頃になって、彼をどれほど深く愛していたか気づくとは。そしてその男性を自分の人生から締め出してしまったのだ。

グレイシーの声に、ジェサミンははっと現実に戻った。「ジェサミン、ミセス・ウォーカーのお相手を頼める？」

グレイシーの声に切迫感が混じっていることに驚いたジェサミンだが、店内を見てひどく混雑しているのに気づき愕然《がくぜん》とした。彼女がぼんやり物思いにふけっているあいだに、客たちの多くは苛々《いらいら》し始めていた。今日はクリスマス・イブだ。誰もがプレゼントやケーキを買いに走る。忙しくて当然だ。

手元で紙がくしゃっと丸まる音がしたので見下ろすと、きれいなラッピング用の紙を握りつぶしていた。もうまるで使えないところまで、くしゃくしゃになっている。ジェサミンは包み紙を捨て、トリュフのディスプレイの前に立っている老婦人のところに急いだ。「ミセス・ウォーカー、ご注文をおうかがいします」

その後も客は閉店まで切れ目なく続いた。営業は終了しましたという看板を出したあとも、ぎりぎりでクリスマスの買い物をする客たちの相手に追われ、結局最後の客を送り出したのは通常の閉店時刻から三十分もあとだった。「ではメリークリスマス、ミスター・シムズ」そう声をかけてドアを閉め、かんぬきをかけると、ジェサミンはドアにぐったりと背中を預けた。

「これで終わり？」レジの横に立ったグレイシーが店内を見回し、キーを打ち込む。レジからはその日の売り上げが印刷され始めた。

「そうよ」ジェサミンはよいしょっとドアから離れた。「これでおしまい」ちらかり放題の店内は見ないことにして、ジェサミンもレジのそばに行く。「もう帰ってちょうだい、グレイシー。クリスマス・イブなんだから。あとは、私が片づけとく」

「ほんとにいいの？」グレイシーが親友ならではの心配そうな眼差しを向けてくる。

「こんなこと言っていいかどうかわからないんだけど、あなた今日ずっと変だったわよ。何か心配ごとでもあるんじゃない？」

　ジェサミンはグレイシーの肩を抱き寄せ、肩をつかんだ手にやさしく力を入れて、心配しないでと伝えた。「何もないわ。ちょっと考えごとをしてただけ。今日はぼんやりしてあなたの言うことがちゃんと耳に入っていなかったわね。ごめんなさい」

　グレイシーは朗らかに笑った。「一年の今頃は、どの店も大忙しだもの。ぼんやりするのも当然よね。でも、先に帰っていいのなら、遠慮なく帰らせてもらいたいわ。うちのクリスマス・パーティにあなたも来てくれればいいのに。どうしても来ない？」

「誘ってくれたのは、うれしいんだけど、やっぱりやめとく。自分の家でぐったりしたい気分なの。あなたはパーティが待ってるんでしょ、先に帰ってくれればいいから」グレイシーがコートとバッグを取りに行くあいだ、ジェサミンは売上の集計を終え、銀行の夜間金庫に納める現金のため、伝票に記入した。

すぐに戻ってきたグレイシーは表のドアに急いだ。「クリスマスが明けたら、最初の日には普段より早く出て、このちらかった店内を片づけるから。クリスマスのあとはほとんどお客さんもないと思うし、ちらかってもたいして問題はないでしょうけどね」

「ありがとう、グレイシー。パーティを楽しんでね。ご家族によろしく」グレイシーが出て表のドアに鍵をかけると、ジェサミンもいつもの店じまいを始めた。毎晩のことで慣れているので、勝手に体が動く。その間ずっと頭では、ケイレブとのことをどうしようかと考えていた。

そして、はっと名案を思いついた。完璧な案だ。どうしてもっと早くにこれを考えつかなかったのだろう。しかし考えついたからには、急がねば。ジェサミンは大急ぎで残りの仕事を片づけ、コートをつかんだ。もう七時になるところだが、それでもまだじゅうぶん時間はある。

それから一時間半後、ジェサミンはタウンハウスの共同の裏庭を泥棒のように抜き足差し足歩いていた。昼間に降った雪がうっすらと積もり、ブーツが雪を踏み進む。夜気が冷たくぴりっと肌を刺し、ジェサミンはコートの前をしっかりと合わせて、隣の家へと急いだ。凍えるほどの寒さの中、長時間歩かずに済むのがありがたかった。

ポケットに手を突っ込むと、一年ぶりに使う鍵が出てきた。震える手で鍵穴に入れて回すと、かちっと錠が外れる音がした。ケイレブが表の玄関の鍵を変えたのは知っていた。しかし、裏口の鍵は取り替えられていないのではないかと思っていたのだ。百パーセントの確信はなかったが、たとえ鍵が合わなくても、どうにかして入り込む方法を見つけ出すつもりだった。

さっとケイレブの家に入って、ドアを閉める。家は少し寒かったが、これは何とかできる。ジェサミンはブーツをとんとんと床に打ちつけて靴底についた雪を落としてから、はだしになってブーツを玄関マットに置いた。廊下を歩くと、はだしがぴたぴたと音を立てる。途中、家の暖房スイッチを入れるために足を止めた。

家の中は暗かったので、持ってきた懐中電灯をつけて足元を照らした。もう一方の手には用意してきたものがいっぱい詰まった紙袋がある。そしてリビングに入ろうとしたとき、ジェサミンは入り口ではっと足を止めた。隅に大きな松のクリスマスツリーが置かれ、昨年ジェサミンがしたのとほとんど同じように飾りつけられていたのだ。近づいてみると、その美しさにジェサミンはぼう然とした。飾りはすべて、ジェサミンが去年ベネットのツリーのために買ったものだった。ケイレブはわざわざあのツリーの飾りをきちんと片づけ、それをまた今年出してきて同じように飾ったのだ。彼がどんな気持ちでツリーを片づけ、また飾りつけたのかと思うと、ジェサミンの胸は張り裂けそうになった。だめよ、しっかりして、と自分に言い聞かせ、荷物を下ろすと暖炉に向かった。火が燃え始めると、炎よけのスクリーンを暖炉の前に設置する。

今度はアロマ・キャンドルだ。ジェサミンは紙袋からキャンドルとキャンドル・スタンドを取り出し、ソファの前の低い木のテーブルに置いてから、火をともした。そしてワインとグラスを二つ。このクリスタルのグラスは、去年使ったものだ。ケイレブは、高価なクリスタルグラスをジェサミンのところに戻してくれた。心配りのある彼は、他にもいろいろあとから彼女の持ち物を返してくれたのだった。ジェサミンが最後に紙袋から取り出したのは、フェイク・ファーの敷物だった。それを暖炉の前に広げる。

とりあえずの準備が終わって、ジェサミンは部屋を見回した。一年前とずいぶん変わっている。部屋ははっきりとケイレブの趣味を反映していた。どっしりとした木製の家具は、男性的だが心の落ち着く雰囲気がある。寒い冬には、面白い本を手にこの部屋のソファで丸くなると和やかな気分になれそうだ。

部屋も暖まってきたので、ジェサミンはコートの前を開けた。ふっとためらう気持ちが浮かんで手を止めそうになったが、結局は覚悟を決めてコートを脱ぎ捨て、椅子の背に掛けた。身に着けているのは、ほんの二週間ほど前に衝動的に買ったもので、どうしてこんなものを買う気になったのかはわからなかったが、今になってあのとき誘惑に負けてよかったと思った。

濃いワイン色のストラップのないサテン地のビスチェが豊かな曲線にぴったりと張りついて、胸を高く持ち上げ、谷間がさらに強調される。白い毛皮が縁を飾り、前が大きく開いているのでブラのカップ部分から胸がこぼれそうになる。裾もサイドがウエスト近くまで深く切れ上がっている。しかしこの下着を身に着けていちばん挑発的に見えるのは、背後からの姿だ。背中はサテン地にぴったりと覆われているのだが、ビスチェはウエストまでしかなく、その下に本来パンティに包まれたヒップが見えるはずが、細い紐があるだけ。その紐が前後でウエストのゴムとつながっている。ジェサミンはこれまでTバックのパンティをはいたことがなく、今日の下着ではひどく体を露出している気がした。しかし同時に、非常にセクシーな気分になる。

ケイレブが帰宅するまで、どれぐらいかかるのかわからなかったので、ジェサミンはグラスにワインを注ぎ、ひと口飲んでから毛皮の敷物の上にグラスを置いた。敷物はやわらかく、彼女の肌を官能的にくすぐる。ジェサミンは敷物の上に寝そべって、ごろんと体をこすりつけた。快感に、うーんと声が漏れる。ケイレブがこの姿を見たら、どんな顔をするだろうと考えるだけで、Tバックの細い紐が湿ってくる。早く彼のものをそこに迎えたい。激しく深く、突き立ててもらいたくてたまらない。自然と脚が開き、ヒップがゆっくりと円を描いて動く。早く帰ってきて、ケイレブ、ジェサミンは心の中で祈った。

目を閉じて深く息を吸うと、クリスマスならではの匂いに包まれる。新鮮な松の木、シナモンの香りのキャンドル、そしてそばの暖炉で燃え盛るさわやかな杉。こんな匂いが大好きだ。ジェサミンはそう思いながら目を開けて、ツリーを見上げた。白いイルミネーションがちかちかとまぶしい赤のライトに映えて、きれいだった。

ちかちかとまぶしい赤のライト？

その瞬間、大きな音を立てて裏口のドアが開き、同時に正面玄関のドアもばんと開いた。どうしようと思う暇もなく、ジェサミンの目に飛び込んできたのはリビングの入り口に立つ彼の姿だった。背が高くいかめしい体を低くしながらも、彼の体が入り口をすっかりふさいでいる。「警察だ、動くな！」

視線が合った瞬間、二人とも動けなくなった。そしてケイレブが何か罰当《ばち》たりな言葉を吐いてから、銃をホルスターに納め、髪をかきむしった。ジェサミンはただぼう然と彼を見つめるだけ、実際に恐怖で動けなかった。ケイレブはなおも口汚い言葉をつぶやきながら、ジェサミンのほうに近づいてきた。

「うわ、すげえ」反対側のドアから押し殺したような男性の声が聞こえた。裏口からも誰かが入ったことをジェサミンはやっと思い出したのだが、すでに手遅れだった。彼女は膝を立てて体を丸め、腕を脚に巻きつけて顔を埋めた。長い髪が体を少しでも隠してくれますようにと、心で祈った。これほど恥ずかしい思いをしたのは、生まれて初めてだった。

ケイレブの足音が向きを変え、もうひとりの男性のほうへと急ぐ。そのあと、ありがたいことに二人の声はジェサミンから聞こえないところに移動した。

ケイレブは部下である保安官補を体で押すようにしてキッチンに連れていった。ジム・ゴウワーはそれでもちらちらと何度もリビングルームを振り返る。その顔には純粋に男性としての興味が浮かび、彼女の見事な体を称賛しているのがわかる。「まいったな、彼女、えらいセクシーじゃないですか」

「それ以上言うな」ケイレブが怒鳴りつけた。「考えるのもやめろ。今見たことは、ぜんぶ忘れるんだ。いいな？」ケイレブは裏口の横の警報装置のコントロールパネルのところまで行き、無音の警報モードになっていた装置を解除した。

ジムはケイレブを見つめ、ごくんと唾《つば》をのんだ。「わかりましたよ、でも、あれを忘れるのはなかなか難しいです」

「努力が足りない」

するとジムはにやっと笑った。「あんないいものをクリスマスツリーの下にプレゼントとして置いてもらえるなんて、ボスはよっぽどいい子にしてたんですね」

何かを考え込んでいたケイレブの顔も、やがてにんまりと緩んだ。ジムの言葉の意味がわかったのだ。彼がクリスマス・プレゼントとして何よりも欲しかったものを、ジェサミンがくれるのだ。急に目の前にいる部下が邪魔になった。一刻も早く、こいつに消えてもらおうと思ったケイレブは、さっと裏口のドアを開け、眉を高く上げてみせた。

ジムは屈託なく笑った。「司令センターには、誤報だったって報告しときます。それから保安官が今夜は勤務を終えたことも伝えときますから」帽子を少し掲げて挨拶《あいさつ》をし、まだ赤色灯が回転している自分の車に向かった。

「俺の車のエンジンを切っといてくれ。キーは差し込んだままでいい。それから忘れるなよ、ジム、今夜の話が噂にでもなったら、絶対に許さないからな」ケイレブはドアを閉め、それ以上返事を聞こうともしなかった。そしてブーツを脱ぎ、上着を取り、急いでリビングルームへと戻った。

6

ジェサミンはさっきケイレブが部屋を出たときとまったく同じ姿勢で座っていた。長くてきれいな脚が暖炉の火で輝いているが、その一部は流れ落ちる髪で隠れている。むき出しの肩が震えているのが見える。ああ、かわいそうに。ひどく落ち込んでいるんだろう。こんなことをしなければよかったとだけは、思ってほしくないのに。

そのときジェサミンが顔を上げ、ケイレブを見つめた。一瞬どういうことかケイレブには理解できなかった。ジェサミンは泣いていたのではない。こいつめ、笑っていたのだ！　ケイレブは腰に手を当て、信じられないと首を横に振った。その姿を見て、ジェサミンが大声で笑い転げた。

ジェサミンは笑いすぎて涙を流し、頰を拭《ぬぐ》いながらケイレブに言った。「あなた、とんでもない顔してるわよ」

ケイレブはホルスターの留め具を外すと、拳銃《けんじゅう》を入れたまま慎重に椅子の上に置き、それからシャツの裾をズボンから引っ張り出した。「君だってひどい顔になってるぞ。とにかく、僕が警報装置をつけたのを知らなかったらしいね」制服のボタンを外し、脱いだシャツを横に置く。

「そのようね」またジェサミンがくすっと笑う。「あなたのところの保安官補を怖がらせてしまったのね」そして深く息を吸って、しっかり抱えていた膝から腕を離した。

ケイレブは顔をしかめた。他の男がジェサミンの魅力を目にしたと考えると、きわめて不愉快だ。「怖がらせたというのは、正しい表現じゃないだろうな。ただ、あいつが今夜のことをよそで話す心配はない」

ジェサミンはうなだれ、上目がちにケイレブを見た。セクシーなチョコレート色の瞳に狼狽《ろうばい》が走る。「本当に？」

「ああ、本当だ。ひと言でも今夜のことを口走ったらどういうことになるか、あいつにはよくわかってるさ」

「ああもう。これほど恥ずかしい思いをしたのは、生まれて初めてよ」ジェサミンはほっと息を吐き、寒さから身を守ろうとするかのように腕をこすった。「私はロマンティックな感じにしたかったのに」

「それだけのために、こんなことをしたのか？　それともそれ以上の意味があるのか？」今度こそ彼女の行動を誤解したくなかったので、ケイレブははっきりしておこうと考えた。

ジェサミンはカーペットで膝を抱えたまま、真剣な眼差しでケイレブを見上げた。「あなたの言うとおりだったと伝えたかったの。私は自分の気持ちをごまかし、あなたにも嘘をついていたのよ」ジェサミンはそこで視線をそらし、暖炉の炎を見つめた。そこに何か自分を導いてくれるものの答があるかのように、じっと火の中を見る。

ケイレブはそんな彼女を抱きしめたくてたまらなくなったものの、懸命にこらえてその場に留まった。きわめて重要な話をしているのだ。いいかげんにはできない。はっきり彼女の本心を聞いておかねば。

「あなたを愛してるわ」ジェサミンが、さっとケイレブのほうに振り向いた。正面から見据えてくる。「だから、もしまだやり直せる機会をくれるなら、あなたとこれからも付き合っていきたい」腿に乗せたジェサミンの手が小刻みに震えていた。髪が肩からこぼれ落ちる。ジェサミンは殻を破り、心のすべてをケイレブにさらしたのだ。傷つくこともいとわず、ケイレブを求めている。

ケイレブはまだ身に着けていた白いTシャツを両手でつかんでその手を頭上に上げると、床に捨てた。服を脱ぐあいだ、ジェサミンの視線がじっと注がれる。全裸になると、彼女と同じようにすっかり自分をむき出しにした気分だった。「僕も君を愛してるよ、ジェサミン。君を愛するようになって、ずいぶん長くなる」毛皮の敷物に膝をつく。「だけど今は、ツリーの下の贈り物を受け取りたいな」

息を殺していたジェサミンの全身が、どっと喜びに包まれた。ケイレブが自分のすぐ横にひざまずくと、さっきまでひどく恥ずかしくて、不安でいっぱいだったことも忘れる。そして次の瞬間、ケイレブの顔に浮かぶやさしい表情に胸がいっぱいになった。この人は本当に私を愛している、そう実感して顔に喜びが広がる。ジェサミンは彼の琥珀色の瞳を見つめた。

ケイレブの指が毛皮の飾りをなぞって胸の谷間へ下りていった。「これ、買ったばかりなのか？　いいね」

指が胸のカップの中に入り、尖った部分をこすると、ジェサミンは身もだえした。

「ええ、二週間ほど前に買ったの」

「すてきなラッピングだ。そして中身はみんな僕のものだ」他のやつには絶対に渡さないぞという彼の気持ちが、ジェサミンの欲望を駆り立てる。ジェサミンは現代的で自立した女性ではあるが、ケイレブの原始的な独占欲が彼女の女性としての本能をくすぐるのだ。

つるっとした感触のサテン地の中を、彼の手が動いていく。カップ部分が急に小さくなったように感じて、ジェサミンは大きくあえいだ。「君の体が大好きだよ、ジェサミン」ケイレブは手をいっぱいに広げてたわわなふくらみを持ち上げてから、今度は指をお腹のほうへ動かした。

「ヒップが大きすぎるし、脚も太いわ」そう返事しようとしたのだが、体が反応してあえぎ声になり、うまく言葉にならない。

ケイレブはジェサミンの体を敷物の上に倒して脚を広げさせ、そのあいだに座った。

「君の体は完璧だ。愛を交わすために作られた体なんだ。熱い体の奥にたどり着きたいと思う男の体を、このヒップと脚がやさしく受け止めてくれる。そして君の体の奥が熱く僕を呼ぶんだよ、ジェサミン」ケイレブが大きくなったものを押しつけると、ジェサミンの口から、ああっと声が漏れる。「もう熱くなって、欲望があふれてきているんだろう？　指で調べてみようか、ぐっしょり濡れるはずだ、そうだろ？」

「ええ」ケイレブが腰を動かすと、サテンに覆われたその部分が硬さを感じる。

ケイレブは体を倒して両手でジェサミンの体を包み、親指で頬を撫でてから、キスした。キスには強い情熱がこめられていたが、欲望以上のものがあるのは、はっきりと伝わってきた。愛だ。彼の唇の動きにも、ジェサミンは自分への深い愛情を感じた。ケイレブが何度も舌を出し入れし、二人とも息をするのさえ忘れていった。

やがてケイレブはうめくような声を出して唇を離すと、また上体を起こした。今はそれほど力が入っていないのに、見上げたジェサミンの目に映る彼の体はとても力強かった。彼女はどうしてもその体に触れたくなって手を上げ、彼の胸の筋肉に指を這《は》わせた。そして筋肉の割れ目を伝って、興奮のしるしへと近づける。

するとケイレブがジェサミンのウエストに手を置いて、ビスチェの下に手を入れた。彼女の肌に直接触れたところで、ケイレブはびくっと動きを止める。「この衣装の後ろがどうなっているのか見せてくれ」

ジェサミンは体の向きを変えた。彼の視線をむき出しのヒップに熱く感じる。彼の手が両方のヒップをひとつずつつかんだ。「いいお尻《しり》だ」彼の指がTバックの紐の部分を伝い、ヒップのあいだに埋もれていく。「四つん這いになって。後ろからやりたい」

ジェサミンは両手と膝をつき、ヒップを高々と上げた。胸が重く感じられ、頂がサテンにこすれてうずく。ケイレブがヒップのほうに近づくのがわかる。彼が体を倒し、胸を手で覆うと、ヒップに硬くなった彼のものの先端が当たる。ケイレブがビスチェをはぎ取ると、やっと窮屈だった胸が自由になって、ジェサミンは安堵《あんど》の声を漏らした。彼の指先が頂をつまむ。最初はやさしく、しかしジェサミンがもっと、と訴えると、少し強くつねり上げられる。ジェサミンはヒップを彼の体に押しつけた。早く彼のものを自分の中に感じたかった。

「ケイレブ、ああ、あなたが欲しい」

頂をつまんでいる彼の指に力が入り、痛いと思う寸前で愛撫に変わる。「僕に何をしてほしいんだ？」

ジェサミンはもうほとんど何も考えられなくなっていた。それでも、彼が何を言わせたがっているのかはわかっている。「私の中に入って、ケイレブ。激しく愛して。早く」

ケイレブは手を離して体を少し引き、ジェサミンの脚を大きく広げた。そしてコンドームのパッケージが引き裂かれる音を耳にしたところで、ジェサミンが彼を止めた。

「いいの」

「本当に？」

「ええ、あなたのすべてを直接感じたいから」直接彼のものを体の奥に感じるところを想像するだけで、ぞくっとするような快感がジェサミンを包む。

ケイレブがTバックの紐をぐいっと引っ張ると、布が下に落ちた。ジェサミンの腰をつかみながら、彼が位置を合わせる。「愛してるよ、ジェサミン」そして、腰を突き出し、根元まで自分のものを埋める。また体を引き、ぎりぎりのところまで抜くと、さらに深く体を沈める。

ジェサミンも彼の動きに合わせて、腰を突き上げる。ケイレブは片方の腕で彼女の腰を引き寄せながら、もう一方を彼女の体の前に回す。指を動かしてふくらんだ蕾をさぐりあて、腰を突き出すごとにその部分をこする。

　胸がゆさゆさと揺れるのに、胴部分はぴったりとしたビスチェに覆われている。その感覚がジェサミンの官能を強く刺激する。体の奥へ、芯の部分へたどり着こうとする彼のものを意識したジェサミンの筋肉がしっかりと彼を包み込んで、放すまいとする。もう高みが見えてきたジェサミンの体に、彼の睾丸が勢いよく当たる。

「もうだめ」ジェサミンが叫ぶと、ケイレブの動きはさらに激しさを増し、腰が猛烈に打ちつけられる。そして絶頂を迎えた彼女の体がぎゅっとケイレブのものを締めつける。ジェサミンは顔をのけぞらせ、目を閉じて快感の波に全身をゆだねた。ケイレブの咆《ほ》えるような声が聞こえ、ジェサミンの胴に巻きつけられた腕に力が入る。自分の体の奥に彼の欲望のすべてが放たれるのを感じ、ジェサミンはさらに強烈なクライマックスの波にのみ込まれた。

　ジェサミンがぐったりと敷物の上に突っ伏すと、ケイレブもその上に崩れ落ちてきた。ジェサミンの背中に彼の鼓動が大きく伝わる。自分の心臓も同じリズムで打っているのがわかる。まだ完全には硬さを失っていないペニスを抜きながら、ケイレブがジェサミンの背筋に唇を這わせた。ジェサミンは自分の体の奥がまだ収縮しているのを感じた。彼を放したくないのだ。二人は同時に、ううっと声を上げた。

　ジェサミンが仰向けになるのを手伝いながら、ケイレブが笑った。「この体から、もう放してもらえそうにないな」彼の瞳がきらきらと輝き、そうなることを彼が心から喜んでいるのが伝わってきた。

ジェサミンを胸に抱き寄せながら、ケイレブの大きな肩がぶるっと震えた。「もし今日僕が当直じゃなかったら、どうなってたと思う？　君の体を、保安官補に見られただけでも、ぞっとする話だったが」そこでケイレブは両肘をついて体を上げ、ジェサミンを真上から見下ろした。「またあんなことをしたら、お尻に愛の鞭《むち》をくれてやるからな」そしてまた体を横たえ、ジェサミンを抱きかかえた。

「約束するわ」ジェサミンは彼の胸を軽くつまんで言った。こうやって叱られても、満足感でいっぱいだった。彼は女性を傷つける男性ではない。肉体的にも精神的にも、けっしてそんなことをしないのは、はっきりわかった。それに彼から愛の鞭というものを受けてみたい気もした。

ケイレブがジェサミンの顔を両手ではさみ、顎を上げさせてじっと目をのぞき込む。ジェサミンは琥珀色のやさしい光におぼれていった。ケイレブはジェサミンの目元に落ちてきた髪を払い、親指で頬を撫でる。「クリスマスに欲しかったものを僕は手に入れたんだ。一年待った甲斐があった。こんなすばらしい贈り物を一生忘れることはない。これからも大切にするよ。ありがとう、ジェサミン」

ジェサミンが今度は彼の頬を両手で包んだ。ケイレブが顔を横に向けて彼女の手のひらに口づけする。「私たち二人とも、クリスマス・プレゼントに欲しいと思っていたものを手に入れたのよ、ケイレブ」

ケイレブが顔を近づけ、軽く唇を重ねた。こんなすてきなプレゼント。これから何年も大切にできるんだわ、とジェサミンは思った。

ラブ・ミー

ベラ・アンドレイ

親愛なる日本の読者の皆さま

日本でこの*LOVE ME*がクリスマス・アンソロジーの一作として出版される運びとなり、本当にうれしく思います。ことに、このルークとジャニカの物語に、クリスマスをテーマにした日本だけのオリジナル部分を加筆することができたのは、最上の喜びです！

私は官能的で、なおかつヒロインのせつない心の内を描くロマンスを書くことが大好きで、この*LOVE ME*はまさにそういった作品だと思います。*LOVE ME*は実は、今回のヒーローとヒロインのきょうだい、リリーとトラヴィスの話のスピンオフでもあるのですが、今回加筆した部分で、この*LOVE ME*からお読みいただいたほうが、物語の背景がよりわかるようにもなったのではないかと思っています。

皆さまがたの今年のクリスマスツリーの下にも、たくさんのすばらしいロマンス作品が置かれていることを祈りつつ。

愛をこめて、そしてメリー・クリスマス！

ベラ・アンドレイ

登場人物

ジャニカ・エリス――――新進気鋭のファッション・デザイナー

ルーク・カーソン ―――救急救命室の外科医

トラヴィス・カーソン―――ルークの双子の兄、売れっ子建築家

リリー・カーソン――――ジャニカの実の姉、トラヴィスの妻、ルークの親友

1

サンフランシスコ総合病院
感謝祭明けの十一月末

「自動車事故、十歳の女の子。脾臓《ひぞう》破裂の可能性あり」

ルーク・カーソンはかすむ目でぼんやり見つめていたレントゲン写真を置いて、怯《おび》える少女のところへ駆け寄った。少女の体から急速に血液が失われつつある。少女の頬《ほお》には涙を拭《ぬぐ》ったあとがあり、看護師がストレッチャーを手術室へと急いで押していくと、長いブロンドの髪がたなびく。もうほとんど焦点の合わなくなった青い瞳《ひとみ》を大きく開いて、少女がルークを見上げた。

「今はちょっと辛いだろうけど、すぐに気分がよくなるからね。先生がちゃんと治してあげる」

「きっとよ。約束してくれる？」

「ああ、約束だ」ささやくような少女の訴えに、ルークは全力を尽くすことを心に誓った。この子やその親の期待を裏切ることはできない。

手術用手袋を手にしたとき、救急外来外科の後輩医師、ロバートが手術準備室のドアから顔をのぞかせた。ロバートは一時間前に当直に入ったばかりだ。

「カーソン先生、当直に入られてから、もう二十四時間経ってるんじゃないですか？この手術は僕が代わりましょうか？」

「いや、僕がする」

人の命を救うのがルークの仕事だが、彼にとっては医師であることは職業以上の意味を持っている。彼は救急救命室の外科医となるために、生まれてきた。この仕事をさせれば、ルーク以上の人間はいない。思い上がりでも何でもない。

それが事実なのだ。

ルークは小学校の四年生になったとき、将来医師になろうと決めた。兄のトラヴィスとはとても仲がよかったが、二十代をパーティに明け暮れた兄とは違い、ルークはずっと教室や図書館で分厚い本に顔を突っ込んで過ごした。それでもそんな日々を後悔したことは一度もなかった。ルークはこれまで常に、人の命を救うことを最優先にしてきた。家族の誰かが亡くなると、その家族がどんなことになるかは、ルーク自身が身をもって知っていたからだ。

その家族はばらばらになる。

瀕死《ひんし》の重傷を負った大人の男女を救うたび、キャッチボールをしてくれる父親、あるいはおやすみのキスをしてくれる母親を、彼らの子どもに取り戻してあげたと実感できる。また幼い子の命を助けたときは、悲しみに打ちひしがれて人生を破たんさせる親を出さずに済んだと思える。ルークにとって、外科医としての生活がすべてだった。特にこんなかわいい少女の命が自分の手にゆだねられた夜は、そう強く感じる。

救命士が少女を運び込むとき、救急救命室に駆けつけた少女の両親の顔をちらっと見かけた。二人とも恐怖に引きつった顔をしていたが、少女が死んでしまえば両親の心には大きな穴が空き、どんなに時間が経ってもその穴を埋めることはけっしてできないだろう。

そして感謝祭が来ると失った子どもを思い、楽しくクリスマスを祝うことなどできなくなる。

そんな目に遭わせるものかとルークは思った。ところが少女の体にメスをあてたとき、自分の手が思うように動かないことに気づいた。

くそ！

ルークは手を引いて、深呼吸した。外科手術には完璧《かんぺき》な集中が必要だ。ルークには強い意志があり、これまで集中力を切らしたことなどなかった。しかし、両手を体の脇《わき》に戻しても、まだ震えが止まらない。ああ、どうしたんだ？

顔を上げると、驚いたことにロバートがいた。目立たないように壁にもたれて、心配そうな顔をしている。ルークが何かの合図をしてくるのを待っているのだ。同僚が手術室に入ってきたのさえ、ルークは気づかなかった。今夜のルークには手術を任せておけないと、ロバートは思ったのだろう。それほど自分はひどいありさまだったのか？

違う、そんなはずがない。必ずできる。この子に約束したのだから。必ず命を助けると。

そう思ったものの、目の前がかすんできて体がふらつき、ロバートの手が支えてくれるのを感じた。

「僕ならまだ勤務に入ったばかりです。僕が代わります」

ルークは同僚の手を振りほどきたい衝動を必死で抑えた。

ちくしょう、これまでだって、二十四時間以上働き続けたことはある。これぐらいのことやってのけられなくて、どうする？

しかし、これは〝やってのける〟だのと意地を張る場面ではない。十歳の純真な女の子の生死を決めることなのだ。救急救命室では、一秒がものを言う。ルークのせいで、貴重な時間がもうすでにずいぶん無駄にされた。

もしこの子が死ねば、ルークのせいだ。この子の両親の目を見て、僕のくだらないエゴのために、おたくの娘さんが死にましたと告げることになる。そして、一生自分を許せないだろう。

「ロバート」低い声でルークは告げた。「頼む、引き継いでくれ」

ロバートはすぐに手術台の横に立ち、ルークからメスを受け取ると、手術室全体の指揮を執った。

長年手術室を取り仕切ってきたルークは、突然どうしていいかわからなくなった。ただはっきりしているのは、今ここで、自分が必要とされていないという事実だ。ロバートと看護師たちが、しっかり手術を引き受けている。

任せておけばいいのだ。この子の命を救ってくれるだろう。きっと。

もし万一、ロバートが少女を救えないとしても、あのままルークが執刀していたら、ここぞという瞬間に震える手が滑っていた。それだけははっきりしている。

少女を殺すところだった。

重い足を引きずり、ルークは廊下に出て更衣室へ向かった。病院内にクリスマス・ソングが流れ、部屋に入ってもその音がルークを追い詰める。感謝祭が終わると、世の中はいっきにクリスマス一色になる。サンタだの赤鼻のトナカイだのという言葉は金輪際聞きたくないと、彼は思った。

手術着を脱ぐと、ルークは更衣室の隅にある洗濯物かごを目がけて投げた。今夜のサンフランシスコ総合病院の更衣室はちらかり放題で、洗濯物かごもあふれそうにいっぱいだった。投げた手術着はかごに入らなかった。まったく違うところに落ちる。やっぱりな、とルークは思った。

十二時間前に、帰宅すべきだった。しかし、ルークは勤務を続けた。理由は他にすることがないから。家に帰っても自分を待っていてくれる人が誰もいないから。

ルークは手のひらで顔を撫《な》で下ろし、襟足でカールする黒い髪に指を入れた。隅にある疵《きず》だらけの曇った鏡の前に立つと、血走った目が非難するように自分を見返してきた。

もう少しで、医師としての道を踏み外すところだった。神様の真似《まね》をしようとして。

今夜のことは偶然だ、めったにあんなことがあるものではないと、ルークは自分を慰めようとした。自分の人生には何の問題もないと。

この二年余り、ルークは自分を無理に追い込んできた。前より長時間働き、より多くの人を救った。より多くの開胸手術を行ない、より多くの銃弾をその胸から取り去った。

しかし、なぜかそんな勝利がむなしく思えた。最近になって、どうして満たされない感じが残るのかを考えるようになった。待つ人のいない家に帰ることと関係があるのか、妻がいないことや、子どもを持っていないことのせいなのか。

これまでの人生で、一生をともにしたいと思える女性に出会ったことはなかった。いちばん最近別れた恋人はビジネス・コンサルタントで、ルークと同じぐらい長時間働く女性だった。外見は魅力的でも、ベッド以外の場所では常に冷たく、お互いにふさわしい相手だとはとても思えなかった。ワーカホリックの彼女なら、ルークには似合いなのだろうが、しっくりくるものを感じられなかった。それがローラで、その前はクリスティン、この女性も明るくて感じのいい大人の女性だった。かなり著名な経済学者で、新聞によく論説が載るほどだった。しかしクリスティンはルークが長時間働くことに耐えられず、とうとう究極の選択を迫った――仕事か、私か。選ぶのは簡単だった。さよなら、クリスティン。

振り返ってみると、ルークの元恋人は全員似たようなタイプで、正直なところ誰が誰だか区別がつかない。魅力的な容姿、仕事熱心、成熟していて、頭がいい。

そして、面白みがない。

ルークはボクサーショーツと白のTシャツを脱ぎ、シャワー室に入って栓をひねった。簡単に髪と体を洗ったが、お湯が体にあたる感覚すらなかった。疲れ果てていたのだ。疲労の限界をとっくに超えていた。

お湯を止めて、小さなシャワーブースの中で犬のように体をぶるっと揺すり、水滴を落とす。そして腰にタオルを巻いて、シャワー室から出た。

するとと新しい研修医のエリザベスの声がした。「あら、先生」更衣室に別の人間がいることを知らせてくる。通常なら彼女をデートに誘うところだった。エリザベスは、まさにルークが付き合うタイプの女性だ。冷静で感情を表に出さないブロンド美人。ルークがシャワー室から出たので、礼儀正しくエリザベスは顔を反対に向け、ルークは遠慮なく服を着ることができた。

一瞬、ルークは本当に誘ってみようかと思った。現在付き合っている女性はいないし、このところ欲望を吐き出すのは自分の手の中だけ。

いや、やめておこうと、すぐに彼は思いつきを頭から消した。今、タオルの下の自分のものは、元気なくぶら下がっているだけで、どう考えても彼女に気があるふりなどできそうにないし、そこまでするほど女性が欲しいわけではない。

さらに、ルークは一夜限りの関係というのが苦手なのだ。これまでもそういった関係を持ったことは一度もない。その領域は、兄のトラヴィスに任せてあった。ところがトラヴィスは、ルークの長年の友人だったリリーと五年前に結婚した。イタリアのトスカーナで電撃結婚し、今ではかわいい二人の子どもに恵まれている。

もちろんトラヴィスもリリーも幸せになってほしかったし、これでよかったとは思っている。それでも兄夫婦のあいだにある完璧な関係を見ると、自分が手に入れようとしてどうしても得ることのできないものの大切さを思い知らされる。兄は幸せな結婚生活を送っているのに、自分はほとんど知りもしない女性を家に連れて帰る、そう思うと嫌悪感を覚える。

「ああ、エリザベス」ルークはぎこちなく会釈してから、きれいなジーンズとシャツを自分のロッカーから取り出し、そそくさと身支度した。地下駐車場に行って、愛車のポルシェのハンドルを握り、エンジンをかける。通りに出ると、どこの家の窓にもクリスマスのイルミネーションがきらめいていた。高台にある自宅に帰るには、パシフィック・ハイツを右に折れるべきだったのだが、がらんとした家に足を踏み入れることを思うと、耐えられなかった。こんな時間に兄夫婦のところに押しかけるわけにもいかない。夜中の一時半なのだ。みんなぐっすり寝ているに違いない。

ルークがこれまで信じてきたことのすべて、現実だと思ってきた何もかもが、がらがらと音を立てて崩れていく気がする。正気を保っておくのも難しいこんな夜に、すがりつきたいところはひとつだけ。ルークが手に入れられない女性のいる場所だ。

心から欲しいと思ったのはその女性だけだった。

ルークは交差点を右には折れず、左へと車を走らせた。マーケット通りを南へ。ジャニカのもとへと、まっすぐに。

2

「よう、俺たちゃ、本気だぜ」

客を二人も迎えてビールでも出そうと、栓を開けるためにうつむいていたジャニカ・エリスはふっと顔を上げ、声の主に引きつった笑いを向けた。今声をかけてきた赤と白のサンタクロースの帽子をかぶったほうが、ジェイロッドだ。もうひとりは、ニックとかいう名前だった。

いつものことだが、ジャニカは衝動的にバーに出かけ、三十分前に男を引っかけて自宅に連れ帰ってしまった。何と二人も。とにかく、退屈で仕方がなかったのだ。

デザイナーであるジャニカは数年前にJスタイルという自分のブランドを立ち上げ、成功を収めていたので、そういう意味では退屈さとは無縁だった。さらに姉のリリーやその子どもたちと一緒に時間を過ごすのも楽しかった。デート相手はしょっちゅう変わり、付き合いに忙しく、土曜の夜テレビの前でひとりさびしく座っているという経験もなかった。

それなのに、見事な体の男性との満足のいくセックスにも飽きてきた。さらに体だけが見事な男は、もうたくさんだという気がする。

問題はセックス相手になる男性のすべてが、体以外に自慢できるものがない点だ。初めてデートしたのは十四歳のときだったが、それでもこれまで付き合った男性の誰ひとりとして、本当に愛した記憶がない。好意すら持っていなかったボーイフレンドもいる。

そしてつくづく思った。ひょっとしたら、自分は人を愛することができないのではないかと。ちょうどリリーが夫のトラヴィスと子どもたちを全身全霊で愛するのとは対極だ。世の中には人をまるで愛せない人間もいるのだ。

まあ、それはいい。ジャニカの遺伝子には何らかの欠陥があり、愛情には不向きなのかもしれないが、とりあえず今夜どうするかを考えねばならない。

ジャニカが最近読んだ本の中に、三人でセックスする描写があり、内容はかなりきわどいものだったが、興奮を覚えた。そしてこの二人に出会ったとき、何を血迷ったか三人でやってもいいというようなことを匂《にお》わせた。二人はその気になり、急いでバーを出たのだが、ドアを出る前には彼女の中でわくわくする気分は消え失せていた。

そして今の心境はと言えば、何の期待感もない。この一年かなりハンサムな男を相手にしたことがあったが、誰とセックスしても同じだとしか思えないのだ。もちろん三人ということになれば、これまでと異なるめくるめく肉体的快楽を得られるのかもしれない。しかし、それが何になる？　自分で自分を慰めたって、絶頂感は味わえるのだ。

いいことに気がついたわね、ジャニカ。内心でそうつぶやきながら、今度はどうやってこの二人を追い払えばいいかを悩み始めた。〝あのさ、三人でやろうって言ったけど、実はあれ、冗談だったのよ〟

それはまずいだろう。笑って許してくれる可能性はきわめて低いし、この二人がそのままおとなしく立ち去ってくれるはずがないことぐらい、どんなばかな女でもわかる。

自分の衝動的な行動を後悔することが、最近ますます多くなってきた。独り言をつぶやきながら、あれこれと思い悩む。幸いなことに、仕事のほうは非常にうまくいっているのだが、人間としての自分を考えてみるとき、こんな妹を持った姉はどんな気分だろうとか、こんな友人がいたら迷惑ではないかとか、そもそも自分はまっとうな人間と言えるのかと不安になる。

生まれて二十九年間、自分の行動を後悔したことは一度もない。ただ何がしたいかを考え、目標に向かって突進してきた。

心配や後悔など時間の無駄だと思っていた。年齢にふさわしい行動を取るなどばかげている。人生を思う存分楽しみ、生きている喜びを噛《か》みしめてきた。

しかし、この一年、何かが変わった。三十歳の大台がすぐそこに迫ってきたから。いや、変わったのは、〝何か〟ではない。

ジャニカ自身が変わったのだ。

ジャニカは突如、変身した。気がつくとベッドでぼんやり考えごとをしていることがあった。あれこれ思いを巡らすのは、それまではけっして欲しいと意識しなかったこと。本物の愛情。夜家に帰ると、待っていてくれる人。一緒に笑える誰か。将来の計画をともに立てる相手。新しいことがあれば、それを真っ先に伝えたい人。

ルークだ。

ああ、もう。どうして彼のことばかり考えてしまうのだろう？

ひそかにルークに憧《あこが》れるようになったのは、二十年以上も前のことだった。サンフランシスコ近郊で起きた大地震で、両親を失ったリリーとジャニカ姉妹、そして母を亡くしたトラヴィスとルーク兄弟は不思議な絆《きずな》を作り上げていった。ハートがとろけそうな笑顔を見せてくれる近所のおにいちゃんを、ジャニカはいつもこっそり見つめていた。やがて、ジャニカはルークのことばかり考えるようになった。そして情けないほど彼を想い、家族が集まるたびに、その愚かな気持ちを募らせていった。

五年前、リリーはルークの双子の兄であるトラヴィスと結婚した。二人が結婚したことには、いまだに驚いている。姉のことは世界一愛しているのだが、恥ずかしがり屋でいつもおどおどしていた姉が、先に本当の愛を見つけたことが今でも信じられない。いつも大勢の友だちに囲まれていたのはジャニカのほうだったし、自分に自信もあり、誰とも気軽に接してきた。ところが今では、リリーはすばらしい男性を夫にし、その夫はリリーに夢中だ。一方ジャニカは皮肉な目で男性を見るようになり、人を愛することさえできず、あげくの果ては見ず知らずの男を二人も部屋に連れ込んだ。

どうしようもなく自分に腹を立てながら、ジャニカはビールを手にキッチンを出た。

「どうぞ」

男性たちはビールを受け取りもせず、二人で顔を見合わせ、いきなりシャツをズボンから引っ張り出した。なるほど。三人でのプレイというのも最悪ということではないのかもしれない。しかしどう考えても〝最悪ではない〟というのは、〝そうしたい〟と思うこととはかなりかけ離れている。

最近よく読む小説の主人公になりきればいいのかもしれないが、これは現実のこと、夢物語ではない。

ジャニカの人生なのだ。

「あのさ」心を決めて、ジャニカは男たちに切り出した。「私、思ったんだけど――」

玄関の呼び鈴が鳴り、その先を続けられなかった。

いったい何ごとだろうとジャニカは思った。夜中の二時近くに、誰がやって来たのだろう――そう考えたところで、はっとした。リリーか子どもたちに何か悪いことが起きたとしか思えなかった。パニックになりながら、ジャニカは玄関へと走り、勢いよくドアを開いた。

目の前にいるのが、ルーク・カーソンであることをジャニカの脳が認識するのに、少しばかり時間がかかった。ぼんやりその場に立ちつくしていたので、知らないあいだに彼の手がジャニカの両肩に置かれていた。

そしてそのまま、彼の唇が熱く激しくジャニカの唇を求めてきた。

その瞬間、ジャニカの周りから、彼のキス以外のすべてが消え失せた。ルークは、鎖を引きちぎったライオンがやっと獲物に跳びかかることができたような飢えをジャニカにぶつけてきた。

彼はキスしているのではなく、唇を奪っているのだ。

ジャニカの唇をむさぼっている。

二人は、玄関口にジャニカが取りつけておいたヤドリギの下に立っていたが、これが〝ヤドリギの下のクリスマスのキス〟ではないことぐらい、ジャニカにははっきりわかっていた。

絶対に違う。ジャニカはこれまで、ルークとのキスを夢みたことが千回ぐらいあって、彼の口、唇の形に見とれることもしょっちゅうだった。あの唇はどんな感触なのだろうと、いつも考えた。ところが現実のすばらしい体験の前では、今までの最高の空想でもかすむほどだ。

ああ、助けて。ルークをもっと味わいたい。スパイスの効いた危険な媚薬《びやく》の味がする。強い効力を持ち、うっとりする。

ルークは強引に舌を差し入れてきた。歓びにあえぐジャニカの息を、ルークが吸い込む。体の奥から官能の波が立ち、ジャニカは彼のヒップをしっかりつかんで、互いの体を引き寄せた。

ルークの手が荒々しくジャニカの体の上を動く。背中を伝い、腰のくぼみをぴったりとなぞりながらヒップに下り、盛り上がった肉をつかむ。唇を奪われ、体の服従を求められ、ここはどこで、これまで何をしていたのかということがすっかりジャニカの頭から消えた。

「何なんだよ、まったく」

「こいつ、いったい誰だ？」

男性二人の声がほぼ同時に聞こえた。

ああ、そうだった。セックス・フレンドにしようと拾ってきた男たちのことを、ジャニカは完全に忘れていたのだ。

ルークがさっと唇を離し、ジャニカの背後を見た。大きな交通事故などに遭遇すると、すべてがスローモーションのように見えるときがあるが、ジャニカはルークが顔を上げた瞬間から、そのスローモーションの映像を見ているように感じた。何もかもがゆっくり動き、すばやく身をかわせば衝突は避けられるような気がする。しかし、実際は絶対に避けることなどできない、まさにそんな感覚だった。

ルークが男性二人に向かって怒鳴った。「出て行け」簡潔な言葉だった。

「おう、ちょっと待てよ」ニックが凄《すご》みを利かして一歩近づいた。強そうに見せようとしているのはわかるが、首にクリスマスのモール飾りを巻きつけているため、威嚇的な態度がいっそう間が抜けて見える。「俺たちのほうが先だぜ」

ルークは少しばかり姿勢をただし、厳しい表情で告げた。「とっとと消え失せろ、聞こえなかったか?」

ルークのそんな態度を見て、ジャニカは少し恐怖を感じた。彼が威嚇的な態度を見せたのは、これが初めてだった。さらに彼が自分の所有権を主張したところも、これまで見たことはなかった。なんだか、ぞくぞくするようなうれしさがジャニカの体を駆け抜けた。

この二十数年で、ルークのことなら何もかもわかっていたつもりだった。典型的なエリート志向の男性で、独断的で自信に満ちた外科医、誰にも自慢できるブロンドの妻をめとり、郊外の高級住宅地で行儀のいい子どもたちがサッカーの練習に行くのを送り迎えするタイプ。ミスター・パーフェクトで、汚い言葉で罵《ののし》ることなどけっしてない人。その彼が、見知らぬ男性に対して荒っぽい口のきき方をしたことが、驚きだった。

つまり、そんなことすらわかっていなかったのだから、彼については何も知らないのも同然なのかもしれない。

ジャニカが男性たちに声をかけようと思ったときだった。どちらにせよ二人には帰ってもらうつもりだったと告げるつもりが、ルークにがしっと肩をつかまれた。

「そのばかな口を開くなよ」

命令されたことで、ジャニカの体で欲望がまた燃え上がった。前に一度、ＳＭプレイをやってみたことがあり、当然ジャニカが女王様になったのだが、革のコルセットとピン・ヒールのブーツを身に着けて、他の人を叩《たた》くという感覚がどうにも性《しょう》に合わなかった。

逆に、ルークがタフガイを演じてくれると、実にぞくぞくする。

残念ながらバーで拾った男たちは、この成り行きに納得がいかないらしい。

「おまえこそ、消えろよ」ジェイロッドが言った。「俺たちが先に来たんだ。ここに残るのは俺たちだ」

またジャニカが口を開きかけたが、ルークにぐっと抱き寄せられ、息もできなくなった。

「おまえらみたいなばかには出て行ってほしいと、彼女が言ってる。一人とも帰れ」

男たちが二人ともルークに詰め寄り、その瞬間、ジャニカは、ああもうたくさん、と決意した。ルークと唇を重ねる至高のひとときだったのだ。こんなことで時間を無駄にしたくない。このままでは間違いなくどちらかが血を流す殴り合いになるだろう。

三人の男性が自分を求めて争うありさまを面白く感じるときもあるかもしれない。しかし今、ジャニカが求めるのは、夢に出てくる男性と、できれば裸で二人きりになることなのだ。

「申し訳ないけど、私この人と約束してたの。すっかり忘れてただけよ」

ジャニカの言葉を聞いて、男たち二人はあんぐり口を開いた。そのためいっそう間の抜けた顔に見える。二人のむっちりと肉の盛り上がった腕や、刈り上げた髪が魅力的だと思ったことさえ今では信じられない。

「約束してただと？　この真夜中にか？」

「そんな言い訳を信じるほど、俺たちがばかだと思ってるのか？」

ええ、思ってる。

この短いやりとりのあいだにも、横にいるルークからふつふつと怒りがわいてくるのが伝わってきた。ただ突然やって来て強引に唇を奪うという彼の行為に興奮はするものの、何となく腹立たしさを覚えもする。

なぜなら、ジャニカは自分のことは自分でできるから。この二十九年間、ずっとそうやって生きてきた。いや、まあ確かに、両親の死後リリーがずっと面倒をみてくれたのは事実だが、基本的にはひとりで生きてきた。

ここはジャニカのアパートメントで、部屋に残るのは誰、去るのは誰と決めるのもジャニカなのだ。そのことを目の前の男性全員にきちんと認めさせようと、小柄な体のすべての力を使って万力《まんりき》のようにきつく回されたルークの腕を振りほどき、ジャニカはニックとジェイロッドのジャケットを手にして、開いたままの玄関ドアに歩いて行った。

「悪かったわね、うまくいかなくて」

男たちは怒りもあらわに足音高く部屋を横切り、ジャニカの手からジャケットを引ったくった。

「この売女《ばいた》め」

ジャニカが何の反応をする暇もなく、ルークがすばやく近づいて、ニックの襟首をつかんだ。

「そんな、言葉を、女性に、使うな」一語ずつはっきりと威嚇をこめてルークがニックに告げる。「彼女に謝れ、この最低野郎」そしてひと呼吸置いたのだが、ニックの口からは何の言葉も出てこないので、ルークがまた言った。「今、すぐだ、くそぼけ」

ニックの顔が真っ赤になり、これでは呼吸ができないとジャニカが心配し始めたときだった。

「すみませんでした」ニックが絞り出すように言った。

ジャニカは、わかったわ、というしるしに軽くうなずいた。実際、売女と呼ばれることなどたいした事件でもない。もっとひどいことを言われたことも何度もあり、正直なところ、そう言われたところで、侮辱されたとさえ思わないほどだった。

「もういいわ、ルーク」ジャニカが静かに言った。「その人、放してあげて」もうそろそろこの多重衝突事故も終わりにしたい。

ジャニカの望みはただ、ニックとジェイロッドに出て行ってもらうことだけだった。ルークと二人きりになりたい。さっきのキスの余韻がまだ唇に残っている。

そしてその先も味わいたい。

もっとずっと先まで。

ルークはつかんでいたニックの襟首を渋々放した。ニックがどさっと落ちて尻《しり》もちをつき、外廊下に転げ出る。

「来いよ」ジェイロッドがニックに声をかける。「急げば、まだどっかで女を引っかけられるぜ」

ルークが玄関ドアを勢いよく閉めた。ばん、と大きな音がしたので、ご近所を起こしてしまうのではないかと心配になるほどだった。

「あんな男たちと、いったい何をしてた？」

ルークはひどく怒っていて、ジャニカに対する嫌悪感さえほの見えたので、彼女の防御本能にスイッチが入った。

これはジャニカの人生なのだ。人にとやかく言われる筋合いはない。それに今夜、この真夜中まで、ジャニカの人生がどうなろうが、ルークはいっさい関心を示さなかったのだ。

ジャニカは腕組みをして、ルークをにらみ返した。「あなたの想像どおりのこと」

「何だと、ちくしょう」彼からこうやって荒っぽく言葉を投げつけられたのも初めてで、さっきと同じように、ぞくっとする。「二人の男と、同時にやる気だったんだ」

最初はそのつもりだったけれど、どうにもその気にはなれなかったとジャニカが言おうとする前に、ルークの手が両肩に置かれた。

今度は肩をつかまれたわけではないのだが、彼の力が強くて、ジャニカは身動きできなくなった。ルークが筋肉質で贅肉《ぜいにく》などないことは前からわかっていた。見るからに筋肉の輪郭がくっきり浮き上がるからだ。それでも肩で彼の手を実際に感じて、ジャニカが思っていたよりもさらに彼には力があることがわかった。

「これまで何度こういうことをやった？」

　ジャニカが視線を上げると、ルークの端正な顔がそこにあった。彼の緑の瞳《ひとみ》に見入ってしまい、話そうと思っていたあれこれを口にする機会が失われた。

「言うんだ！　こんなばかなこと、これまでに何回やった？」

　どうしてこんなに詰問されているのか、言葉の意味をどうにか理解し、やっとジャニカは返事した。「今夜が初めてよ」

　ふっと安心の色が緑の瞳に走ったが、すぐに疑うような表情へと変わった。肩をつかむ彼の手に、ぐっと力が入る。「嘘《うそ》をつくな」

　そう言われて、ジャニカの怒りにも火がついた。嘘つき呼ばわりされるいわれはない。

　何とか顔を近づけようとつま先立ちになりながら、ジャニカはきっぱりと言った。

「私は、嘘なんて、つきません！」

　これまで、常にジャニカは本音で語ってきた。正直に話したことで傷ついた経験もあったが、ちょっとした嘘でごまかすほうが簡単だった場合でも、本当のことだけしか言わなかった。

　一瞬重い沈黙があり、ルークがじっとジャニカの目をさぐった。もう一度キスしてくれるのだと思ったジャニカは、息を殺してそのときを待った。「だが、今夜するつもりだったんだな？」

ところがルークはもう一度質問してきただけだった。

彼の瞳に怒り以外の感情が浮かび、ジャニカは驚いた。嫉妬《しっと》、心配、そんなものが見える。ルークは本当に自分の身の安全を気にかけてくれたのだろうか？

ジャニカの心の一部は彼の腕から離れて、弁解をすればいいと訴えた。これより危ない目に遭ったことも何度もあり、自分の機転でちゃんと切り抜けてきたと。しかし、それ以外のところ、長年ルークを求めてきた場所が、ジャニカに別のことをさせた。

彼に体を預けるのよ、とささやく。「ちょうどあの二人を追い出すところだったの。三人のセックスプレイを楽しもうと思ったのよ、そういうこととしてみてもいいかもって。でも、間違ってた。そんなことできなかったの」

本当にそばにいたいと思うただひとりの男性はあなただけなのに、見知らぬ男性二人とセックスプレイを楽しむことなんて、できるわけないでしょ？

3

　ジャニカ・エリスというのは、ルークがこれまでに出会った中でも、いちばん生き生きとした女性だ。自身に満ちあふれ、セックスに関してもあまりにあけすけだ。ルークよりたった五歳年下であるだけなのに、彼女といると自分が年老いた気がする。むき出しの若さとでも言うべきか、すべてをあけっぴろげにしすぎるのだ。この手の女性とは今まで付き合ったことがないが、こういう女性と将来を築ける可能性はないのだから、デートに誘うのも無駄だと思ってきた。

　ジャニカの体を抱きしめながら、ルークはこの女性とリリーが血のつながりのあることを改めて不思議に思った。リリーは背が高く女性らしいふっくらとした体つきをして、波打つようなやわらかな赤毛であるのに対して、ジャニカは背が低くて体のどこにも丸みがなく、漆黒のまっすぐな髪をしているが、似ていないというのはそういった肉体的な特徴ばかりではない。

　リリーはルークの小学校からの親友で、思いやりにあふれ、人の面倒をみることが好きで、友人を絶対に裏切らない女性だ。

反対にジャニカは全身で、奪ってやる、と叫んでいる。

それなのに、今夜ルークが顔を見たいと思ったのは、他でもないジャニカだった。

理由は？　これまでしっかり築き上げてきたと思った生活が音を立てて崩れていくような気がした、そんなときでも、ジャニカなら批判がましいことは言わないとわかっていたからだ。さらに同情めいた態度も取らない。

本当にそれだけなのだろうかと、ルークはもう一度自分に問いかけた。ひょっとして、ただセックスを期待していただけのことではないのか？

何も考えずに、ただ汗まみれになる体だけの熱いセックス。

唇が触れ合った瞬間に、ルークのものは石のように硬くなった。義理の妹だと思うと、ぞっとする。さらに彼女のことはほんのおさげ髪だったころから知っているのだ。こんなことは――勃起《ぼっき》したものを彼女の体にこすりつけるようなまねはやめろと、自分に言い聞かせる。しかし、実のところ、この五年間ずっと自分にそう言い続けてきたのだ。今この瞬間は、もうどうなったっていい。

常にいい人であり続けるのに、ほとほと疲れてしまった。ジャニカに対する欲望を抑えておくのにも疲れた。彼女が何の感動もなく、見知らぬ誰かに与えてしまうものを、自分が受け取って何がいけないのかと思う。

ひどいことを考えたものだ。しかし、こうやっているとますます自分勝手な考えにとらわれていく。わかっていながら、どうしようもない。普段なら、これほど動物的な衝動が起きないようきちんと自分を抑えておける。気高い行動を取るべきだと考え、性的な欲望などあとまわしにできる。しかし、今夜はあまりに疲れていて、精根尽き果て、さらに世の中自体がまるでばかばかしく思え、どうなったって構うもんかという気分だった。暴走し始めた衝動をどこかにぶつけなければ治まらない。

どこかきれいでエロティックな場所にぶつけたい。

ジャニカの姿を見つめていると、ジーンズのファスナーのすぐ下ですっかり硬くなっていたものが、さらに何センチか上を向く。すると手術室でのことがルークの頭から消えていった。

ルークが見ていることを意識してか、ジャニカの瞳を当惑と欲望が入り混じった感情がよぎった。しかしすぐに不安の色はなくなり、いつもの元気いっぱいのジャニカが戻ってきた。

ジャニカの挑戦的な眼差しを受け止めながら、ルークはひとり考えた。お互いの兄と姉が結婚してから、ジャニカとルークの関係は気まずいものになったなと。何度も食事をともにした。昼食だったり夕食だったり、さらには休暇も一緒に取ったが、家族として断ることができなかったからだった。そういった場で、ルークがジャニカをずいぶん邪険に扱ったのも事実だ。理由は何年も前に親友であるリリーを守ろうと、ジャニカに対する態度を決めたからだった。ジャニカは欲しいものがあれば我慢することができず、やさしい姉から奪うばかり。お返しに何を差し出すこともない。ルークの良心のどこかが訴える。本当にそうなのか？　ジャニカと距離を置こうとした理由はそれだけのことなのかと。天国を一度でも味わったら、二度と離れられなくなると恐れているからではないのか？　どうしようもなくジャニカに惹《ひ》かれていくのが、わかっているからなのではないか？

ああ、今夜は本当にどうかしている。頭が勝手に、わけのわからないことを考え出す。

ズボンを脱ぐ前にここから出ろ、という理性の声を頭から締め出し、最初の計画どおりにすればいい。今夜の救急救命室での体験で、ルークは別の男になったのだ。明日の朝になれば、そんな男のことは軽蔑《けいべつ》するようになるかもしれないが、自分の求めるものが何かをごまかしたりはしない。

ジャニカだ。

これほど誰かを欲しいと思ったのは初めてだった。もっと言えば、物でもここまで固執したことはない。

三十数年の人生で初めて、道徳的な考え方をルークは完全に失った。しかし彼が道徳的でなくなったからといって、最終的にそれが何の意味を持つ？　双子の兄であるトラヴィスは常に欲望のおもむくままに行動してきた。体の快楽だけのために女性と付き合い、女性たちの感情などいっさい考慮してこなかったのに、結局は真実の愛を見つけた。リリーだ。今やトラヴィスには愛する妻がいる。子どもにも恵まれた。くつろげる家庭を得たのだ。

トラヴィスは幸福な人生を送っている。

一方、いつも〝いい人〟であり続けたルークが得たものといえば何なのだろう？　どんなにがんばっても、けっして愛情を感じることのできない〝完璧な〟恋人と何度か付き合った。仕事がゆっくりと体全体を蝕《むしば》んでいく。

ルークの中の暗い部分が頭をもたげ、その誘惑に抵抗する気も起きなかった。

「今夜は何もかもが違うんだ」ジャニカにそう告げると、ひと言だけ返ってきた。

「うん」

次の瞬間ルークはもうキスしていた。彼女の唇の感触で、ルークは悪魔との取引に簡単に応じてしまった。

ルーク・カーソンが聖人である日々は終わったのだ。

4

もっとルークが欲しい、ジャニカの心が叫んだ。

服の上からでも彼の体温を感じる。夢中で背中を撫で、また幅のある筋肉質の肩へと戻すのだが、それでも足りない。直接指に触れたらどんな感じなのか、確かめたい。

肌と肌の感触を。

これから愛の宴《うたげ》が始まる。

ああ、すてき。

目の前の男性のことしか考えられない。こんな気分になった覚えがない。一刻も早く、服を脱いで目を楽しませてもらいたい。手で、口で、彼の体を味わいたい。ジャニカはセックスするのが大好きだったが、これほど完全に欲望にのみ込まれてしまったことはなかった。どうしようもないほど興奮して誰かを求める感覚は、初めてだった。

彼のシャツをズボンから出し、頭から脱がせるときに少し唇を離さなければならなかった。その瞬間、これほど昂《たか》ぶる自分が少し怖くなった。

裸の彼の胸をすぐ間近に見ると、硬くて熱いこの体に思う存分触れられる、舌を這《は》わせることができると期待がふくらむ。すると、そういった欲求を一度に叶《かな》えたくなって、体が麻痺《まひ》したように動かなくなった。

彼の胸板に手のひらをあてると、鼓動が伝わってくる。ジャニカの鼓動と同じように、しっかりと速く脈打っている。

この瞬間を何年待っただろう？　現実には起こらないのかもしれないとずっとあきらめていた。今実際にそのときが来て、怖いようにさえ思う。

ふと顔を上げた瞬間、ジャニカの心がつぶやいた。**愛してるわ、ルーク。**

嘘よ。

ジャニカはふらふらとルークの体から離れた。いや、離れようとしたのだが、彼の腕がさっとジャニカを支えた。

今夜ここまでのところ、彼の瞳には愛情のかけらさえ浮かんでいない。そこにあるのは欲望だ。純粋な肉体的な欲求だけ。欲望をたたえた眼差しで、ルークが詰問した。

「イエスか、ノーか？」太く低い声が振動となってジャニカの体に伝わり、官能を揺さぶる。

ああだめ、そんなはずがない。

ルークを愛していたなんて、あり得ない。

彼に対して抱く感情はばかげたものばかりだが、よりにもよって愛しているなど、愚の骨頂だ。

唾《つば》をごくんとのみ込み、喉《のど》がからからになって出せなかった声を出せるようにした。

「質問は何？」

「今夜のことだ。これ、僕と君と。いいのか？」

ああ、なるほどね。二人がどういう関係にあるかを忘れられるか、たずねているわけ？　これまでのことをみんな、そして今後、さらに関係がどれほど複雑になるかを忘れろっていうことね。ルークが聞いているのは、今夜ひと晩のためにすべてをなげうつ覚悟があるのかということに他ならない。嫌なら逃げろと。

怖くなって逃げ出すのは、ジャニカのやり方ではない。ではなぜ、今になって絶望的な気分になるのだろう？　こんなに恐ろしくなる理由は何だろう？

おまけに、心が愛を叫び出した。ただでさえ込み入った状況に、愛だの恋だのが入ってくるとひどく面倒な事態になる。

ルークの両手が背中の下のくぼみに置かれる。ヒップの丸みにもう少しで手が届きそうな場所。裸の胸が放つ彼の体温が、彼の腕の中にいるジャニカを包む。心の奥底からわき上がる感情がジャニカの全身を焦がし、今はただ目を閉じて彼の胸に頭を預けていたくなる。やっとルークが抱きしめてくれたのだから。

　ああ、助けて。今夜はいったいどうしたんだろう？　長年待ち焦がれていたことが、とうとう現実になったのに。あとはルークを寝室に引っ張って行けばいいだけ。いつもどおり、セックスの技巧をつくして楽しめばいい。それなのに、急に怖くなってしまったのだ。

「イエスか、ノーか？」またルークが言った。

　ジャニカの喉元までイエスという言葉が出るのだが、声になって出ない。「答はもうわかってるはずだけど」

　ルークがかぶりを振った。思ったとおりだ。ごまかしの利く男性ではないのだ。彼は頭の回転が速い。速すぎる。

「きちんと言葉にして言ってもらいたい。君の口から」

　彼の欲望の強さに、ジャニカははっとした。この人にノーと言うことなどできない。自分にノーと言うのと同じだ。激しい欲望を叫ぶこの体に。

　ジャニカは唇を湿らせ、そっと口を開いた。やがて小さくつぶやいた。「イエス」

　そのひと言を待っていたのか、ルークは猛然と体を動かし始めた。背中に置かれていた手がすばやく前に移動し、黒いミニのワンピースドレスの襟をつかむ。ジャニカは息をのんだ。

布地越しに彼の手が胸のふくらみを下りてくると、頂が尖《とが》ってきて痛いほどだ。ジャニカはあまり胸が大きいほうではないので、ドレスの裏につけてあるカップがあればブラの必要もない。そのため、頂が彼に触れてもらおうとドレスの下から大きく突き出しているのがわかる。

するとあっという間に、ルークがドレスの前を両側に引き裂いた。胸全体が彼の飢えた眼差しにさらされる。

ひどく驚いて、ジャニカは声も出せなかった。この男性は誰なのだろう？　本能的に胸元を隠そうと、腕を上げた。

しかし腕が胸元に届く前に、ルークの手がジャニカの手首をつかみ、腕は脇に戻された。

「だめだ、見せてくれ」ルークの胸板が大きく上下する。「長いこと見たいと思ってたんだ」

燃えるような彼の視線がジャニカの肌を焦がし、胸まで真っ赤になった。頂がさらに大きく突き出てくる。

「まいったな、すごくきれいだ」

こんなふうにジャニカを見つめてくれた男性はこれまでいなかった。絶対的に、信じられないほど完璧だと認めてくれた人は。

「ジャニカ、君は何てきれいなんだ。信じられない」

何か返事をしなければと思っても、声にならない。ドレスが引き裂かれ、腰まであらわにされ、ルークの視線がむさぼるように自分の裸を見ているのだから。そして彼がこんなにうれしいことを言ってくれるから。

そして彼に手首をつかまれて、身動きが取れないから。

するとルークが顔を近づけてきて、鎖骨にふっと彼の息がかかった。最初はくすぐったい感覚があったが、彼の口が胸のほうへ下りてくる。

思わず、ジャニカは低いあえぎ声を漏らした。今ある場所に彼の顔を永久に固定しておきたい。ジャニカは彼の頭の後ろをつかもうと手を伸ばしたが、ルークは許してくれなかった。

ルークが自分の体を味わうに任せたまま、ジャニカはそこに立ちつくしていた。

ああ、助けて。彼の舌が……そう、そう、もっと！　敏感になった肌に、ルークがときどき歯を軽く立てる。

「ルーク」

彼の名を呼ぶ声が、懇願しているように響く。どうにかして、と。

どうしてほしいのか、自分でもわからない。

ところが、自分よりルークのほうが、自分の要求を正確に理解していた。息を吐く暇も与えず、顔を反対側の乳房に移動し、そっちの頂を口に含んだのだ。

彼の唇、舌、伸びてきたひげが普段は人目に出ない肌の上を撫でていくのを感じ、純粋な欲望がジャニカの体を激しく貫く。頭の先からつま先まで電気が走り、体が内側から爆発しないのが不思議なほどだ。

ジャニカは背中を反らせて彼の顔に体を押しつけた。彼の口が触れているそのわずかな部分に全神経が集中する。ひげの生えてきた顎《あご》が荒々しく肌をこすっていく感覚がたまらなく気持ちいい。

彼の口が胸のふくらみの輪郭をなぞるようにして、肩へと上がってきた。鎖骨のくぼみで動きを止め、舌がその部分の皮膚をくすぐる。ルークのキスを肩に感じるのは、これまでの人生の中でいちばんエロティックな感覚だった。他の男性に与えられたオーガズムより、ずっと気持ちいい。

ジャニカも彼の肌を味わってみたくなった。手や口を彼の美しい体じゅうに這わせてみたい。しかし彼がしっかり手首を押さえている。

ジャニカが腕を引っ張ると、手首をつかむルークの手に力が入った。

口を離したルークの顔で、瞳が危険な色にかげっていた。

「僕に逆らうな。今夜はやめろ」

ジャニカがルークに従う気になったのは、官能の魔法に身動きができず、彼の瞳が危険な色をたたえていたからだけではない。命令する言葉ににじむ彼の心の痛みを感じたからだった。欲望ならジャニカもよくわかったのだが、彼の心の傷にとまどいを覚えた。

ルークは私を必要としているのだわ、そうジャニカは思った。

ジャニカは本来、傷つきぼろぼろになった男を慰め癒《いや》してあげるというタイプの女性ではなかったが、ルークは他の男とは違う。いつも彼はジャニカの心の特別な場所を占めていた。他の男と同じだと思い込もうとしても、やっぱり彼は特別な存在だった。

「わかったわ。あなたの言うとおりにする」そうつぶやいた。

ルークの瞳にうれしさが燃え上がる。しかしもう一度ジャニカの乳房を熱くむさぼる代わりに、彼はつかんでいた手首を放し、彼女の髪を撫で始めた。温かな指が頭から肩、さらに腕の後ろ側を撫で下ろすと、ジャニカは甘える猫のように体をすり寄せた。

荒っぽくドレスを引き裂き、ここまで強い力で手首をつかんでいたのと比べると、その愛撫《あいぶ》はやさしいものだったが、それでもまだ力がこめられている。

今はこの瞬間のことだけ考えればいい、朝になったらどうするかは頭から追い払おうと決めていたジャニカは、ルークを見つめると当然のことを口にした。「あなたってすごくきれいだと、前から思ってた」

それでも言葉だけでは足りない。ルークの美しさに触れたい。自分の体の奥で感じたい。ジャニカは彼の唇に親指を押しつけ、もう一方の手で顎を撫でてざらっとしたひげの感触を確かめた。また新たなうれしさがこみ上げてきて、どれほど気持ちがいいかをどうしても言葉にしたくなった。

「ずっとあなたに触れてみたかったの。初めてあなたを見たときから、そう思っていたわ」

長いあいだ心に秘めていた本心を口走ってしまって、後悔するだろうと覚悟したジャニカだったが、後悔などまるで感じなかった。ルークが瞳に欲望を燃え上がらせて自分を見つめてくれたから。彼の手が背中のくぼみに当てられ、ぐっと体を引き寄せられたから。さらにルークは顔を横に向けて、ジャニカの親指の先を舌でなぞった。

彼の舌が手首に下り、脈をみるところで円を描くと、その皮膚の下で鼓動がいっそう速くなった。ルークに抱かれた体がとろけていく気がする。自分と彼の体の境界がどこかもわからない。

快感に大きく身震いしてから、ジャニカは目を閉じ、ルークと一緒にいるという奇跡に酔いしれた。

ずっとこうすることを望んできた。それが現実となり、夢にみた以上の気持ちよさに、ふと言葉が漏れる。「やっとなのね」

ジャニカはつま先立ちして頬をすり寄せ、肌と肌の感触を純粋に楽しんだ。ただそれだけなのに、今まで感じたこともないほど官能が刺激される。

でももっと欲しい。

もっと、ずっと、たくさん。

官能の波に洗われ、ふと気づくともうクライマックスを迎えるすぐ手前のところまで来ている。

ああ、いい気持ち。

こんなに気持ちいいと思ったのは生まれて初めて。彼の唇を手首に感じ、彼の手がヒップに置かれ、全身に引き締まった彼の筋肉を感じる。これ以上の快感はない。ほんの少し押されると、絶頂に達してしまいそう。

そう思いながらも、官能的にあと一歩というこの感覚を永遠に続けられそうな気もした。

ジャニカは本能的に腰を揺らして、ルークに自分の体をこすりつけた。高みがもう少しのところにあり、体はどうにかしてそこにたどり着こうとしているのだ。これまでの体験では、ジャニカはいつも自分の快楽を自分でコントロールしてきた。クライマックスを迎えようとする彼女を押しとどめる恋人などいなかった。

しかしルークは、いつもどおりの恋人ではない。ジャニカが絶頂を迎えるのを励ますどころか、手首を下ろしてわずかに体を離す。これだと高みにはたどり着けない。ジャニカはぎりぎりのところで止められ、はっはっと荒く息をしながら、自分の欲望の味を意識した。

どうかいかせて、と言いかけたとき、彼の厳しい視線を浴びて、彼の求めるまま逆らわないと約束したのを思い出した。

ああ、彼の言いなりになると思うと、ますます興奮する。

「裸になれ」ルークのうなるような命令に、ジャニカはドレスをすっかり破り捨てようとしたのだが、しっかり腕をつかまれたままだ。すると彼が膝《ひざ》をつき、むき出しのお腹《なか》にキスしてきた。そしておへそに舌先を入れる。

「めちゃくちゃきれいだ」ルークがつぶやくのが聞こえる。

彼の声を肌に感じ、体じゅうの血液が脚のあいだに集まってきた気がした。その部分がどくん、どくんとうずく。

ルークにパンティを引きちぎられると思うだけで、脚のあいだが濡《ぬ》れ、液体が伝い落ちる。しかし彼がまったく急ぐ様子もないので、ジャニカはひどく驚いた。ゆっくりと時間をかけ、彼の口がお腹の上を滑っていく。ところどころで止まっては吸い上げ、さらに腰骨のところを舌で撫でる。

ルークの口がお腹にそっと触れるだけで、もう絶頂に達しそうだ。

ルークがなかなか先に進んでくれないので不満が募り、ジャニカは心の中で、もっと下、そこより下を舐《な》めてと訴えながら、腰を丸く動かしてルークのほうに突き出した。

「お願いよ」耐えきれなくなって、ジャニカは懇願した。「あなたを感じたいのは、そこじゃないの」

しかしルークはジャニカの言葉などまったく聞こえなかったかのように、ゆっくりと舌を動かし続ける。肌に感じる歓びにおぼれそうになりながら、ジャニカは、今夜は逆らわないでくれと頼まれたときの彼の瞳に浮かんでいた表情を思い出した。

興奮しきって目の前がぼやけてくる。頭がいつもどおりに働かない。酸素が足りなくて何も考えられなくなるときのようだ。

ルークが、〝これ〟をしてもいいかとたずねたとき、このめくるめく感覚のことを言ったのだろうか？　容赦なく彼に体をもてあそばれても、抵抗せずにいられるかという意味だったのか？

そしてジャニカが完全にルークに体をゆだねることを彼は望んでいたのだろうか？

それでも彼の腹部への愛撫が続くと、そんなのはどうだっていいという気になる。

彼の口が自分の肌の上を滑り、ときどき軽く唇で皮膚をつまんでいく。これを五年間求めてきた。違う、何十年もこのときを待ち焦がれてきた。こんなことが起こるようにと熱望してきた。今そのときが来たのだから、ルークが導いてくれるところなら、喜んでついていく。

ルーク・カーソンという男性が、至福の快楽を与えてくれるだろうということを以前からジャニカの体は本能的に察知していた。想像もつかないような、最高の歓びを味わえるに違いないとわかっていた。

その想像が現実になったのなら、体の歓び以上のものだって与えてくれるかもしれない。

たとえば愛情とか。

しばらくすると、ルークのゆっくりしたペースに慣れてきたジャニカは、夢み心地でゆっくりと腰を揺らしながら、彼のやさしい口づけに腹部を押しつけていた。ルークの手に体を支えられ、愛し愛されるという幻想にうっとりしていたとき、突然何の予告もなく彼が手を放して、ドレスを完全に引き裂いた。

5

これほど興奮する光景を見たことがない。いや、こんなに興奮させてくれる女性は初めてだとルークは思った。

半裸のジャニカを前にしたルークは、膝をついてその美しい姿を堪能《たんのう》した。ジャニカはほっそりしているが、ぎすぎすとした体つきではなく、細くくびれたウエストの下には丸いヒップがあり、小ぶりの乳房はぴったりと彼の手のひらに収まる大きさだ。口に含むのにちょうどいい。この谷間に自分のものを滑らせたらどれほど……

だめだ、それはまだあとのことだ。彼女の胸の谷間を滑ることを考えてぴょんと跳ね上がった自分の分身に、ルークはそう言い聞かせた。

そこまで考えなくても、彼女のそばに行くたびに力強く反応する。

ドレスは今や、真ん中で切り裂かれ、フローリングの床にほうり投げられているが、ジャニカはその下に薄いシルクのパンティをはいているだけだった。ルークはしばらく緑と金のクリスマス模様の布地を見つめた。いつもセックス大好き、というイメージを作り上げているジャニカのことだから、きっと黒か真紅の下着を身に着けているのだろうと思っていたのに、かわいらしいプリント柄が目に飛び込んできて驚いたのだ。こんな無邪気な下着が現われると思っていなかったルークは、一瞬何がどうなっているのか理解できなかった。

そして彼の視線はただ一ヵ所、脚のあいだに集中した。布地が湿って色が濃くなっているのだ。何を考えるよりも先に、ルークはどうしてもその場所に触れたくなった。本当なら、ジャニカと始めたこのエロティックなゲームの次の一手について、何をすればもっとも効果的かを判断し行動を起こすところなのだが、衝動的に親指の腹でその湿った場所をやさしくこすり上げた。

ジャニカが、ああっと声を上げながら、腰をくねらせて体を彼の手に押しつけてくると、彼女の体が発する熱でやけどをしそうだと思った。

「そうよ、ルーク。お願い、そこを」

耳の中で血が音を立てて逆巻くので、ジャニカの言葉もほとんど聞き取れない。ルークはクリスマス仕様の下着のサイドの紐《ひも》に指をかけ、少しだけ引っ張ってみた。しかし、前の部分はパンティで隠したままにしておいた。裸の女性を前にしてこれほど相手をじらしたことも、ルークにとっては初めてだった。ジャニカがとっておきのクリスマス・プレゼントのような気がする。楽しみをできるだけ長引かせたくて包み紙を開けられないのと同じだ。やがて片方の手をヒップに回し、もう一方の手を緑と金色の布地の正面の縁へとゆっくり下ろしていった。

中に手を入れると、やわらかな毛の向こうに興奮で熱く湿った場所があった。この瞬間を心ゆくまで楽しみたい。ルークがさらに指を伸ばすと彼女の体の中央でふくらんだ突起部分に軽く指が当たった。

ジャニカがはっと息をのむ音が聞こえる。体を支えようとした彼女の手が、ルークの肩をつかむ。

ルークははれたようにふくらんだ突起のすぐ上に手を置いたまま、じっと動かずにいた。ジャニカの心臓が鼓動を打つのをやめ、脚のあいだだけで脈打つような感じがした。ひとつの鼓動のたびごとに、彼女の敏感な突起からの脈動が彼の指先に伝わる。指にぬめりつく液は、彼女の欲望がどれほど強いかの証拠だ。

ああ、だめだ。ジャニカに初めて触れたこの瞬間を、僕は一生忘れないだろう、ルークはそう思った。こうしたいと強く思いながら、何年もその気持ちを抑えてきた。彼女を求める気持ちを何度否定したかわからない。しかし夜になると、何度も彼女が夢に現われた。

ちょうどこんなふうにしているところを想像して。けれど、血のかよった温かな肌を持つ生身の女性はそこにはいなかった。

ルークは視線を上げてジャニカの顔を見た。そして、そこに浮かんだ彼女の表情がルークの魂を揺さぶった。目を閉じたジャニカは歓びに顔を紅潮させている。これほど美しい光景は見たことがない。

しかしそれよりも衝撃を受けたことがあった。目の前にほとんど裸のジャニカが立っている事実が、本当に自然だと思えたのだ。

ルークの腕に抱かれている彼女が。

じわじわとルークの心にパニックが押し寄せてきた。自分は何をしているのだろう。こんなに感情を乱されるはずではなかったのに。ここへ来て悪魔と取引した。たったひと晩だけ、ジャニカの体に自分を埋めたかったから。恋に落ちるために来たのではないはず。

ああ、だめだ。最初からやり直そう。彼女の体のことだけに集中しよう。痛いほどにうずく、自分のペニスのことを考えよう。

お互いにどう思っているかなど、どうだっていい。感情について、あれこれ考えてはいけない。

ルークはまた手を動かした。ゆっくり少しずつ手を下へ滑らし、彼女の襞《ひだ》に割って入る。ジャニカはぐっしょり濡れているので、具体的に感じているとは言わなくても、ルークの愛撫に敏感に反応しているのは間違いない。低くあえぐ声が、頭の上で絶え間なく聞こえてくる。恍惚《こうこつ》状態にあるのだ。

突然ルークの頭の中に、ある映像が浮かんだ。ジャニカが自分の前でひざまずいているところ。はっきりと淫《みだ》らな行為を思いついたおかげで、彼はセックスのことだけを考えられるようになった。心のどこかには、招かれたわけでもないのに、こんなふうにいきなり自宅に押しかけ、自分の性のはけ口として彼女を利用するのはあんまりだという良識が残っていたのだが、突然浮かんだ映像のせいで、セックスだけに集中できるようになった。ルークはぐっとパンティを膝まで下ろし、彼女の脚のあいだに自分の腿《もも》を入れて、シルクの生地が許す限り、大きく開かせた。

そしてすかさず、大きく尖った蕾《つぼみ》に口をつけ、指を二本、ぬめりを帯びた場所へと差し込んだ。

ペニスが大きく脈打つ。そしてもう一度。その場で果ててしまうのではないかとルークは思った。女性の味にめまいがしそうだ。ジャニカは蜜《みつ》の味がする。天国で味わう飲み物はこんな味なのだろうか？　しかし、指を深く差し入れたことで、ルークの我慢は限界ぎりぎりのところまで来ており、それをこらえるのは地獄のようだった。

ジャニカの体が彼の指の感覚に慣れて少し力が抜けて、さらにルークを受け入れようとする。彼は舌を荒っぽく使って突起をこすってから、しっかりと口をつけて吸い上げた。ジャニカの手がルークの髪をまさぐりながら、頭を引き寄せて強く腰を押しつける。そのとき彼女の体の奥の筋肉が指を締め上げてきた。舌の感覚からも、彼女がクライマックスを迎える寸前なのがわかった。

ジャニカには何としても絶頂感を与えたい。彼女がクライマックスを迎えるときは、自分も一緒に果てたい。彼女が自分の名前を叫ぶのを耳にし、他の誰よりも高いところにジャニカを連れて行けるのは自分だと確かめたい。

くそ、何てことを考えるんだ？ またルークは我に返った。ここに来たのは自分が肉体的な快楽を得るためだけのこと。ジャニカは誰にだってその快楽を与えているんだから。ところが気がつけば自分のほうが彼女の前にひざまずいている。

キスしただけなのに、ジャニカはすっかり自分を好きなように操っている。これでは自分はまるで性の奴隷ではないか。

そう思ったルークは、突然顔を離して立ち上がった。そうするのは、死ぬほど辛かった。

ジャニカがぱっと目を開けた。膝が震えてまっすぐ立てず、後ろのソファに崩れ落ちた。

「ルーク、どうしたの？」

「君はまだかもしれないが、僕はもう入れたい」

ジャニカは見るからにショックを受け、何も言えずにいた。ベルトのバックルを外しながらも、ルークは心の奥底にひどく引っかかるものを感じていた。トゲのようなものが、おまえという男はどれほどひどいやつなんだと叫ぶ。ジャニカがこんな扱いを受けるいわれはどこにもない。

　これまでのルークは、セックスでは常に相手のことを思いやり、やさしく接して、必ず相手が先に歓びを得るようにしてきた。しかし今夜のルークは、違う。さっき浮かんだ映像を実際に試してみたい。経験の豊富な相手の口に自分のものを荒々しく入れ、そこで欲望を吐き出すのはどんな気分なのかを知りたい。いや、体験する必要がある。その姿を相手に見せるのだ。

　すっかり興奮して、ルークが望むことなら何でも、どんな要求も受け入れてくれる相手に。

　そんな要求をする権利などまったくなかろうと。

そうしたい理由が、完全に不当なものであっても。

相手も、そして自分も、朝になれば、このルークを激しく嫌悪するとしても。

ジャニカの口なら経験豊富で、自分の憧れでもある要求を満たしてくれるとルークは確信していた。彼女の絶頂はもうすぐのところまで来ているのも明らかだ。彼は自分の足元の床を指さし、ズボンのファスナーを下ろした。

「ひざまずけ」

6

起き上がろうとしたジャニカは、膝にまとわりつくパンティが邪魔になり、ソファから転げ落ちそうになった。すぐそこの高みに上りつめたくて必死だったため、思わず自分の耳を疑った。まさかルーク・カーソンがそんなことを？

本当に彼の言葉だったのだろうか？ ひざまずけって？

彼の顔を見上げ、目の前にいるのが本物のルークなのかを確かめた。サディスティックな趣味を持つ、見知らぬ男性なのではないだろうか？ この人の手と口で、絶頂を味わうぎりぎりのところまであおられたから、違う男性に入れ替わったことに気づかなかっただけかもしれない。

ジャニカにこんな命令をする男性はこれまでいなかった。そもそも、ベッド以外のところでも、ジャニカに命令するほど勇気のある男性はいないのだ。ジャニカはデザイナーであり、自分の服飾ブランドのオーナーでもあるため、人から命令を受ける立場にはない。もちろんセックスのパートナーからも、こんなふうに一方的に命令されることはない。

ただ、ソファにひっくり返ってルークを見つめていても、ひどい命令をされたことへの怒りはわいてこなかった。ジャニカは人生を白か黒かで割りきる性格だ。難しいことを言ってあれこれ思い悩むのなど、時間の無駄だと思っている。モットーは、『文句を言わずに、とにかくやってみろ』だった。

しかし今夜はどう考えても、白と黒では割りきれそうにない。ルークの言動はわからないことだらけだし、ジャニカ自身いつもとはずいぶん違う。

まず、いつもならぴしゃりと反撃に出る。私は私のやりたいことを自分のやりたいときにするのよ、ときっぱり告げればいいはずだ。

それにいちばん不思議なのは、ここまでルークのやりたいようにさせていながら、安心感を覚えていることだった。彼に任せておけば、肩ひじ張らずに済むというか、守られている気がするのだ。

そういった疑問を解こうとジャニカの頭が働いているあいだも、ルークはジャニカを見つめたままだ。ぐっしょりと濡れた秘密の場所、乳房、そして顔へ。ルークの視線がジャニカの体をとらえて離さない。

最初、彼の眼差しが厳しいのにジャニカは気づいた。しかしよく見ると、ほんの一瞬だが緑の瞳の奥底に何か別の感情が横切る。その感情に、ジャニカの心が締めつけられ、せつなくなった。

ルークは苦しんでいる。心の奥底でひどく傷つき、暗い苦悩を抱えている。

そして、苦悩以外にも別の感情がほの見える。トラヴィスがリリーを見るときに、トラヴィスの目にこの表情が浮かぶ。そう気づいて、ジャニカはどきっとした。

セックスならジャニカにも理解できる。互いに欲望を感じた二つの体の行為であり、緊張することでも何でもない。しかし今ルークの瞳に浮かぶ感情については……男性からこんなふうに見つめられたことは一度もなかった。裸であろうと、服を着ていようと。

次々とジャニカの頭に浮かぶ考えを、ルークの声が止めた。「さあ、早く、ジャニカ」

欲求だけを訴えるその言葉に、ジャニカははっと我に返った。彼のことを長いあいだ恋焦がれてきた。しかしこれまで、ほんの数分前までは、それはただ肉体的な欲求だと思ってきた。しかし、今、心が大きくかかわっている。

いや、違う。体だけだと信じて自分をごまかしてきただけだ。ルークに対しては、何年も前から、体の欲求だけではなくなっていたのだ。一方通行の恋ではあったが、ジャニカはずっと彼を愛していた。

ジャニカはルークのところに行こうとソファの上で体を起こしたが、まだパンティが絡まって脚が自由にならない。脚を抜こうともぞもぞしていると、ルークの威圧的な声が聞こえた。

「それは、そのままだ」

命令されて、胸の頂がさらに突き出てくる。彼の目には自分がどんなふうに映っているのだろうかと意識してしまう。ぐしょ濡れになった下着に体の自由を奪われ、燃え上がる欲望を満足させるため彼の言うことなら何でもする女性。

どんなことでも。

唇を湿らせて深呼吸をし、彼の命令に逆らえという理性の言葉が出てくるのを待った。しかし、やはり何も出てこなかった。

自分でもショックではあったが、彼の言うとおりのことをやりたいとジャニカ自身が望んでいた。

そう意識すると、突然ジャニカの頭の中に恐怖が渦巻いた。ルークに命じられたことをするのが嫌だからではなく、彼のためなら自分のすべてを差し出してしまうことに気づいたからだ。

だめ、そんなことをしてはいけない。

これまでジャニカは自分の行動の後始末は、自分で責任を持ってやってきた。そうするしかなかった。今、自分のすべてをルークに捧げてしまえば、自分の行動まで彼にゆだねてしまうことになる。そうなれば、もうジャニカには何も残らない。

ジャニカはソファにまた背を預け、首を横に振った。「だめ、私にはでき――」

そこで顔を上げると、そのあとの言葉が出てこなくなった。ルークが何を言ったわけでもないのだが、心を決めかねているジャニカを見て、彼がどう思っているか、その心が読めた気がした。

今夜これから何が起きようが、僕たちの関係は変わらない。君は君のまま、僕は僕のまま。今夜一度だけのことにしたいが、それでもいいのか？　僕の望むものを与えてくれ、朝になったらまた元の二人に戻る。彼の瞳がそう告げていた。

そうできるものならと、ジャニカは心から願った。朝になったら完全に本来の自分に戻り、ジャニカがいるべき場所で暮らしていく。何もかも自分の思いどおり、心を悩ませることもなく。今までと一緒。

きっとできるはず。一夜限りの官能の世界をルークにゆだねても、自分を見失うことなどあるわけがない。ジャニカは強い女性なのだから、彼に心を奪われ、彼の欲望に押し流されることなどない。

そして自分自身の欲望に負けることもないはず。

そう決心したのだが、パンティの絡みついた脚をどうにか動かしてソファから起き上がりルークのそばに近寄るのは、なかなかの難作業だった。実際にひどく間の抜けた格好をしなければならないのは無論のこと、心の中では自分のプライドとの激しい葛藤《かっとう》があったからだ。

しかしルークがズボンを緩めてボクサーショーツを床に落とすと、何の迷いもなくなった。目の前に世界一美しい光景があった。

彼って、大きいんだ。

それに、すごく太くて。

すごく長い。

これまでにさまざまな形やサイズや色の男性器を見たことがあったジャニカだが、ルークのものは……

ジャニカの体がぶるっと震えた。形容詞が思いつかない。これほどすばらしいものを表現するのにふさわしい言葉などない。

完全に勃起して直立し、腹部にぴたりと張りついた状態になっている彼のものにジャニカは、魅入られ、我を忘れていた。はっと気づくと、ルークのすぐ前に来ており、本能的にひざまずいていた。

大切なものに触れるときのように、うやうやしく手を上げ、人差し指でそっと触れてみる。浮き出た血管を撫でるようにして根元のほうまで滑らせると、ジャニカに触れられたことに反応して血管がうねるように動く。

なめらかなベルベットが熱い鋼鉄を薄く覆っているようだ。

本当に美しい。

これが、ジャニカだけのものになる。

今夜だけは。

彼の味を堪能できると思うとよだれが出てくる。ここに思う存分舌を這わせることができる。ジャニカははやる心を抑えて、まずはそっと突き出た部分を片手でつかんでみた。体が小さい割には、ジャニカの手は普通の大きさなのだが、それでも彼女のこぶしひとつでは足りず、もう一方の手を添えた。それでもまだ完全に包みきれない感じだ。

しばらくしてから視線を上げると、ルークが欲望をたたえた瞳で自分を見下ろしていた。その欲望の強さに、ジャニカは思わず息をのんだ。反射的に握ったこぶしに力を入れると、彼のものがぴょんと弾んだ。ジャニカはそっと指を添えた。

「くわえろ」

荒々しい言葉が彼の純粋な欲求を告げ、命令というより、どうしようもなく懇願しているように聞こえた。

彼のものなら、いつだって喜んで口の中に入れるのに、どうしてそれをわかってくれないのだろうと思いながらも、こうやって具体的に命令されることで、ジャニカはさらに興奮した。

　今夜だけは。

　ルークと過ごす今夜は、どんなルールも通用しない。

　もともとジャニカは、ルールというものをほとんど無視してきたのだから、それでもいっこうに構わない。

　ジャニカはすぐに身を乗り出し、彼の清潔な匂いを吸い込んだ。彼の興奮を感じ、頭がくらくらする。

広げて口の中に彼を迎えた。そして熱く硬くなったものを少し舐めてから、精一杯大きく口を開け、できるだけたくさん受け入れたかった。先端だけでなく、そこにつながる長い部分も、できるだけたくさん受け入れたかった。

　ルークの手がジャニカの頭をつかんで、自分の体へ引き寄せる。髪の中で彼の指が絶え間なく動く。ジャニカの手は彼の腿に置かれていたのだが、大腿部《だいたい》の筋肉が波打つのがわかる。口の奥へとさらに迎え入れるたびに、その筋肉が動く。ルークが腰を揺すりながらそっと突き出したので、ジャニカは喉の力を抜くようにした。すると、彼のものがさらに深く入ってくる。

　ただこの大きさを考えると、すべてを口の中に入れるのはとうてい無理だ。口も喉もこれ以上は引っ張れないところまで開いている。興奮し無我夢中になりながらも、ジャニカはふと思った。こんな大きなものを体の奥に感じたら、どんな気分になるのだろう。

彼のものを口に入れたまま、その感覚を想像して、ジャニカはうめいてしまった。するとロの中でびくんと大きな反応があり、ジャニカの髪をつかんでいたルークの指にぎゅっと力が入った。

「今みたいなことをするな」怒鳴るような声が聞こえる。「ちくしょう、動くのもだめだからな」

彼の味を舌に強く感じる。うめき声を出したために喉が震え、そのせいで彼のものを刺激したのだ。

少しばかりいたぶってやりたくなって、ジャニカは低くハミングしてみた。口の中のものが大きく動き、また彼の味が強くなる。

この味、大好き。ジャニカがそう思った次の瞬間、口の中は空っぽになっていた。まだ膝立ちの状態のままジャニカが見ていると、ルークは急いでシャツを脱ぎ、靴やズボンやボクサーショーツも完全に取り去った。

わお。

ルークのいちばん個人的な部分をもう目にしているので、裸の全身を見ても驚くことはないだろうとジャニカは思っていた。しかし彼の体を覆う見事な筋肉と肌の色合いは衝撃的だった。

ここまですばらしいと思っていなかったので、ジャニカはショックを受けた。デザイナーであるジャニカは、この何年も、男性、女性を問わず多くのモデルたちと仕事をしてきた。それでも、こんなに見事な体をしたモデルはいなかった。ルーク・カーソンという男性は、完璧なのだ。

ようやく自分が、ぽかんと口を開けて見とれていることに気づいたジャニカは、いくぶん卑猥《ひわい》な笑みを作った。「あなたがどれほど大きいかに少し慣れてきたのよ」言葉を切って、唇を舐める。「これからはもっと上手にしてあげられるはずだわ」

しかしルークは彼を待ち構えるジャニカの口に、もう一度自分のものを入れようとはせず、片手を腿の裏に、もう一方を背中に当てて、彼女の体を抱え上げた。そして寝室の場所を求めて、廊下へ向かった。

「あとでだ。今はどうしても君の中に入りたい」

7

「コンドームを」

ジャニカが体をねじってベッド脇のテーブルに手を伸ばすあいだ、ルークは彼女のパンティを引き下ろして、部屋のどこかへ投げた。

どうしても今すぐだ。あと六十秒以内にやらなければ、我慢しきれない。

ジャニカが封を破って、彼に装着させようと手を伸ばしてきたが、彼女の手が触れたらもうこらえきれなくなってしまうのはわかっていた。ジャニカの手からコンドームをもぎ取り、うずく自分のものにそれをかぶせた。

やっとジャニカの体に覆いかぶさると、彼女がルークを抱き寄せてきた。

ああ、くそっ。この体に突き立てたいだけなのに。

しかし、これほど燃え上がった状態でも、それが無理だということはわかっていた。黒が白に見え、白が黒に見えるような狂乱状態でも、自分のものが彼女の華奢《きやしや》な体には大きすぎるのは理解できる。

だめだ、彼女に痛い思いをさせたくない。

彼女の体を愛してやるんだから。

ぬめりを帯びた場所に狙《ねら》いをつけたところで、ルークは自分の考えにショックを受け、動きを止めた。

愛などという言葉がどこから出てきたのだろう？　今夜のことに愛は無関係なはず。

何が起きようが、ジャニカと過ごすこの時間は、ただのセックスだということを忘れてはならない。

ただ、自分の欲望を吐き出すだけ。

そうすれば、すっきりするだけのこと。

体の下でジャニカが位置をずらし、腰を突き上げて彼を自分の中に迎えようとした。

その瞬間、あらゆる思考が、あらゆる警告がルークの頭から消え去った。

肘《ひじ》をついて少し体を上げ、ルークはジャニカに告げた。「こっちを見るんだ」ジャニカを他の女性と同じように扱うことは絶対にできないと思った。

そんなことはない、ただのセックス相手だと思おうとしても、ジャニカは特別な女性なのだ。

そうであれば、彼女のことを守ってやる必要がある。

ジャニカがぱっと目を開けた。「お願いよ、ルーク。私を奪って」

ほとんど残っていなかった自己抑制のかけらをかき集め、彼女の体に突き立てようとする自分の衝動をルークは押し留めた。だめだ。少しでも彼女が痛い思いをする恐れがあるなら、無理をしてはいけない。

「ゆっくり、慎重に進めるから。力を抜いて」

ジャニカは言葉では何の反論もしてこなかったが、腰をぐっと突き上げて不満を伝えてきた。

無理やり先端部が彼女のぬめりを帯びたところに接することになり、ルークは息をのんだ。ラテックス越しにも、ジャニカがどれほど濡れて自分を求めているかを感じる。これほど気持ちがいいのは初めてで、ルークはコンドームを破り捨てて直接彼女の中に自分を埋めたくなった。しかし、そういうのはきちんとした関係を持つ女性とのあいだで行なうこと。将来を約束する相手とのものだ。

一夜限りのセックス相手にそんなことはしない。

思ったとおり、ルークのサイズにはジャニカの体は小さすぎた。彼女は見るからに興奮し、ずいぶん濡れてもいるが、すべてを受け入れてもらうには少しずつ大きさに慣れさせなければならない。

ジャニカは目を閉じたが、その目を見ている必要がある。そこに浮かぶ表情で、痛くないのかを確かめなければならない。

こんなに華奢な体。こんなにきれいで。そんな彼女を傷つけると思うと、耐えられない。

「目を開けてくれないか、スイートハート？」

ジャニカが驚いたように、目を大きく見開いた。

ジャニカをスイートハートと呼ぶのは本当に自然なことで、無意識のうちにそう口にしていた。気がつくとルークは、彼女が重たくないように片腕で自分の体重を支え、彼女の顔を指の背で撫でていた。

するとと彼女の体の奥の筋肉が緩み始めた。ルークは慎重に、少しずつ奥へと入っていった。

ジャニカの悦楽のあえぎをルークはそのまま自分の肺へ吸い込み、さらに深く体を沈める。先へ進むにつれ、彼女の体が大きく開いてきて、やっと半分のところまできた。

ここで休まなければ。ここでジャニカが大丈夫かを確かめる必要がある。そうわかってはいても、ルークは自分を抑えることができなかった。これまで自分の衝動を止められなかったことなどなかったのだが、どうしても何があっても、今すぐ根元まで自分のものを埋めたくなった。

ところがそのとき、ジャニカが脚を彼の腰に巻きつけ、ささやいた。「あなたのすべてが欲しいの」そしてすぐにかかとをルークの腰のくぼみに置いて、強く体を引き上げた。

こんなに華奢なわりには、ジャニカは強い女性だ。ルークが想像していたよりずっと強くて、自分が求めるものを自分で奪いに来る。

二人ともが求めるものを。

衝動を抑えようとしたルークだったが、また少し、さらにもっと奥へと入っていくのをどうすることもできない。彼女の体がぴったりと自分のものを包み込む感覚にすぐに果ててしまいそうで、普通に呼吸すらできない。痛いほど硬くなったものが、彼女の体の奥の筋肉にもみしごかれていく。

とうとう、もう我慢はできないという事実をルークも受け入れた。

自分を抑えておく必要もない。

彼女を奪うのだ。

彼女のすべてを自分のものとして宣言する。誰にも文句は言わせない。

ジャニカの舌が口の中に入ってきた瞬間、ルークは思いきり腰を突き下ろした。

うわ、すごい、全部入ってしまった、一瞬驚いてそんなことを思ったルークだが、すぐにぴったりと自分のものを包む熱の快感で頭がいっぱいになった。

ジャニカが口でしてくれたことはすばらしかった。しかしこの体の奥の場所は奇跡だ。

ルークは彼女の顔を見るために、唇を離した。自分にこれほどすばらしい体験を与えてくれる女性の顔をどうしても見ておきたかった。ルークの体のすべてを受け入れてくれる女性。

ジャニカも目を開けてルークを見つめた。快感におぼれて瞳孔《どうこう》が開いている。本当に美しい姿だった。

信じられないほど美しい。

その姿から目を離すことができなくて、ルークは体を駆けめぐる血液が沸騰寸前なのを意識しながらも、できるだけゆっくりと動いた。そっと体を引いては、また滑らせるように前へ押し出す。動くたびにジャニカの体がさらに少しずつ、もっと自分を受け入れようとするのがわかる。彼女のクリームが潤滑油となって、するりと奥へ進むことができる。

これまでにない快感だった。これほど強く、同時にやさしく自分を受け入れてくれる女性はいなかった。だからその瞳の奥を、彼女の魂をのぞいてみたいとも思わなかった。その魂の底に自分が存在していることは見なくても感じられる。

ジャニカの瞳に、はっきりとその魂が映し出されていた。そしてそこに自分がいた。

その後しばらく、二人で体を動かすあいだ、ルークには何度もクライマックスを迎えるチャンスがあった。きっと激しい絶頂を迎えられていたはずだ。それでもこれまでずっとしたいと思っていた願望がついに叶い、そしてジャニカをもうすぐ絶頂を迎えるぎりぎりのところまで押し上げたのだから、あとは彼女に快楽を与え続けることしか考えられなかった。

彼女から自分のものを抜くときには、強い覚悟が要った。辛い思いを振りきって、ルークは冷たい大気に自分をさらした。

ジャニカは恍惚の眼差しを向け、ぼんやりしている。「ルーク?」

「きれいだよ」もう一度唇を合わせながらルークはそうつぶやき、すぐに激しく奪うようなキスをした。

「あなたもすてきよ。だからお願い、もっとして」

自然にルークの顔に笑みがこぼれる。「ああするさ。でも、君がいってからだ」

ジャニカは激しく左右に首を振った。「いいの、お願いよ。もう一度入れて」

ああ、もう一度入れたくてたまらないさ、ルークはそう思った。しかしまずはジャニカに歓びを与えなければならない。「だめだ、先に君がいってからだよ、スイートハート」

「あなたが入れてくれたままで、いけるわ」

汗ばんだジャニカの体に唇を這わそうとしていたルークは、動きを止め、しっかりと目を合わせた。また彼の顔に笑みが広がる。ああ、それも必ずなと、彼の心が躍った。「よし、では二度目は入れたままでいかせてやる」

ジャニカが息をのむ中、ルークはさっと彼女の胸元へ移動して、小石のように硬くなった頂を手と口で愛撫した。そこから頭を下げ腹部へ、そして脚のあいだへ。舌に大きく突き出した蕾が触れる。これを続けるのはルークにとっては拷問のようなもので、長くはもたないのもわかっていたので、彼は勢いよく突き出した部分を吸い上げ、同時に指を一本、さらにもう一本彼女の体に入れた。

ジャニカは、ルーク、ルークと大声で叫び、背中を反らせて腰を突き出してくる。また指に収縮を感じたが、今度はルークも指を抜かずに、熱を帯びた彼女の肌でさらに激しく動かした。

ジャニカの全身が強ばった。ルークの顔の両側で彼女の内腿の腱《けん》がぴんと突っ張り、腰が円を描く。断続的に指に圧力がかかり、奥のほうへと引っ張られていく瞬間、ジャニカの歓喜の叫びが寝室に大きく響いた。

まいった、ものすごく締まるんだな、ジャニカは。それに精力もある。この体にすぐまた自分のものを入れられる、そうすれば彼女にまたクライマックスを与えてやれる、さらに今夜ずっと、少なくともひと晩はこの体を独り占めできる。そんなことを思っていると、それだけでルークはベッドカバーの上に、自分の欲望をまき散らしてしまいそうになった。

ルークは猛然と彼女の体に突き立てた。ああ、だめだ。先端部が入ったところで、我慢できなくなるところだった。絶頂を迎えたばかりの彼女は、さっきよりもさらにきつく、さらに熱くて、さらに濡れている。

救いは、これで痛い思いをさせる心配だけはなくなったということだ。今、止まれと言われても、絶対に無理だ。

この五年間、いやもっと昔からジャニカへの欲望がルークの中でずっとくすぶり続けていた。その荒々しい気持ちをやっと思う存分彼女にぶつけられる。ルークは猛烈に腰を突き動かした。ぬめりを帯びた彼女の体が彼を迎え入れ、そしてぴたりと吸いつくように絡んでくる。ジャニカのクライマックスはまだ続いており、ルークが何度も何度も突き立てるたびに、内側の筋肉が波打つように彼のものを締め上げる。

ジャニカはぎゅっと目を閉じ、ルークが与えるものすべてを受け入れるのだが、同時に同じだけの歓びを彼に返してくれる。

こんなセックスは初めてだ。これほど激しく突き立てたことなどなかった。

ルークの思いが伝わったのか、ジャニカが叫んだ。「もっとよ、ルーク。もっと強くして」ジャニカの手が彼の肩をつかみ、脚は腰に回されて、胴を引き寄せられる。

彼女の必死の叫び声に、ルークの体がまた反応し、欲望が痛いほどにふくれ上がる。

ルークのほうも夢中で、背中に置かれていた彼女の足首をつかんで高く掲げ、彼女の脚を肩で担いだ。過去の恋人とのセックスでは、この体位をするのを常にためらった。自分のものの大きさから痛みを感じさせるのではないかと気になって、この体位ではじゅうぶん楽しめなかったのだ。しかしジャニカなら大丈夫だと、ルークは本能的に感じた。それどころか、この姿勢で自分が得られるのと同じぐらいの歓びを彼女にも与えられるという気がした。

完全に自分にさらけ出された彼女の体に激しく打ちつけると、ペニスの先が強く子宮の壁に押し当たるのを感じて、ルークは、あうっと声を上げた。

もうだめだ、たまった欲望をこれまで出会った中でいちばん美しい女性の体に放つときが来た。その瞬間、ジャニカの瞳からはらりと涙がこぼれた。

しまった！

痛かったのだ。

「ああ、どうしよう。ジャニカ、悪かったね」慌ててそう言いながら、ルークは自分の体に命令した。この信じられないほどセクシーな、すばらしい女性の体から離れろと。いくらきつく締め上げてくれても、抜かなければ大変なことになる。

華奢な体が裂けるほど、荒々しく貫いてしまったのだ。

しかしルークの体が脳の命令に応じるより先に、ジャニカが彼の顔を両手で包み込んだ。

「愛してるわ、ルーク」涙がさらに流れ落ち、ジャニカの声がくぐもる。「あなたのこと、本当に愛してるの」

ジャニカの告白を、ルークの体は新たな興奮材料として受け止めたのだが、頭はそれがどういう意味かを理解できずにいた。わけがわからず、頭と心が完全に何の考えも感情も受けつけなくなる。

それでも、ぼんやりした状態のままルークは彼女の涙を拭った。ジャニカが顔を横に向け、彼の手にやさしく口づけする。すると自動的にルークの体がまた動き始めた。頭とは無関係に、激しく腰を突き出す。

「愛して、ルーク」ジャニカの訴えに、ルークは肩から彼女の脚を下ろし、全身で覆いかぶさった。彼女の脚がまた腰に巻きつき、手が彼の頭の後ろを押して唇を近寄せる。ルークは夢中でキスした。

この女性が自分の初めての相手であるかのように。さらに最後の女性となるかのように。そして、そのあいだにも、彼女しか存在しないかのように。

舌が絡み合い、彼女の温かな手を背中に感じ、圧倒的な歓びがルークの中で弾けていった。ジャニカに痛い思いをさせたくないという心配なども、快感が爆発する瞬間、いっさい頭から消えた。意識のどこかで、彼女もまた絶頂を迎えたことがわかった。

彼の名を叫びながら体を強ばらせ、悦楽におぼれるのが伝わってきたのだ。

ジャニカ・エリスとのセックスは、想像を絶するものだった。この体験を表現する言葉など見当たらない。

彼女のそばにいるだけで、驚きの連続だ。

しばらくしてから、今のことを考えたルークがいちばんショックを受けたのは、彼女の華奢な体が、ルークの体を完全に受け入れてくれたこと、いや完全に受け入れる以上のことでも喜んでしてくれること。

彼女に「愛してる」と言われたことではなかった。

ジャニカを胸に抱き寄せるのは、本当に自然なことのように思える。背中を丸めた彼女を後ろから守るように抱きかかえると、腕にしっくりとなじむ感覚がある。

そして当然のことのように、深く安らかな眠りに落ちていける。心身を癒すため、ルークが必要としてきた本物の睡眠を久しぶりに得ることができるのだ。

8

ルークが目覚めたのは、暗い寝室だった。

ジャニカの寝室だ。

あのあと、ジャニカがきっと明かりを消したのだろう。そのとき彼女はベッドから出たはずだが、二人は同じ姿勢のままベッドにいた。ジャニカの丸くなった体を後ろから抱きしめている。彼女の呼吸が穏やかに聞こえる。彼女のヒップがルークの下腹部に当たり、乳房が彼の腕に預けられている。

温かなジャニカの裸に、ルークの体が即座に反応した。彼女を奪いつくすようなセックスをしたあとなのに、すっかり硬くなってこのまますぐに突き立てられそうだ。

眠ったのは三、四時間程度だろう。それでもひと晩ぐっすり眠ったときより、目覚めがよかった。

ジャニカと一緒にいるだけで、エネルギーが補充できたようにさえ思える。

そのときジャニカが軽く寝返りを打ち、硬くなったものが、ちょうど彼女のヒップの割れ目に収まった。あと数センチ動いてくれれば、またあのぬめっと熱い場所を体験することができるのに。ルークはもう一度彼女を奪いたくてたまらなくなっていた。

もう一度あの体験ができるなら、何も欲しくはないとさえ思った。

ジャニカがまた体を動かし、ルークが望んでいた態勢になった。そしてほんの数時間前と同じような動物的欲望に身をゆだねようとしたそのとき、突然ルークの頭にジャニカの声がよみがえった。

愛してるわ、ルーク。

あんな言葉など聞こえなかったふりをしよう。ジャニカも体の関係を持った女性のひとり、他の女性と変わらないと思えば……

ああ、くそっ！

ジャニカは他の女性とは違う。親友であるリリーの妹だ。さらには義理の妹にもなる。

その女性が、ルークに恋していると思い込んでいる。

この状況をどうすればいい？

＊　　＊　　＊

ルークが体を動かすのがわかった。ジャニカを抱いていた腕をそっと外している。

ジャニカの心臓が、どきっと大きな音を立てた。

理性で判断が下される現実世界では、ジャニカとルークの住む世界は完全に異なり、彼が出て行くのは当然だということはわかっている。二人のあいだに起きたことは、結局過ちだったのだ。

しかし、本当に自然なことのように思えた。

本来こうあるべきだと。

二人ともが夢中になっていたあの瞬間、ルークがスイートハートとささやいてくれた。じっと瞳をのぞき込まれると、本当に彼は自分に心を寄せてくれているのではないかと思えた。そして魔法が消えた今、暗闇《くらやみ》の中でジャニカは思った。彼がこのまま帰ってしまったら、私の中のどこかが死んでしまう。

「行かないで」

ルークがびくっと動きを止めた。泥棒が誰かに見つかったときのようだった。

実際、泥棒と呼んでもいいのかもしれない。ジャニカが気を許した隙《すき》に、まんまと彼女の心を盗んでしまったのだから。

ひどい。

ジャニカは誘うように背中を彼の体にこすりつけた。本能的な行動だったが、すっかり硬くなった彼のものが、ジャニカのヒップからぬめりを帯びた部分へと滑り下りる。さらに腕を回して彼の手を取ると、ジャニカはその手を自分の胸に当てた。

ルークの大きな手が触れると、胸の頂がすぐに硬く丸く尖る。脚のあいだで彼のものがむくむくと動くのがわかる。荒々しい行為のあとで、その部分が少しひりひりした。

すぐに彼の大きくて硬いものが、するりと入ってくるはず。そうすればまた純粋な歓びを味わうことができる。

ところが、次の瞬間、ジャニカはベッドにひとり取り残されていた。

いちばんひどいのは、ルークがまったく何も言わなかったことだった。彼はただ体を離し、裸のまま寝室から出て行った。

ジャニカはぼう然として、しばらくそのまま起き上がれずにいた。そして体を包む彼の腕がなくなり、がっしりとした彼の体が放つ熱が失われ、急に寒さを感じた。

幸運だったのは、怒りがわいてきてショック状態から脱出できたことだ。

ベッドから飛び起き、ジャニカはリビングに急いだ。ルークはもうすっかり身支度を整えていた。

「行っちゃうのね」

彼の顔はマスクをかぶったように完全な無表情だった。「ああ」つまり、これで終わりってこと？

いいわよ、とジャニカは思った。特に謝ってもらおうと思っていたわけではないし。もちろん、すごいセックスをしてくれてありがとう、と彼女のほうからお礼を言うつもりもない。

ルークは何を奪ったわけでもない。ジャニカが与えたものを受け取っただけ。ただ、ひとつを除いてね、と心の中で小さな声がささやく。きっとハートは奪われてしまったのよ。

六十秒後、彼の姿はもうなかった。

＊　＊　＊

ルークは自分の家に帰り、シャワーを浴び、それからまたまっすぐ病院に向かった。同僚のひとりが休憩を取る時間だ。勤務を代わってやらねばならない。忙しくしているかぎり、悩む必要もないはず。ジャニカのアパートメントに戻りたいなどと思うこともないだろう。やり直すことはできないか、ジャニカににらみつけられ、行っちゃうのね、と言われたあの瞬間に戻れたらと……

彼女が言いたかったのは、くたばれ、この野郎、ということだったはずだ。シャワーのあとでも、まだジャニカの匂いがまとわりついている気がして、ルークは何度も、くそっとつぶやいた。彼女の美しいエッセンスが皮膚にしみ込んで、ルークの細胞に入ってしまったように思える。白衣を着ても、下半身にふくらみが目立ち、それを鎮めるのに必死だった。治療にあたる医師が勃起するなど、まったくあるまじき姿だ。しかしそれ以上に辛かったのは、心の奥底の声を無視することだった。良心が、ルークを最低の男と責め続けた。

何と言っても、さよならさえ言わずに立ち去ったのだ。厳しい現実に立ち向かうことすらできない弱虫とそしられても当然だった。

絶え間なく病院じゅうに流される楽しげなクリスマス・ソングを無視しながら、医師の当番表を見つめる。クリスマスまであと四週しかないことが信じられない。『ジングル・ベル』の曲がやっと終わり、同僚のひとりに、代わりに当直に入るから来なくていいと連絡しようと決めたときだった。アイリーン・ジョーンズの声がした。

「おはよう、ルーク」彼女は病院の精神科部長で、スタッフの管理にも責任を持っている。「あなたと話をしようと思ってたところだったのよ、ちょうどよかったわ。ちょっと私のオフィスまで来てくれる?」

そして彼女のオフィスに足を踏み入れるやいなや、衝撃の言葉がルークを襲った。

「あなた、疲れすぎよ。休みを取る必要があるわね」

「僕なら大丈夫です」反射的に答えてしまったが、すぐにこういう態度はまずいと気がついた。管理責任者でもある精神科部長に何か問題を抱えていると思われてしまう。ルークは椅子《いす》に腰を下ろし、頭の後ろで手を組んで、いかにも落ち着いている様子を装った。

精神科医としての彼女はルークの言葉を完全に疑ってかかっている。「いつから寝てないの?」

「昨夜はちゃんとベッドに入りましたよ」

それは事実だ。ただ、眠るためにではないだけだ。

それに、ああ、ジャニカは何とセクシーだったことか。あれほどすばらしいとは思ってもいなかった。

彼女はすべてを差し出してくれた。情熱の中で、ルークに奪われるままだった。

その姿があまりにいとおしく、彼女を放したくないと思った。

ジョーンズ医師がおおげさにため息を吐《つ》く。「そうかもしれないし、こういうことを言うのは私も辛いんだけど……ルーク、誰かがあなたを止めないとね。あなたは自分では絶対に休みなんて取らないから」

ルークは反論しようと立ち上がったが、ジョーンズ医師が手で制止し、また座らせた。「ここには自分が必要だ、そう言うつもりね？」

「実際にそうですから」

「それから、自分の体は大丈夫ですから、でしょ？」

「本当に大丈夫なんです」ルークは両手を上げてみせた。「見てください。手は震えていません。ものが二重に見えることもないし、幻覚も幻聴もありません。不眠に悩むこともなく、何年も働いてきました。この病院で誰より患者の命を救ってきたのは、この僕です。心配していただくのはありがたいのですが――」

「昨夜何が起きたか、聞いたわ」精神科部長がルークの言葉をさえぎった。「ロバートが代わりに手術をしたそうね。あなた、ひどく自分を責めてるんでしょ？　でもね、優秀な医師はみんなそういうのを経験するの。患者さんのことは心配していないわ。ルーク、私が心配なのはあなたのことなの。少しゆっくりする時間があなたには必要よ。リフレッシュするの。何かぱっと気晴らしになることでもして、休暇を楽しみなさい」そして机に置かれた紙を見下ろし、管理責任者でもある精神科医が言った。「向こう二週間、休暇を命じます」

　二週間？　まさか、冗談だろう？　仕事がなければ頭がおかしくなりそうで、この二十四時間だってまともに過ごせそうにない。手術室での出来ごととジャニカとのことで、いてもたってもいられない気分なのだ。頭も心も、普通の状態ではない。

「どうしてもとおっしゃるなら、一週間にしてください」せめてもの抵抗だった。

「向こう二週間、この病院に足を踏み入れることを禁止します」ジョーンズ部長がきっぱりと告げ、休暇命令書をルークに手渡した。

そこに書かれた言葉を見て、ルークは目の前がぐるぐる回るように思った。〝精神的な休息を必要とする〟

頭がいかれたと思われているのだ。

しかし義理の妹に昨夜何をしたかを考えれば、本当に頭がおかしくなったのかもしれない。あれは愛の行為ではなく、さかりのついたけだものの交尾だった。

「ビッグサーに病院が契約している保養所があるわ。この季節ならコテージが使える。あなたひとりで使えばいいの。海を見ながら何週間か過ごせば、すっかり元気になれるわよ。人間ってそういうものなの。奇跡みたいに気分がよくなるから。間違いないわ」

三十分後、ルークはまだ怒りに燃え、太平洋沿いの高速道路一号線を南へと車を走らせながら、自分の精神状態はまったくまともだとつぶやいていた。どれほど睡眠不足かを考えれば、こんなにスピードを出すのは無謀とも言えるが、どうにも腹の虫が納まらない。これから二週間をどうやって過ごせばいいのか、見当もつかなかった。

カリフォルニアの保養地であるビッグサーに近づくにつれ、ジョーンズ精神科部長の別れ際の言葉がよみがえる。「ルーク、あなたひとりが、すべての人を救う必要はないわ。そんなことは誰にもできないし、それで構わないの」

違う、それは間違いだ。

ルークにはできる。すべての人を救うのだ。

最愛の人を救うことができなかったルークには、そうするしかない。

9

ジャニカはリリーの家の玄関の前に立ち、ドアに鍵《かぎ》がかかっていないのを知りつつ、呼び鈴を鳴らした。このあたりは非常に治安がよく、いちいち戸締まりをする家庭は少ない。呼び鈴を鳴らしたのは、これから入りますよ、と中にいる姉に知らせるためだけで、ジャニカは戸口を開けてもらうのも待たず、勝手に入っていった。リビングには巨大なツリーが置かれ、あちこちにクリスマス用の飾りつけがしてある。

リリーの四歳になる娘、バイオレットが転がるようにして姿を現わした。「ジャニカおばちゃん！」駆け寄るとジャニカの脚にしがみつき、大声で叫んだ。「つかまえた！」そして小さな体を懸命に動かして逃げて行った。

ジャニカの顔に笑みが広がる。姪《めい》がかわいくて仕方ない。リリーの女性らしいやさしさが、トラヴィスの男性的で端正な顔つきに混じり、両親のいいところだけを取ったようなバイオレットは、本当にきれいな子だ。外見の美しさだけではなく、その姿を見ているだけでも楽しくなる、太陽のように明るい子どもなのだ。

リリーはキッチンの床にしゃがみ込み、大声で泣く息子をあやしていた。周囲には買ってきたばかりらしい食料品の入ったスーパーの袋がいくつも置かれたままになっている。甥《おい》のサミーはようやく二歳半になったばかりで、バイオレットに比べると非常に繊細だ。そして、子ども雑誌のモデルになれそうな整った顔立ちのかわいい子でもある。

何が原因で甥が泣きわめいているのかはわからなかったが、気をそらそうとジャニカは声をかけた。「サミー！」

顔を上げたサミーの目はまだ濡れていたが、それでも母親の肩越しにジャニカを認めたとたん、頬がもごもごと動いて笑みが広がった。

リリーがほっとした様子で息子を抱き上げると、ジャニカは言った。「あーら、大きい赤ちゃんだこと」

うれしそうにジャニカの腕に飛び込んできながら、サミーは顔を引き締めた。「僕、赤ちゃんじゃないもん」

「そうね。すっかり大きくなったものね」そして、サミーが重くて落としそうになるふりをしてみせた。「ああ、重い。きっとレンガでも食べたんでしょ？」

「レンガなんか食べたら、歯が折れちゃうだろ！」サミーは歓声を上げ、ジャニカ叔母ちゃんは何もわかっちゃいないな、と満足げな顔をした。父親そっくりの表情、そして叔父とも同じ。あの兄弟はいつも、女は何もわかっちゃいないんだから、というこの表情を見せる。

カーソン家の男というものは。まったくみんな同じだ。

あまりに魅力的で、そばにいたくてたまらなくなる。しかしまったく、完全に、あらゆることを勘違いしている。

「つかまえた！　つかまえた！」バイオレットが叫びながらキッチンに走り込んできた。

「わかったわ、今度は私がオニになるわね。でも、今ちょうどサミーにいいことを教えてあげるところだったのよ」

ジャニカの言葉にバイオレットは大きく目を見開き、オニごっこをしていたはずなのに、そんなこともすっかり忘れてジャニカのそばに駆け寄った。「何なの？　サンタさんが、クリスマスに何をくれるかってこと？」

「あなたたちのママと少しお話があるんだけど、そのあとみんなでクリスマス用の飾りのついたカップケーキを買いにいきましょう」

サミーはほとんど飛び降りるようにして、ジャニカの腕を離れてバイオレットと二人できゃっきゃっと喜び合った。「今すぐ行きたいよう」言い出したらきかない子なのだ。

カーソン家の男たち。みんな言い出したらきかない。

こっちに来るんだ。裸になれ。

ひざまずけ。

くわえろ。

昨夜の記憶がまだ鮮烈に残っている。あの場面を思い出し、ジャニカの体がうっと震えて、リリーが心配そうな顔をした。

「ジャニカ、どうかしたの？」

頭からルークのことを五秒間だけ追い出すのに成功し、ジャニカは子供たちに笑顔を向け、キッチンの壁にかけてあった時計を指さした。「あの短いほうの針がまっすぐ下を向いたら、出発よ。バイオレット、時計ってわかる？」

バイオレットは胸を張った。「うん、わかる」そして弟の手を引いた。「さ、お姉ちゃんのお部屋でカップケーキ屋さんごっこしましょ。サミーはカップケーキを作るの、お姉ちゃんが食べてあげるから」

足元の買い物袋をよけながらリリーがジャニカに近寄り、ぎゅっと抱きしめてから、アイランド型のカウンターの下に置いてある椅子を引っ張り出した。「何があったの？」

ああ。そもそも、どうしてここに来てしまったのだろうと、ジャニカは思った。事情を知られれば、リリーに殺される。いや、姉はルークを殺すかもしれない。どちらにせよ、姉にずいぶん心配をかけることになる。

しかし、そんなことは来る前からわかっていた。それでもなお、誰かにすべてを打ち明ける必要があった。いちばん心を許せる人に、胸の内を伝えたい。それがたまたま、ルークの親友でもあるわけだ。

「昨夜、ちょっとしたことがあって」

リリーの心配そうな顔が、完全に恐怖に引きつる。「それで、何ともなかったの?」

ええ、大丈夫とうなずきたいところだが、本当に何ともないとは言えない気がする。ルークのせいで、これまでの世界が根底からくつがえった。激しいオーガズムのとき星を見るという表現は聞いたことがあるが、実際には人間万華鏡になったような気分だった。ピンクや紫や赤、黄色にオレンジ色に青や緑、色とりどりの断片がさまざまな形に変わっていく感覚を味わった。絶頂感がいつまでも続き、終わることなどないのではないかと思えた。彼は完全に我を忘れていた。その攻撃を受け、オーガズムが次のクライマックスへとつながっていった。

そしてその瞬間は、ジャニカも彼にとって特別な存在になれたように思えた。彼に大切にされる女性なのだと。

ところがルークはそのまま立ち去った。これまでと同じぐらい冷たい態度で。

いや、いつもより、ずっと冷淡だった。

「まあ、大変。誰かに襲われたの？　なら、警察に行かないと」

ジャニカは慌てて姉の言葉を否定した。「いえ、そういうんじゃないのよ」言葉を切って、深呼吸する。姉が警察に電話する前に、本当のことを伝えなければならない。

「ルークがうちに来たの」

リリーが怪訝《けげん》そうな顔をした。「ルークが来た？」

ジャニカは黙ってうなずいた。

リリーは少し首をかしげた。ルークがいったい何の関係があるのか、まだ理解できていないのだ。しかしやがて、突然はっと大きく目を見開いた。

「ルークが来た」ゆっくり、同じことをリリーがつぶやいた。その言葉が意味することを、脳が他の表現に置き換えようと忙しく働いているようだった。

彼と寝たの、という質問が来ることは避けられないのはわかっていたので、ジャニカはまだ言葉にされていない質問にこくんとうなずいて、イエスと伝えた。

するとリリーの目はさらに大きく開き、頬には赤みが差した。何かを言いたそうに口がぱくぱく動いたが、言葉は出てこなかった。

姉が完全に言葉を失ったのは、ジャニカにとってはありがたかった。これで残りの部分をさっさと言い終えることができる。

「問題はね、まあ肝心なところはさておき、私、本当にばかなことをしたの」

どうにかショック状態から抜け出したリリーはジャニカの手を取った。冷たくなったジャニカの体に、姉の手が温かかった。「わかったわ。つまりあなたはルークと寝たわけね。確かに大事件だし、本当に一大事よ、でも、だからってばかなことではないわ」

あれがセックスだけのことで終わるのなら、ばかなことではない。

愛してるわ、ルーク。あなたのこと、本当に愛してるの。

なんでまた、あんなことを口にしてしまったのだろう？

そもそも、あんな言葉は、どこから出てきたのかもわからない。

怖くて彼への愛に気づかないふりをしていただけなのか？

「ばかなことどころの話ではないの」

ジャニカが言い張るので、リリーは意味を取り違えたのだろう、やさしく諭《さと》した。

「大丈夫よ、彼なら病気なんかの心配はないはずよ」

「違うのよ、ゴムなら使ったし。そういう問題じゃないの」

「じゃあ、どういう問題なの？」

吐く息がわなわなと震える。「ルークのこと愛してるって、言っちゃったの」

二人のあいだに、重苦しい沈黙が漂う。しばらくしてから、リリーが悲しそうにつぶやいた。「まあ、かわいそうに」そして、ジャニカをぎゅっと抱き寄せた。

　姉に同情されると、気持ちが百倍ぐらい沈む。ジャニカのルークへの愛はけっして報われないものだと、誰の目にも明白なはずだと言われたような気がする。二人が将来をともにすることなどない、それぐらい考えなくてもわかるでしょう、と。

「で、彼は何て？」

　ジャニカはただ首を横に振った。ルークは何も言わなかった。しかしジャニカが告白したときの彼の目が多くを語っていた。あの瞳は忘れられそうにない。

　そんなことは、受け入れないぞと、ただジャニカの言葉が予想外だったからではなく、愛するなんて許さないぞと告げていた。

　リリーが慰めるような口調でたずねてきた。「彼に恋愛感情を抱くようになったのは、いつ頃からなの？」

　ジャニカは、ただ肩をすくめてみせた。リリーに対して、さらに自分にも、彼のことを想う気持ちが本物だとは認めたくなかった。「セックスがあまりにすばらしかったからだけのことよ」

　しかし、姉にこんな言い訳が通用するはずがない。「今まで体の関係を持った人に、愛の告白をしたことがある？」

　認めたくはないが、嘘はつけない。「一度もないわ」

「ね、私からルークに話してあげようか？」

「だめよ！　それだけは、絶対にやめて」ジャニカは激しくかぶりを振った。「私はただ、あんなことがあったのを忘れたいだけなの」

真っ赤な嘘だ。神の逆鱗《げきりん》に触れ、今この場で稲妻に貫かれても文句は言えないぐらい、ひどい嘘だった。

ルークと過ごしたあの時間を、けっして忘れたくなかった。唇を重ねながら、彼が自分に覆いかぶさり、熱く硬いもので体も心も満たされたあの時間。人生で最高のときだった。あまりに完璧で、愛しているという言葉が、思わず口から出てしまった。しかも何度も。

「ただね、ジャニカ、それはちょっと難しいんじゃないかと思うのよ。ルークはトラヴィスの双子の弟なんだし、実際問題、すぐまた彼と顔を合わさなきゃならないことになるはずだわ」

ジャニカは両手で顔を覆った。「わかってるわよ。私って、本当にどうしようもないことしちゃったのね」

リリーは立ち上がり、キッチンを落ち着きなく歩き回り始めた。「違う、そうじゃないの。実際には、これでよかったと私は思うの。だって、ね、あなたたち二人とも、やっと自分の気持ちに正直になれたんだから」

ジャニカは手を下ろし、顔を上げた。「期待を裏切って申し訳ないけど、お姉ちゃんみたいにおとぎ話のハッピーエンドを迎えられる人なんて、そうどこにでもいるもんじゃないのよ」

しかしリリーの瞳はもう希望に輝いていた。何かをたくらんでいるのだ。「あなたは本当に素敵な女性よ。そのあなたが、ルークを愛してる。ルークは自分がどれほどラッキーな男か、思い知るべきね、絶対。たぶん、彼も少し時間が必要なだけだと思うの。ほら、カップルになるっていうのに、慣れてないのよ」

まったく、姉の楽天主義にはあきれ果てる。「私のことを買いかぶってくれているのはありがたいけど、そこまで信じてもらえるのって、ある意味ショックね。ルークが私に愛されて喜ぶとでも、本当に思う？　私みたいな女と一緒になってみようかなんて、あの人が考えるはずないでしょ。あり得ないわね」

リリーが急に怒り出した。「自分のことをそんなふうに卑下するのはやめなさい！　あなたと一緒になれるなら、ルークは世界一幸せな男性よ」

あきれるのを完全に通り越して、ジャニカはただため息を吐いた。「じゃあ、お姉ちゃんの言う現実では、独断的で自信家の外科医は、奇抜なドレスばっかり作るファッション・デザイナーを生涯ただひとりの女性として求めるわけ？」

「ルークはあなたの家に昨夜やって来た、そうでしょ？」ジャニカがうなずくと、リリーがさらにたずねる。「以前にもそういうことがあったの？」

「ううん。お姉ちゃんとトラヴィスがイタリアで結婚しちゃったとき以来、初めてよ」

五年前のことだが、ジャニカとルークは二人で計画を練った。どこから見ても似合いのリリーとトラヴィスが旅先で愛を確かめ合うようにと、あれこれ考えたのだ。ルークと面と向かって語り合ったのは、あれが最後だった。昨夜もどちらかと言えば、話をしたという感じではなかったし。

「どうしていきなりあなたのところに行ったのか、ルークは理由ぐらい言わなかったの？」

「いっさいなし」

「で、あなたのほうもたずねなかった、と」

「あれこれたずねてる暇なんてなかったもん」

リリーはおおげさに耳をふさぐまねをした。「ああ、それ以上詳しいことは聞きたくないわ」

ジャニカはカウンターに身を乗り出し、ひそひそ話をするような口調で語り始めた。

「まず、彼ったらねえ……」

リリーが顔を引きつらせたので、ジャニカは笑い出した。ほんのつかの間でも明るい気分になれて、本当にうれしかった。「冗談よ。私がそういう方面のことを人に言わないの、知ってるでしょ」

「今度のうらやましいやつは、誰だ？」ジャニカの言葉が終わらないうちに、バスケットボールを抱えたトラヴィスがキッチンに入ってきた。

夫の姿を見て、リリーの顔がぱっと明るくなる。二人は抱き合ってキスし、その瞬間ジャニカの存在などすっかり忘れ去られた。そのあとで、リリーがジャニカのほうに向き直り、問いかけるような表情を見せた。

だめ、言わないで。ジャニカは無言で姉にそう伝えた。

ジャニカとルークのことがトラヴィスに知れると大騒ぎだ。徹底的にからかわれるに決まっている。

今後一生、義理の兄の冗談の種になるのだ。

すぐに子どもたちがキッチンに戻ってきた。「パパ！　これからあたしたち、ジャニカおばちゃんにクリスマスの飾りのついたカップケーキを買いに連れて行ってもらうの！」トラヴィスがしゃがむと、バイオレットは父親の腕に飛び込みながら、そう叫んだ。

サミーもすぐにバイオレットのまねをする。「クリスマスのカップケーキ、クリスマスのカップケーキ！」

いいなあ、すごいなあ、と子どもたちの興奮を受け止めてから、トラヴィスがジャニカに向かって顔をしかめた。「砂糖だらけのもので、子どもを甘やかしてもらっちゃ困るな」

「どういたしまして」ジャニカは、まったく悪びれたところのない笑みを返した。この笑顔にトラヴィスがうんざりすることもわかっている。

リリーが時計を見て、顔を曇らせた。「あなた、ルークとバスケをする約束してたんじゃなかったの？」

「あいつ、来なかったんだ。それで先にコートにいたやつらと、少しだけゲームをして帰ってきた」

リリーがちらりとジャニカに視線を投げる。「ルークは大丈夫なの？　私に隠してることでもあるの？」

トラヴィスはいっこうに心配している様子もなく、冷蔵庫を開けてオレンジジュースのボトルを取り出した。「たぶん、病院から緊急の呼び出しでもあったんだろ。知ってのとおり、あいつのスケジュールは、まったくめちゃめちゃだからな。特に今の時期は大変なんだ。クリスマスが近づくと、人間ってのは妙にばかげたことをしたがるもんらしいから。それで、怪我人《けがにん》が多くなる」

トラヴィスがシャワーを浴びると言ってキッチンを出て行くやいなや、リリーが電話に飛びついた。「ルークに電話しなきゃ。無事かどうか、確かめるわ」

ジャニカもまた電話に駆け寄り、受話器をリリーの手から奪った。「やめて、お願いだから。私、もうじゅうぶん恥ずかしい思いをしてきたのよ。電話したら、私の話が出るに決まってるわ。お姉ちゃんのことだもん」

「約束するわ、あなたのことは話さない。でもね、ルークは私のいちばんの友だちなの。あの人にいったい何があったのか、どうしても知りたいわ」

一分もしないうちに、リリーは受話器を元に戻した。「ルークったら、電話に出ないの。自宅も病院も、掛けてみたんだけど。携帯電話も留守電がいっぱいで、メッセージすら残せないのよ。ルークらしくないわ」

ルークらしくない。それはジャニカもわかっていた。なぜならジャニカの家にやって来た唯一の理由は、何か非常によくないことが起きたからに違いないからだ。ただ、セックスに夢中になるあまり、ジャニカは何があったのかと聞くことすら思いつかなかった。

そして、そのあとは、何の質問をする暇もなく、ルークは立ち去って行った。

ルークの身を案じているのは、リリーだけではない。

あれほど冷淡に目の前から消えて行った彼を、ジャニカも心配していた。

ルークはいつもと同じ、何も変わったことはなかった――いくら思い込もうとしても、実際にそう信じることはできなかった。

ジャニカは結果を恐れない人間だから。

彼にかかわればさらに心が引き裂かれる。だから知らん顔をしているのがいい。そうわかってはいても、真実をごまかすことはできなかった。

ジャニカは本当に、深くルークを愛していたのだ。

どうしようもないほど。

「バイオレット、サミー、さあカップケーキを買いに行きましょ」子どもたちがキッチンに戻ってきたので、ジャニカはリリーに声をかけた。「両手いっぱいに砂糖がけのトナカイ・クッキーを買って帰るわ」

そのあと、ルークを探そう。

そして、彼の身にいったい何が起きているのかをつきとめるのだ。

10

絶対に、何かがおかしい。ジャニカはそう結論づけた。ルークが休暇中だと知ったからだった。彼は働くのだ。休んだりはしない。

ジャニカ自身、少々仕事に没頭しすぎる傾向はあった。夜遅くまで働いたり、週末も仕事場に行ったりする。しかしそれでも、楽しむときは楽しむ。息抜きの仕方はわかっているし、そういうときはストレスを発散させ、何もかも忘れて遊ぶ。

ビッグサーまでの高速道路は息をのむような風景の連続だった。広葉樹はもう葉っぱを落としてしまったが、カリフォルニアではそれほど寒くはならないので、絶好のドライブ日和《びより》だ。運転しながら、ジャニカは太平洋を望むログハウスで、ぼんやりと海を眺めるルークの姿を想像した。

とうとうルークは頭がおかしくなったに違いない。

彼がどこに行ったかを調べるのは、さほど難しくはなかった。病院に行き、医師を何人か呼び止めて、ルーク・カーソンに至急伝えたいことがあると言っただけだ。最初は誰もはっきりしたことを話してくれなかったが、義理の妹だと伝えると、ルークの行き先をすぐに教えてもらうことができた。家族で何か緊急の問題が起こったかのような印象を与えたのは卑怯《ひきょう》なやり方だったかもしれないが、ある意味、家族間の緊急事態ではある。つまるところ、ジャニカとルークは家族なのだから。

さらにジャニカの心配が頂点に達したのが、たまたま真夜中を過ぎた頃だった。いてもたってもいられなくなり家を飛び出したのだが、草木も眠る時間にはあらゆることが緊急事態のような気がするものだ。

病院でもらった道案内に従い、ジャニカは高速道路一号線を南下し、その後、細い砂利道へと車を走らせた。曲がりくねった山道を登りきってから反対側に下り、針葉樹の林を抜けると、目の前に真っ青な海がきらめいていた。

突き出した岩に腰かけて、この海をスケッチしたらどれほどすてきだろう。ジャニカの頭の中には、もう碧《あお》と紺を基調にしたプリント柄《がら》の生地が浮かんできた。次のシーズンのデザインが次々にイメージとしてわいてくる。しかし、今回は仕事をしに海辺にやって来たのではない。

ルークのために、ここまで来たのだ。

そしてもっと正直なところを言えば、これはジャニカ自身のためでもある。ひょっとしたら、ルークとジャニカが本当に将来を考えられる関係になれる可能性があるのか。それを確かめなければ。

違う、そんなことを考えてはいけない。傷つくだけだ。結果はわかっているのだから。

本当に？

心に激しい葛藤を抱えながら、ジャニカは小さな駐車スペースにあったルークの車のすぐ後ろに自分の車を停めた。車から降りると、新鮮な海の空気を胸いっぱいに吸い込み、心を落ち着かせた。

これまでジャニカは、人からばかだと言われたことはない。今後もそんなことは許さない。だから、これから自分が何をしようとしているのか、覚悟はちゃんとできている。

ジャニカがここまで来たことに、ルークはすごく腹を立てるだろう。詳しいいきさつは教えてもらえなかったものの、おとといの夜、緊急手術の際に彼が同僚医師に執刀を代わってもらった事実だけは聞いていた。そんなことをジャニカが病院で聞き出したとわかれば、ルークはひどく怒るはずだ。その怒りをジャニカにぶつけてくる可能性は、非常に高い。

問題は、どういう形でぶつけてくるか、だった。

ジャニカは海の見える林の中にひとりたたずみ、にっこりほほえんだ。もちろん不安はあるが、彼女本来のチャレンジ精神が気分を引き立たせる。ルークは何をするのだろう、その結果またベッドで体を絡めることになるのではないかと思うとわくわくする。

ログハウスがぽつんと建つ丘の周囲をひと回りすると、正面のデッキにつながる階段があった。困難から逃げたことがないと自負するジャニカは、背筋を伸ばし、顔を上げ、堂々とその階段を上がった。デッキに置いてある椅子とテーブルが、がらんとした雰囲気をかもし出し、玄関ドアは完全に開いている。ルークはドアを閉めるのさえ面倒に思っているのかもしれない。

またルークに会えると思うだけで、ジャニカはどきどきし、デッキから家の中へと入って行った。部屋の隅に何の飾りつけもされていないクリスマスツリーがある。ルークは、部屋で唯一海に面していない椅子に座っていた。手にあるのは、どうやらかなり飲んだあとのテキーラの瓶だ。

「こんなすてきな場所が使えるなんて、医者はいいわね。こういう特典があるとわかってれば、私も医者になればよかったわ」

「何しに来た?」

ジャニカのほうに振り向きもせず、ルークが言った。こういう態度をされると、ジャニカは完全にむかつくのだが、ただ、彼女が来たことをルークがさほど驚いてもいないことに気を取られた。ジャニカなら必ずここに来て、自分を見つけてくれるだろうとルークが期待していたようにさえ思える。

ジャニカは、いちばんあたりさわりのない挨拶《あいさつ》から始めることにした。「リリーがずいぶん心配してるわ」そう口にした瞬間、そんなことを言った自分が情けなくなった。

そして、自分は目の前の困難に怯えるような人間ではなかったはず、と思い直した。「私だって、心配でたまらなかったのよ」

まだ背を向けたまま、ルークが言った。「帰れ」

なるほど。しかし、ジャニカがどこに逃げるつもりもないことを、このへんで彼にもわからせる必要がある。

部屋を見渡し、いちばん海がよく見える場所を探してそこに椅子を運ぶと、ジャニカはその椅子に腰かけ、低いテーブルに脚を載せた。「私、休暇を取ろうと思って。だから、ここで休暇を過ごすことにしたわ」

こうなるとルークもジャニカのほうを向かざるを得ない。「君の遊びに付き合ってる暇はないんだ」

「あら、私の聞いたところでは、あなたは暇を持て余してるってことだったけど。二週間、たっぷり」

突然ルークが立ち上がり、ジャニカの目の前に来た。そして彼女の肩をわしづかみにして椅子から持ち上げた。

「出て行くんだ、今すぐ」

脅されても、ジャニカはまったく恐怖心を抱かなかった。恐ろしい形相でにらみつけられ、強い力で肩をつかまれているのだから、本当は恐怖に縮み上がるべきなのだろうが、彼を恐れる気持ちは起きなかった。

「いったい何があったのか、教えてくれるまでは帰らないわ。夜中に突然私のところに来た理由も教えてほしい」

怒りに満ちた短い答が返ってきた。「セックスしたかった」

言葉の荒っぽさに、ジャニカがびくっと体をすくめると、ルークの瞳に一瞬後悔の念がよぎった。しかし、すぐに消えてしまった。

いったい彼はどうなってしまったのだろう？　ジャニカがよく知るあの男性はどこかに消えたとしか思えない。

こんな男性はほうっておくのがいちばんだ。ここにひとり残しておけばいいし、今後もいっさいかかわらないようにすべきだ。なのに、どうしてジャニカはどこにも行けないのだろう？

答は明白だ。

愛しているから。

「今はセックスしたくない。だから僕の周りをうろつくな」

ここまでひどい言い方をする必要があるのだろうか？　何の思いやりもない言葉に、ジャニカの心は張り裂けそうだった。彼の言葉が直接ジャニカを傷つけたからではない。確かにあれほど熱く燃え上がった夜の翌日に、こうまで無神経なことを言われると、少しばかりの痛みは感じる。しかし、辛かったのは自分の胸の痛みのせいではなく、ルークが本当に大きな痛手を心に抱えていることがわかったからだった。

おとといの夜は彼の目を見つめながら、尖った頬や顎に指を這わせた。そのときに彼がどれほど自分を必要としているかを知った。しかし今日は状況がさらに悪くなっている。

いったい何があったの？

これまでもジャニカは、自分が繊細な感情を扱うことが苦手なのを承知していた。ずっと行動あるのみ、といったタイプだったのだ。

そんな彼女がルークの心に触れようとしたのだが、いったい何をすればいいのかわからず、途方に暮れた。

ただわかっているのは、このまま立ち去るのは不可能だということだけ。こんな状態の彼をひとりにしておけない。

おおげさな身振りでログハウスの中を見渡してから、ジャニカは言った。「ここ、ずいぶん広いじゃない。それに、私は家族なんだから、まさかほうり出したりしないわよね？」

「汚い手を使うのは、よせ」ルークの威嚇的な言葉が荒々しく低く響く。

「でも、他に行くとこがないんだもん。それより、あなたの唇を私の唇に感じるのが大好きだからとでも言えばよかった？」

こんなことを言えば、玄関のデッキから文字どおりほうり投げられるだろうと覚悟していたジャニカは、いきなり本当に唇を奪われて驚いてしまった。勢いよく唇がぶつかったかと思うと、舌と歯が激しく絡み合う。ルークはテキーラと、そしてルークならではの熱い男性の味がした。

この味を何度体験すれば、満足できるのだろう？

ふとそう思ったとき、ジャニカはきゅんと胸が締めつけられるのを感じた。満足することなど、けっしてないとわかったからだ。

ルークがぐいっと体を引き離し、二人は呼吸も荒く見つめ合った。そして、目をそらしたのはジャニカのほうだった。

誰かにこれほど強い想いを抱いていると実感したのが、初めてだったから。

そして、その想いに苦しむことになるのはわかっているから。

恋を治す薬はない。

一方通行の場合は、特に救われない。

そしてジャニカの理性のどこかがささやく。ルークがその想いに報いてくれる可能性なんてゼロなのよ、と。ジャニカがこんな女でなかったら、たぶんブロンドですらりと背が高くて、冷たい感じの美女なら、つまり彼のこれまでの恋人と同じようなタイプなら、ルークに振り向いてもらえるチャンスもあったかもしれない。しかし、ルーク・カーソンがジャニカ・エリスと恋に落ちる可能性なんて……

限りなくゼロに近い。

ルークがジャニカを見下ろす瞳が、厳しく、暗くかげる。そしていっさいジャニカを受けつけないと告げている。「僕の出す条件をのんでくれたら、ここにいさせてやろう」

ジャニカは突然息苦しさを覚えた。どうしても、何としても、ここに留まりたい。

「何でも言って」

「裸でいろ」

ここに来てからというもの、彼からはやさしい言葉のひとつもなく、それどころか荒っぽい言葉を投げつけられ続け、さらにはおとといの夜、さよならのひと言もなくアパートメントから去って行ったことへの謝罪もない。ジャニカの心はひどく傷ついているのに、それでも彼の命令に彼女の体が反応した。

裸になることを求めてここまでやって来たのだから。裸で汗まみれになりながら、彼と一緒に過ごす、そう考えていたはずだ。これまでも、ジャニカは楽しみを求めて人生を過ごしてきたのだから。

しかし、嬉々《きき》として服を脱ぎ捨てられないのはなぜだろう?

こんなふうにして服を脱ぎたくはないからだ。

心のどこかが、麻痺していく。どうしていいのか、わからない。

ためらっていると、ルークの声がした。「さっさと脱げよ、僕に脱がしてもらいたいのか?」そしていったん言葉を切った彼の頬の筋肉が波打った。「嫌なら、とっとと出て行け」

何がどうなっているのか考える力もなくなり、ジャニカは震える指で服を脱ぎ始めた。こんなに緊張して、こんなに不安になったのは、いつのとき以来だろう? シャツの裾《すそ》をつかんで、頭から抜いた。ルークは手伝おうとはしなかったが、おとといの夜のように服を引き裂いたりもしない。石像にでもなったかのようにまったく無感動に目の前でジャニカを見つめている。ジャニカはジーンズの前ボタンを外し、ファスナーを下ろし、脚を抜いた。

身に着けているのがブラとパンティだけになり、なぜだかわからないが、ジャニカは羞恥心《しゅうち》を覚えた。

「全部だ、みんな脱ぐんだ」

ジャニカはごくんと唾をのみ、首を横に振った。これまでにも当然裸のところを彼には見られている。だからそういうことではない。ふとあることに気がついて、急に怖くなったのだ。

ルークと何度かセックスするだけでは、だめなのだ。それだけでは耐えられそうにない。

ジャニカに求めているのはセックスだけだという態度を、ルークは取っている。それでも、彼の心のどこかに、ほんの少しでもジャニカに対する想いが存在するはず。ジャニカはその可能性にすがりつきたかった。しかし本当にまったく何の感情もなく、彼が体の満足を味わいたいだけだとしたら、ひどく辛くても決断しなければならない。ルークのもとを離れるべきだ。彼とのすばらしい愛欲の世界を楽しむことも今後はない。

将来をともにする希望は、そこで完全についえる。

今さらそんなことを考えてどうなるの、ジャニカは内心で自分を叱《しか》りつけた。彼が自分を愛してくれる可能性が、まだほんの少しでもあるなどという夢は、いい加減にあきらめるべきだ。

　ただ、彼が自分を愛してくれることはこれからもないとしても、また友人に戻れる機会まで失われるのであれば、セックスすることはできない。このごたごたが終わったあと。

　このひどく込み入った狂乱状態は、いずれ当然の結末を迎える。そのあとだ。

　つま先に鋼鉄が入った作業靴で、心臓を蹴《け》られているような気分になりながら、ジャニカは口を開いた。「あなた、私が嫌いなのね」

　ジャニカの突然の問いかけに、ルークの顔にはっきりと驚きが浮かんだ。ジャニカはこんな唐突な質問をするつもりはなかったのだが、もう言ってしまったあとだし、事実なのだからどうすることもできない。

「君とやるのは、好きだ」

　何と、まあ。

　ひどく傷つく言葉だった。

　しかし、何と答えてもらいたかったのだろう？　そんなことはないよ、ジャニカ、君のことは大好きだし、いい子だと思っている、とでも？

　あり得ない。

「私も、あなたとやるのは好き」荒れ狂う心を悟られないように、必死で表情を作りながら、ジャニカはそっと告げた。しかし、どうがんばっても、無理は続かなかった。

頬に力が入らず、口元がわなわなと震える。「つまり、それだけのことね？」

暗い心の奥底からの怒りが、ルークの顔をよぎった。彼の答を聞けば立ち直れないほど心が粉々になるのは、ジャニカにもわかっていた。どう拾い集めても元には戻せないほどに。しかし答を告げる代わりに黙って近づいてきた彼は、大きな手でやさしくジャニカの頬を撫でた。

ジャニカは、はっとしてルークを見上げた。ここを去らなければいけないのがわかり、もう出て行くからと言おうとしたのだが、彼の唇が重ねられ、言葉が出なかった。やさしく思いやりにあふれたキスで、彼女はただ彼の腕の中でとろけていった。

よかった。彼をほうって出て行かなくて済んだ。

＊　＊　＊

ひとりじゃないんだ、とルークは思った。

ジャニカは何もかもなげうって、ここまで来てくれた。そして一緒にいてくれる。体のすべてをルークに差し出し、心までも捧《ささ》げてくれた。おとといの夜、やさしい言葉のひとつもかけずに、黙って出て行ったルークに対して。病院に行って、この場所を聞き出したのだろう。

そこまでしてくれる女性が、どれほど自分のことを想ってくれているかぐらい、言われなくてもわかる。

そんな一途《いちず》な気持ちに対してルークがしたことは、ただ彼女を傷つけることだけ。何度も何度も、傷口に塩をすり込むようなことをして、ジャニカなどルークにとって、ただのセックスの道具だと態度でも言葉でも伝え続けた。

実際は、まったく違うのに。

実際は、行かないでくれと強く思っているのに。

さらに、ジャニカがログハウスに現われてたった十分しか経っていないにもかかわらず、もしこのまま彼女が出て行ってしまえば、残りの二週間、部屋のあちこちに彼女のいた名残《なごり》を感じて、狂おしい気持ちで過ごすことになるのはわかっているのに。二週間では済まないかもしれない。一生、彼女の幻影を追い求めることになっただろう。

そう気づくと、その現実の重みにルークは押しつぶされそうになった。

彼女の唇を口にやさしく感じる。おとといの夜キスしたときは、情熱に燃え上がり激しく唇を重ねるだけだった。今なら、彼女の唇の形や舌がどう動くのかを覚えられる。彼女の口角に舌先を入れると、ずいぶん感じるらしいのもわかった。

少しだけ口を離して、ルークはつぶやいた。「君のことは好きだよ。君が思ってるより、ずっと好きなんだ」

するとジャニカのほうが、激しくキスしてきた。「それなら私をベッドに連れて行って、ルーク」

おとといの夜のSMプレイもどきのセックスは、正直なところ確かにルークも興奮し、楽しかった。しかしああいうのは、お互い本来の姿ではない。あんな行為をして悪かったと、本当はルークも謝りたかった。しかし気持ちの整理がつかず、どういう言葉をかければいいのかもわからなかった。

それなら、他の方法で謝罪するしかない。

シルクのようなきれいなジャニカの髪をそっと撫で、ルークは彼女の耳元でささやいた。「君は美しい」

「あなたもよ」

真冬ながら暖かなカリフォルニアの太陽が窓から射し込み、抱き合う二人を包む。

ジャニカがすっとルークの腕から離れ、背中に手を回してブラのホックを外した。

ブラがはらりと床に落ちると、ルークは初めてジャニカの美しい胸元を白日《はくじつ》の下《もと》で見ることになった。

あまりに強い欲望がわき起こり、一瞬ルークの体が麻痺したように動かなくなった。

ジャニカは口元に軽く笑みを浮かべ、パンティのゴムに指をかける。じらすようにヒップを左右に揺すりながら、ゆっくりとパンティを下ろしていく。

「さあ、すっかり裸になったわよ。あなたの言ったとおり。こうしてほしかったんでしょ?」

からかうような口ぶりは、謝罪は受け入れたというジャニカなりの表現なのだろうか? 怒りに満ちたひどい言葉の数々も許してあげるわ、という意味だろうか? どうか頼む、そうであってくれ、とルークは心から願った。彼女に許してもらえるならどんなことでもしようと思った。あんなひどいことは、本気で言ったのではないと伝えたかった。これまでにやったひどい行為のすべてを、なかったことにしたかった。

「今度はあなたの番よ」いろんなことを考えていたルークの頭に、彼女の声が届いた。ジャニカは全裸なのに、まったく何ごともなく普通だという雰囲気で、脚を組んでソファに座り、ルークを見上げている。裸になれという要求に、今度はルークが従うのを待っているのだ。

自分の裸身をさらけ出すことに、これほどためらいを持たない女性もいない。まったくくつろいだ様子で、あるがままの自分を見せてくれる。

さっきのキスと彼女のちょっとしたストリップで、ルークのものはすっかり硬くなっていたのだが、裸になってくれと求められて、またびくんと反応した。ルークがベルトを外そうとしたところで、ジャニカが首を振った。

「最初はシャツからよ」

大人になってからずっと、ルークは自分の行動には自分で責任を持ち、人から命令されたことなどなかった。病院では自分が必要とするもの、求めるものは、ただそれが欲しいと言うだけで、すぐに彼の目の前に届けられるのが常だった。自分の思いどおりにできないのは、大人になってから初めてだった。

ルークはジャニカよりずっと大きくて力もある。彼がその気になれば、あの華奢な体を抱き上げ、自分の体にまたがらせることもできる。しかし、今回はそういうことをするのではない。

今ルークがしなければならないのは、おととい の夜、頭がどうかしていたあいだにジャニカから奪ったものをできるだけ返してやることだ。いちばん大切なものを与えなければならない。

彼への信頼だ。

しかし、どうすればまた信頼してもらえるのだろう？

11

ルークの頭の中は、ごちゃごちゃになっている。

完全に。

彼の混乱を感じ取り、ジャニカは静かにつぶやいた。「ね、ルーク。セックスってそんなに難しく考えなくていいのよ」

手を貸そうと、ジャニカは彼の手を引っ張り、目の前にかがみ込ませた。彼の腰を自分の脚ではさみ、額に、頬に、顎に唇を寄せる。

いちばん好きなものは楽しみに取っておく主義のジャニカは、最後に彼の口に唇を押し当てた。そのあいだも体の奥から、心臓の真ん中からこみ上げてくる強い感情がどんどんふくらみ、こんなことをまた口にすればどうなるかはわかっていても、言ってはいけないといくら思っても、その気持ちを抑えることができなくなった。

「愛してるわ」

唇に彼の息がかかり、胸に彼の鼓動を感じる。すると、ルークがまたキスしてきた。

ジャニカは彼のTシャツを引き抜き、ジーンズのファスナーを開けた。

硬く大きく勃起したものが、裸の体に熱く感じる。

「抱いて、ルーク」

ゆっくり、力強くルークが腰を突き出す。するともうジャニカは彼に貫かれていた。彼を迎え入れると、自分の体が満たされた気持ちになる。何かが足りないと感じていた部分が、もうなくなったように思える。おとといの夜の激しい行為で、ジャニカの大切な部分は皮膚がまだ敏感な状態だったが、そのせいで痛みよりもさらに深い快感が生まれる。コンドームというのは、実際はごく薄いラテックスのはずなのに、それがないことで、本当に彼と触れ合えた感覚がある。

ルークが触れることを許してくれる限りのところまでは。

ルークは正座する形でジャニカを上に乗せながら、彼女のヒップを両側から抱え、舌を絡ませてくる。ジャニカが丸く腰を揺すると、彼の胸毛が尖ったジャニカの乳房の先をくすぐる。

ジャニカは永遠にこのままでいたい気持ちと、激しく体を打ちつけたい欲求との板挟みになっていたのだが、やがて快感があまりに強くなり、二人とも大きな声であえぎ始めた。ジャニカは自分の脚を使って腰を上げ、彼のものを放してしまいそうなぎりぎりのところで、勢いよく腰を落とし、できるだけ奥のほうまで彼を迎え入れた。

キスをしていたルークが顔を上げ、ジャニカの瞳を見据えた。

「ジャニカ」

名前を呼ばれても、彼の顔からは彼女に対するはっきりとした欲望が読み取れるだけで、その他に彼が何を思っているのかがわからない。

ジャニカはまた涙がこみ上げてくるのを感じた。だめ、どうしてセックスするたびに泣いてしまうのだろう？　このすばらしい感覚以外のすべてを忘れたいのに。長年抱いていたルークに対する官能的な夢が、すべて現実になっているというのに。

うつむいてルークに涙を見られないようにしたが、ジャニカがどれほど深く彼を愛しているかは、とっくに知られているはずだ。しかし、これ以上、彼に何をあげればいいのだろう？　そう考えているとき、ジャニカは彼の手を顎の下に感じてどきっとした。彼の指にぐっと力が入り、上を向かされる。

「どうして僕を愛せるんだ？」絞り出すような声でルークがささやいた。その声にひそむ苦悩の深さを知り、ジャニカは驚いた。さらに、自分がどれほどすばらしい男性であるかに、彼が気づいていないことにも。

二人の体がもっとも親密な形で結びついたまま、ジャニカはそっと彼の頬に手を添え、指で彼の唇、顎の線、眉毛《まゆげ》をなぞった。「そうね、まず、あなたは私が知る限り、いちばんハンサムな男性だからよ」

しかし、彼の表情が曇るのを見て、今はからかい半分にものを言ってはいけないのだとジャニカは悟った。どんな男性に対しても軽く口にするような言葉を使うべきではないのだ。

「愛してるのは、あなたが善良な人だから」

胸がいっぱいになり、ジャニカは無意識に体を動かした。その拍子に彼のものがさらに奥のほうへと滑って入ったため、彼女の口から歓びの声が鋭く漏れる。「愛してるのは、あなたが誠実な人だから」

ジャニカの中で、すべての感覚がちりちりと燃え上がっていく。乳房の先端部だけではなく、脚のあいだだけでなく、ハートの真ん中から燃えつきてしまいそうだ。ルークに対するジャニカのすべての感情がある場所が。

「あなたを愛してるのは、いつも私の姉のことを気遣ってくれるから。あなたがいてくれさえすれば、リリーは大丈夫だっていつも安心していられた」

涙がこぼれ落ち、体がすさまじい快感に舞い上がる。ジャニカはもう、そのどちらも抑えておくことができなかった。

「あなたを愛してるわ、ルーク」強烈な歓びに体も魂もゆだねる瞬間、ジャニカはそっとつぶやいた。「あなたが私にしてくれるすべてのこと、あなたがあなたでいてくれるすべてが大好きだから」

自分には愛を返してくれないという事実も含めて、なぜルークを愛しているかという理由を並べていくあいだ彼の瞳が暗くすさむのを見てもなお、ジャニカが彼を愛する気持ちはよけいに深くなった。

いつまでも涙が止まらないのが腹立たしくて、ジャニカはどうにか気持ちを落ち着けようとした。何かがしたい。まだ自分の心で粉々になっていない部分を何とか守りたい。そう思って、彼女は体を動かしてさらに体の奥でルークのものを引き受け、告げた。「それから、あなたのペニスが大好きよ」

そのとたん、ルークがさっと腰を押し上げ、ジャニカのヒップをソファの縁に載せた。そして何度も突き立てる。ルークは突くたびにどんどん激しさと勢いを増し、彼の片手がジャニカの乳房をまさぐり、もう一方は彼女の脚のあいだでふくれた小さな突起を親指で押す。ジャニカは強烈な絶頂感に全身を貫かれ、悲鳴に近い声を上げた。体の深いところ、おそらくはハートからわき起こったようなオーガズムだった。

高みから落ちてくるとき、彼がつぶやくのが聞こえた。「君はすばらしいよ、スイートハート」それは愛してるよ、という告白ではなかったけれど、何かの感情がにじむ言葉だった。

少なくとも、〝スイートハート〟とは言ってくれた。

そしてルークが強く歯をくいしばっているのがわかった。ジャニカと一緒に絶頂を迎えないようにしようと、彼はものすごく我慢したのだ。一緒にいってくれればよかったのに、とジャニカは思った。ここまで自分を抑える必要はないのに。そしてジャニカのほうでも彼にこれほどの歓びを与えてあげられればよかったのにと思うと、残念だった。

ルークが押し殺した声で言う。「もう抜かないと」

「だめ、そのままでいいの」今、彼のものが抜かれると、体は何かが足りないと訴えるだろう。「妊娠を気にしてるなら、私はピルをのんでるし、病気のことなら心配しないで。私、絶対大丈夫だから」肉体的には、ということだが。

心のほうは、考えられないほど危険な状況に追い込まれている。

もともと非常に大きい彼のものが、ジャニカの言葉を聞いてさらに太く、硬くなるのがわかった。

「ああ、ちくちょう、ジャニカ、いく。もうだめだ」

ルークが情熱に我を忘れて荒っぽい言葉を吐いたことで、ジャニカの体にまた新たな興奮がわき起こった。一回のセックスで何度もオーガズムを迎えたことは、これまでにもある。

しかし、今上りつめるクライマックスは、これまでで最高のものになりそうだ。

「私もよ」ルークの顔を引き寄せて、耳元にささやく。「二回目のが」そして、むさぼるようなキスをした。

するとと、彼が猛烈に腰を動かし始めた。同じ激しさでジャニカも応じる。二人の体は大きな音を立ててぶつかり合い、ぬめりを帯びた肌がこすれ合う。歯がぶつかり、舌が絡み、手が相手の体をつかみさらに近くへと引っ張り合う。彼が放った熱いものが、自分の体の奥に届くのを感じながら、ジャニカは歓びの声を上げた。彼のすべて、精髄が自分の体に放たれたのだ。それに応じて、ジャニカの体の奥が彼の大きなものをもみしだくように収縮を繰り返した。

彼のすべてをいつくしむように。

＊　＊　＊

ジャニカにここにいてもらいたい。ルークの心がつぶやいた。

ぼんやりした頭が働くようになってくると、ルークははっとした。今、何を考えた？

ジャニカには帰ってもらう、もちろんそのつもりだ。全身を駆け抜けるこの狂おしい欲望を吐き出すことができればすぐに。彼女の情熱をじゅうぶんに味わい、温かさに酔いしれたあと、ジャニカは自分の生活に戻っていく。そしてルークも元の暮らしを取り戻す。

すべては、本来あるべき姿に戻るのだ。

現実の厳しさを認識すると、硬い床で正座する形だったので脚がひどくしびれていることにも気づき、ルークはそっと体を起こした。ジャニカを離さないように気を遣いながら――ああ、くそ。何とか二人の体をソファの上に載せることができ、彼は自分が下になって寝そべり、ジャニカの体を上から毛布のようにかぶせた。彼女の頭が肩と首のあいだにしっかりと納まり、二人は荒い息を整えながら、そのまましばらくじっとしていた。セクシーな義理の妹とのこんな時間はもうすぐにでも終わらせなければならないと頭ではわかっていながら、ルークはさっき彼女が言ったことを何度も何度も考えた。

愛してるのは、あなたが善良な人だから。

愛してるのは、あなたが誠実な人だから。

あなたが私にしてくれるすべてのこと、あなたがあなたでいてくれるすべてが大好きだから。

いちばん驚くのは、ルークがジャニカに対してひどい扱いをしている最中に、彼女がこんな言葉を口にしたことだった。善良な人ではまったくないし、誠実でもないのに。

これまでの人生を通じて、ルークには演じなければならない役割というものがあった。トラヴィスは本能のままに生きる男で、プレイボーイだった。だからルークは双子の兄とは正反対の人間を演じなければならなかった。善良な人、誠実な男性。ジャニカのアパートメントに行った夜、そんな男であることをやめたのだ。自分で作り上げた殻の中にはどんな男がひそんでいるのか確かめたくなった。すべての人々の期待にこたえる有能な外科医という仮面の下にいる本来の自分を知りたくなった。

いや、ジャニカの期待にはこたえていない。彼女の体をむさぼるだけの男。ジャニカはずいぶん傷ついているだろう。自分のものを好きなように彼女に突き立て、彼女の体だけでなく、心もさんざんもてあそんでいる。

それなのになお、ジャニカはルークを愛している。そう信じている。

その理由がルークにはまったくわからない。なぜ彼女は自分を愛してくれる？ジャニカがそばに来ると、いつもせつない気分になるが、ルークにはその理由もわからない。彼女を見かけると、彼女に触れると、そして彼女に〝愛しているわ〟と言われると、胸が締めつけられる気がする。

ルークとジャニカが、こんなふうに寄り添って時間を過ごすのはおかしい。住む世界が異なる。彼女がいなければ、何か大切なものを失った気がするが、そんな感覚を持つはずがないのだ。二人の住む世界が完全に異なることぐらい、誰にだってわかるだろう。

絶対的に、これ以上異なることなどできないぐらい、違う世界だ。

しかし彼女の裸の体がやわらかく自分に押しつけられているときには、いろんなことをまともに考えるのは難しい。

ジャニカの匂いが好きだ。彼女の味や、絶頂を迎えるとき、彼女の体が純粋に女性としての歓びを高らかに歌い上げる感触が好きだ。

救急救命室で働きどおしで、おとといの夜も彼女を抱いたまま数時間睡眠をとっただけのため、ルークの体はあちこちが凝っていたが、ジャニカの温かさに包まれてやっとほぐれていく感覚があった。見るともなしに窓のほうを見ると、大海原が波打っていた。海がこれほど碧いことに、初めて気づいた。ルークは目を閉じ、無意識にジャニカを抱き寄せた。するとやっとルークの頭が、いろんなことを考えるのをやめた。

＊　＊　＊

自分の体の下で、ルークが眠りに落ちるのをジャニカは感じ取った。おとといの夜と同じだ。彼が心身ともに張りつめた状態で、疲れきっているのはわかっているので、彼が自分と一緒にいるときに安らぎを覚えたと知ってうれしかった。しかも二度も。

さらに今度は、まぶしい陽射しがある中で。

一方、ジャニカのほうはすっかり目が冴《さ》えて眠るどころではなかった。それに、このままの状態でいたら、彼を起こしてまたセックスを始めてしまうことになる。

彼ともう一度セックスしたくない、というわけではない。やりたいに決まっている。彼となら生きているという実感が体にみなぎる。こんな体験をさせてくれるのは彼だけだ。

しかしそれでも、今は他に片づけておかねばならないことがある。もう一度ルークを自分の体に迎え入れ、彼の口と愛撫に世界が爆発する感覚を味わい、彼の肺から息を吸うことになる、その前に。心のすべてを打ち明けた今、これからどうすればいいかを考えなければ。

愛しているということは、前にも伝えた。

しかし、その理由について、自分の気持ちをつぶさに表現するというのはまた別の話になる。痛みを覚えるほどに、こと細かく。

こうなった以上、あともどりはできない。自分の言ったことを打ち消すことはできないし、セックスのすばらしさに夢中になって深く考えもせずに口にしたなどという、言い訳が通用するはずもない。

これからは、ジャニカの強い想いを二人ともがはっきり意識することになる。

ルークの腕の中からそっと体をずらし、ジャニカは彼に毛布を掛け、自分の服を着て外に出た。車にあるスケッチブックを取りに行こう。

これまでもジャニカの人生にはさまざまな辛いことがあった。身を切られるような思いをしたこともあり、そんなとき、どうにか無事に乗り越えることができたのは、思いを画用紙にぶつけたからだった。感情を映像にして、紙の上に吐き出した。

今回も同じ方法を使おうと、ジャニカは思った。ビッグサーの海に臨むログハウスで、ジャニカが掛けた薄い毛布を裸の体にかぶせてソファで眠るルークの横で、絵を描いてみればいい。ただ、今回の問題はあまりに大きすぎて、紙と鉛筆だけで解決するのが難しいのは、彼女にもわかっていた。

12

彼女はどこだ？

ルークは毛布を蹴飛ばして、ぱっと飛び起きた。ジャニカはまだ家の中にいるはずだと、あたりを見回したのだが、彼女の服もバッグも消えていた。

彼女が出て行った。

嫌だ！

どうしようもないほどの息苦しさを感じて、玄関のドアに向かったとき、ルークの目にジャニカの姿が飛び込んできた。ジャニカはデッキの少し先に飛び出した大きな岩に腰かけ、太平洋に沈みゆく夕陽を一心にスケッチしているところだった。

その美しさに、ルークは息をのんだ。彼女がこれほどきれいだということに、どうしてこれまで気づかなかったのだろう？

いや、本当は気づいていたのではないか？

ルークの脳裏に、すぐに五年前のことがよみがえった。リリーとトラヴィスの話をしようと二人で会ったとき。あのときから、何とも形容しがたい感情が芽生えていたように思える。ジャニカに惹かれるのを感じながらも、いや、相手はまだこんなに若い女の子なのだぞと、自分を戒めた。ジャニカはむこうみずで、あまりにもセクシーだった。

ジャニカはまだ鉛筆を動かしていたが、ルークの存在を感じ取ったことが、彼にも伝わってきた。

ジャニカが振り向く。そしてルークを見ると、意味ありげににんまり笑った。「裸のモデルのデッサンなんて、学生時代からやってないんだけど、あなたがモデルになれば、学生は大騒ぎね。女の子だけじゃなくて、男の子も」

そう言われて自分の姿を見下ろしたルークは、信じられなくて首を横に振った。自分が真っ裸だったことに、気づいていなかったのだ。目覚めた瞬間に頭に浮かんだことは、ジャニカ、だった。

彼女が出て行ったのではないかと。

でも、もしかして、このままここに留まる決心をしてくれたのではないかと。

ジャニカはスケッチブックを閉じて立ち上がった。「お腹、ぺこぺこよ。何か食べ物はあるの？」

「わからない」

ここに着いたときのルークは、食べ物のことなど考えもしなかった。ただ酔っ払おうと思っていただけだ。

そして、自己憐憫《れんびん》にひたろうと。

ジャニカがルークの横を通り過ぎるとき、彼女の薄いシャツの生地がまた硬くなりかけの彼のものをそっと撫でていった。彼女が冷蔵庫の中をのぞくあいだに、ルークも自分の服を手にして、卵とチーズとソーセージがカウンターに並んだときにはズボンを身に着けることができていた。

キッチンできびきびと動くジャニカを前にして、ルークはまったく新しい彼女の一面を見た気がした。ジャニカというのは、お湯を沸かすことすらできないタイプの女性だと思っていたのだ。オムレツを作れるとは思ってもいなかった。

ほんの数分後、ルークの前には皿が置かれた。キッチンのカウンターで、ルークと並んで座ったジャニカがほほえむ。「セックスすると、お腹が空《す》くのよね」そして、オムレツを口にほおばった。

「すごくうまい」実際、ルークが食べた中でも最高のオムレツだった。「どこで料理を習った？」

「ありがとう」そう返事してから、ジャニカが説明する。「まだ小さい頃、リリーに教えてもらったの」そして、何でもないように肩をすくめた。「自分たちのことは自分たちで何とかしなきゃって、わかってたから、リリーも自分に万一のことがあったときのために、私が飢え死にしないようにと思ったのね、きっと」

リリーとジャニカの両親が亡くなったとき、ジャニカはまだほんの幼子だった。二人を引き取った叔母は、母親らしいことのできる女性ではなかった。

「大変だっただろうね」

ジャニカがまた肩をすくめる。「私の面倒は、リリーがちゃんとみてくれたから。私の友だちの中にはもっとひどい目に遭った子だって、いっぱいいるし」

ただの強がりだ。タフなところを見せ、辛いと思ったことなどないというふりをしているのだ。ルーク自身、いつもそうやってきたのだから、すぐにわかる。ルークもいまだに、強がってみせている。

「それでも、お姉さんと母親は一緒じゃないからな。大変だったね、かわいそうに」

「あなたがかわいそうに思ってくれることなんてないの。私なら大丈夫なんだから」

「本当に？」

ジャニカの口に運ばれようとしていたフォークが途中でぴたっと止まった。そしてフォークはぶるぶると震え始め、ジャニカはあきらめたように、かちゃんと皿に戻した。

「何なのよ、これ。何であなたには、私の心の秘密を洗いざらいぶちまけたくなっちゃうのかしら？」

それはルークにもわからなかった。しかし、ジャニカの心の支えになってやりたいとは強く思った。少なくとも今日のところは。二人がここで一緒に過ごすあいだは。そのあとのこととなると……今は、まだ考えたくない。ジャニカと一緒にいたことの反動が出るだろうし、それを思うと怖い。さらには、その後もずっとジャニカのいない人生を送るのかと思うと……

「話してくれ、ジャニカ」

彼女に心を閉ざされたくないと思っている自分に、ルークはふと気づいた。さらに、自分の腕の中ですべてをさらけ出し、純粋に愛を告白してくれる彼女のほうがいい。彼女が自分を愛してくれることなど、不可能にしか思えないのだが、それでもあのときの飾らないジャニカのほうが、見ていて気持ちが落ち着く。

それには、幼くして両親を失った心の悲しみを打ち明けても大丈夫なのだと、信用してもらわなければならない。「君の話が聞きたいんだ」

ジャニカは黙ってしばらくルークを見つめていた。カウンターの高い椅子に座っていたルークは、何だかそわそわ体を揺すりたくなった。

やっとジャニカが結論を出した。

ルークを信用する、と。

「私はずいぶん小さかったけど、自分が強い子だっていうのはわかってたの。何があっても、自分のことは自分でできるって信じてたわ。気持ちがやさしいのは、リリーのほうだった。感受性が強いのよ。さっきも言ったけど、学校に通ってた頃、あなたがいつもリリーのことを守ってくれていて、とてもありがたかった」そこで言葉を切ったジャニカは、深く息を吸った。吐き出す口元が少し震えるのを見て、ルークの胸の中で何かが動いた。その何かが、ずいぶん昔に高く張りめぐらせた壁の一部を崩していった。「ただね、タフな女の子であり続けるのって、さすがの私も、ちょっと疲れちゃったの。だって、みんなが私はこういう人間だって決めつけて、ジャニカは何をされても、言われても傷つかないよって思われるから」

ジャニカが外見よりはるかにもろいのだと聞かされれば、驚いてもいいはずだった。しかし、それぐらい前からわかっていたような気がする。セックスのときに、愛を告白しながらジャニカは涙を流し続けた。他の女性と同じように、傷つきやすいのだ。

ルークは穏やかな声でやさしく言った。「他の人間がどう決めつけようが、関係ないだろう？　君は君らしく生きていけばいいんだから」

ジャニカが窓の外の海を見て、考え込む。「私らしいって、どういうことなのかわかんないわ」またルークのほうを向いたときには、ジャニカは笑顔になっていたが、目が笑っていなかった。「たとえば、あなたにしたって、私なんてとんでもない女だって、ずっと決めつけてたでしょ」

こう言われては弁解のしようもない。嘘をついても見透かされてしまう。さらに、ジャニカに対して、嘘だけはつきたくないとルークは思っていた。

「確かにそうだな。そう思ってたよ。ただ、同時にすごい女性だなと感心もしてたさ」

おとといの夜以来、彼女にどう接してきたかを思い返し、ルークは強い罪悪感にさいなまれた。さらに、それ以前だってひどいものだった。今こんなに率直に胸の内を明かしてくれた彼女に対し、悔恨の思いはつきない。

「君を傷つけたくないんだよ、ジャニカ」

ルークの唐突とも言える言葉に、ジャニカはきょとんとした顔をした。少し口元が開き、舌で唇を湿らす。ずいぶん緊張させてしまったらしい。

「大丈夫、痛かったら痛いって言うから。あなた、そんなに荒っぽいことしてないわよ」ジャニカはおきまりのなまめかしい笑みを浮かべた。この笑顔を見ると、ルークの全身の血液が下半身に集まり出す。「あれぐらい、ぜんぜん平気」

肉体的な関係のことに話がすり替えられてしまった。だめだ、そういうふうに受け取らないでほしい、ルークはそう強く思ったものの、話を戻すことはできない。感情の問題だと言えば、嘘をつくことになる。守れない約束をしてしまわねばならない。

「君がここに来てくれて、どれほどありがたいと思っているか、言葉では説明できないほどだ。でもな、ジャニカ、こんなの、うまくいきっこないんだ」

ジャニカは首をかしげ、何の話かわからないというふりをしてみせた。「こんなのって？」

ああ、もう。どうしても正直に言えということか？　本当のことを聞くと辛いとわかっていても、彼女は自分と同じような率直さを求めるわけだ。

「僕たちのことだ。君と僕との関係」

ジャニカはまた唇を舐め、視線をルークの口元に落とした。「関係はきわめてうまくいってるみたいに思えるんだけど」

会話の重さにもかかわらず、ジャニカが思わせぶりな表情で体の関係をほのめかしたとたん、ルークの下半身はすぐに反応した。そしてさっきの目のくらむような二人の姿が頭に浮かんだ。

「確かに、君とのセックスは最高だ、だが――」

「だが、これはセックス以上のことではない、そういうこと？」

くそっ、最低の男だな、僕は。ルークは自分を罵った。「そうだ」どうにか、その言葉を口にした。〝最低〟ぐらいの言葉では、自分のひどさは形容できそうにない。

ありがたいことに、ジャニカは怒った様子も見せない。しかし、何かをこらえているように、ぐっと口を結び、口の両端が下がっている。こんな彼女を見たくないとルークは思った。

「なぜなら、あなたはあなたで、私は私だから？　りんごとオレンジは違うものだってこと？」

またもや、やっとの思いでルークは答を返した。「まさにそういう意味だ」

ジャニカが挑戦的に見つめてきたので、ルークは顔をそらした。「そんなの嘘よ」

何で、こんなことになる？　二人のあいだに将来というものはないのだと、これ以上ないほどはっきり宣言したのに、ジャニカはまだ聞き入れてくれない。他の女性なら、ここまで言えば泣きわめいているはずだ。しかし、ジャニカは違う。

彼女の頑固さにもどかしさを覚えながらも、ルークのジャニカに対する尊敬の気持ちが一段階上がった。

「自分で認めたくないだけで、あなた、本当は私のこと、結構好きなんだと思うわよ。それにね、私が今ここを出てったら、どうなると思う？　きっとまた、私のうちに来て、思いっきりやらせてくれ、なんて言い出すに決まってるんだから」

大変なことになったとルークは思った。ジャニカの言うとおりだと感じるせいでもあるが、そんな男にはなりたくないという気持ちもあったからだ。ルークはこれまで常に、衝動的に行動する人間ではなかった。気持ちを抑えられなかったことなど一度もない。

しかしジャニカにかかわることとなると、もう二度と理性で行動できないのではないかと思う。

当然、どうにかしてそんな狂喜から解き放たれたいと思う。ルークは感情を抑え込み、自分でも理解できないこの気持ちを切り捨てたいと考えた。

「そこが問題なんだ」ジャニカに負けないぐらいのきっぱりとした口調で、ルークも言葉を返した。「それだから、僕たちはきちんとした恋人同士としてはうまくいきっこない」

「きちんとした恋人同士？　へえ」ジャニカは片方の眉をおおげさに上げてみせた。まるで弁護士が法廷の反対尋問で使うようなやり方だ。相手の言葉の揚げ足を取って攻撃する。「頼むよ、ジャニカ。僕の言うこともまじめに聞いてくれ」

「聞いてるわよ、ルーク」

「聞いてるもんか、ちくしょう！」

ああ、もう。ルークはこれまで人に声を荒らげたことさえなかったのだ。ジャニカ以外の誰に対してでも。

「本当のところを言うとね」ジャニカの声が妙にやさしい。「私、これまでずっと、あなたの言うことを聞きすぎたんじゃないかと思うわけ。おとといの夜だって、あなたの言うとおり、できるだけ速く服を脱いで、くわえたりしたわけだし」

「そういう話をしてるんじゃない」ジャニカのペースに乗せられ、ルークはつい答えていた。「僕はああいったセックスはしないんだ」

「あら、私の目はごまかせないわよ。すっごく慣れた感じだったわ」ジャニカはそこで言い返すのを一瞬やめ、考え込んだ。「私の経験から判断してのことなんだけど」

ジャニカが別の男性とSMプレイをしているのかと思うと、激しい嫉妬がルークの体を貫いた。他の男が彼女のドレスを引き裂き、膝をつけと命令して無理やりペニスを彼女の口に突っ込むところを想像するのは、耐えられない。

「これまで何人の男とSMプレイをしたんだ？」

「あーら、あれはそういうことだったの？」

奥歯をぎりぎりと嚙みしめすぎて、顎の関節が痛い。ああ言えば、こう言う。どうして彼女はこんなに面倒なんだとルークは思った。

理由は簡単だ。彼女はジャニカ・エリスなのだから。

どうしようもなく頭に来る女。

そして愛を交わすには最高の女性。

「あれがどういうことだったか、僕がいちいち説明しなくても、わかってるはずだ」

ルークは少し威嚇的に言った。

ジャニカがにっこり笑ったので、ルークは驚いた。彼女の行動すべてに驚かされどおしだ。それこそが彼女の問題なのだ。予想がつかない。しかしルークはすぐに思い直した。予想はつく。とんでもない行動を取ることはわかっていて、それが困るのだ。とんでもなくセクシーで、まともに相手をすると官能がショートしてしまう。ジャニカの言動を理性で受け止め、理屈の通った話をしようとすることが、そもそも無理なのだ。

「『どういうことかわかっている』あの時間のすべてが、本当に楽しかった」ジャニカがわざとらしくルークの言い回しの部分を強調する。

しかし、ルークの質問には答えていない。「言うんだ、ジャニカ。何人だ？」

「私の性生活について、ずいぶん口うるさいのね、ルーク」ジャニカが受け流そうとしたが、ルークはとうに怒りの沸点を超えていた。

勢いよく皿を押しのけると、カウンターとこすれた陶器が耳障りな音を出した。

「さっさと言うんだ。言わないと……」

またなまめかしい笑みが返ってくる。「言わないと？　どうするの、お尻でもぶつって？」

まいった。彼女のお尻をぶつところを想像して硬くなってしまうとは。しかし、ヒップを愛撫したくて、手がうずうずする。

ジャニカはちょっとしたからかいのつもりだったのだろうが、ルークのぼう然とした表情を見て、目を丸くした。「本当にぶってみたいのね？　そうでしょ？」

ルークは力なくかぶりを振った。「違う」

ああ、くそっ。

ぶってみたい。

「私は奴隷の役を演じるタイプじゃないの」ジャニカが言った。そしてやさしい口調で付け加える。「あなた以外の人とあんなことをした経験はないわ。あなた以外の人に対して、ああいうことをしてみたいとも思わない」

その言葉を信じるしかないのは、ルークにもわかっていた。真実に違いない。ジャニカのことは昔から知っているが、彼女は他人に従属することなどいっさいないのだ。これまで何度も性的な命令に従った経験があるかのように、完璧に性の奴隷役を務めてくれたのは、あのときだけだったのだ。

その理由がまったく理解できず、ルークは思わずたずねた。「じゃあ何で、あのとき僕の命令に従った？」

ジャニカはまっすぐにルークの目を見て答えた。これ以上明白なことなんてないでしょう、と彼女の目が訴えていた。「だって、そうしてあげなければいけなかったから」

13

ルークにたずねてみたいことは、いっぱいあった。けれどキッチン・カウンターでの会話としては、もう自分の心の内をさらけ出しすぎた。

「ね、外に出てみましょうよ。明るいうちにビーチを歩いてみたいわ」

ルークが賛成してくれるのを待たずに、ジャニカはさっさとドアを出て砂浜へとつながる段を下りていった。体がぴりぴりと張りつめている気がした。心も敏感になり、ちょっとしたことでびくっとする。何かをひと言口にするたびに、誰にも言うつもりがなかった心の秘めごとを明かすたびに、自分が別の人間になっていくように思えた。

そしてふとジャニカは気づいた。このログハウスを去って行くときの自分は、おといの夜の自分とはまったくの別人になっているだろうと。

ルークのおかげで。

しばらくはひとりで歩いていたジャニカだったが、砂浜に足を踏み入れた頃に階段を下りてくるルークの足音が聞こえた。

ルークは悩んでいる。ジャニカのことについて困っているのは明らかなのだが、それ以外に何が彼を苦しめているのだろう?

それが何かを突き止める、ジャニカはそう決めていた。

はだしの足先が砂地に着くと、波に洗われた砂が湿って冷たかった。

ジャニカは都会育ちのせいか、自然への憧れが強かった。実際、ジムで体を鍛えるよりも、ハイキングに行ったり太陽の下で泳いだりするほうが好きだ。

波が打ち寄せ、足元で泡が立つ。ジャニカはぶるっと震えて腕を体に巻きつけた。

「水が冷たいのか?」

「あなたもこっちに来て、自分で確かめれば?」

ルークが波打ち際まで来ようとしないので、ジャニカは彼のほうへ手を差し伸べた。

「心配しなくていいわよ。私がついてるから。あなたを守ってあげる」

ルークの瞳がこれまでになかったほど真剣な色を帯び、じっと自分を見るので、ジャニカは今の自分の言葉の重みに気がついた。ジャニカは慌てて軽い雰囲気にしようと、冗談で打ち消そうとしたのだが、何も言えなくなった。

本心からの言葉だったのだ。**私がついてるわ、あなたを守ってあげる。**

ルークがそれを許してさえくれれば。

しばらくしてから、ルークも波のそばにやって来て、ジャニカの手を取った。おと

あの夜以来ルークによってジャニカの体は夢のような歓びを得てきた。それでも不思議なことに、ただ手をつないでもらうだけのことが、これまでの快楽すべてよりも、ずっとすばらしい感覚のようにジャニカには思えた。

二人で何も言わずに、手をつないで波打ち際に立つ。この瞬間の何もかもを覚えておきたいとジャニカは思った。少し荒れた彼の手のひらの感触。潮の香りと杉の木の匂い。ぽつんと見える雲に隠れようとする太陽。

足先が冷たくて感覚がなくなってくるところ。

「冷たくて足がしびれてきたわ」

ルークがくすっと笑ったのが、ジャニカにはうれしかった。「僕の足もだ。カリフォルニアの十二月はあったかいのに、ここの水はえらく冷たいな」

手をつないだまま、ジャニカが言った。「足に感覚が戻るまで、ちょっとこのあたりを散歩しましょう」

かわいくて逆らうことなどしない女性であれば、きっと黙って夕闇のビーチを散歩するだけで満足するのだろう。ルークはそういう女性が自分には似合っていると思い込んでいる。

しかしジャニカがそういう女性になる可能性はゼロだ。「お医者さんの仕事って、楽しい？」

質問に驚いたのか、つないだ彼の手に思わぬ力が入る。「当然だろ、仕事は気に入ってる」

「他にはどういうことが、あなたのお気に入りなの?」

また、ぎゅっと力がこめられる。「あんまりいろんなことをしている暇がないんだ」

なるほど、こういう質問の仕方では、聞き出せることは少なそうだ。そう考えて、ジャニカは別の方向から攻めた。

「どうしてお医者さんになろうと思ったの?」

「何なんだこれは、質問ゲームか?」

「ちょっと思ったのよ。昔からの知り合いなのに、あまりお互いのことを知らないいんだなあって」

知っているのは、互いの体の相性が完璧だということだけ。

「ああ」ルークが言葉を選んで答える。「確かにそうだな」

しかし、それ以上質問には答えようとしないので、ジャニカはまたたずねた。「お医者さんになろうと思ったのは、地震でお母さんを亡くしたから?」

ルークは手を振りほどこうとしたが、そうやすやすと逃がすジャニカではない。二人のあいだにはただセックスしかないという彼の言葉を受け入れないのと同じだ。実際そのとおりなのかもしれないが、彼の心の内を何もかもすべて聞き出してから判断したい。

夜中に彼女のアパートメントで起きたことには、何らかの意味があった。ビッグサーのログハウスでも、現実世界とはかけ離れた場所に引きこもっていたとはいえ、二人のあいだにセックス以外の何かがあったことは、否定できない。

実際にセックスだけだったとしても、その事実をジャニカが受け入れなければならないということではない。だからジャニカはそんなことを否定するために全力で闘う。

「キッチンでは、私の話を聞きたいんだって言ったでしょ？　私も同じことをしてるだけよ。あなたの話を聞きたいの」ルークはなおも無言だ。「私は自分の実の親をほとんど覚えてないの。でもあなたはあのとき、もうずいぶん大きかったし――」

「やめろ、ジャニカ。その話はしたくない」

ルークは無理やり手を振りほどき、ログハウスのほうへ戻り始めた。

そんなルークのことを思って、ジャニカの心は張り裂けそうだった。彼はずいぶん長いあいだ、ずっと苦悩をため込んでいたのだ。ルークはひとりになりたがっているのだから、ここは黙って行かせたほうがいい、そっとしておくべきだとはジャニカも思った。しかし、彼をこのままほうっておくことだけはできない。

波音に負けないように声を張り上げ、ジャニカはルークを呼び止めた。「質問はあとひとつだけよ、ルーク。これだけたずねたら、ここを出て行くわ。約束する」

ルークが足を止めたので、ジャニカは、ああよかったと思った。厳しい表情で振りかえった彼に、最後の質問を投げかけた。

「私があなたを愛しているのは、もうわかっているわよね。だとしたら、あなたに信用してもらうために、私はあと、何をすればいいの？」

＊　＊　＊

まいったな。こんなことを面と向かってルークにたずねてくるのは、ジャニカぐらいのものだ。ここまで思いきったことを言う人間はいない。

ただ考えてみれば、ルークは誰ともこれほど率直に気持ちをぶつけ合ったことはなかった。今までそんなことは、不可能だったのだ。

ジャニカ以外は。

太陽が水平線に沈んでいく。向き合ったまま二人はしばらくその場に立ちつくしていた。

完全に陽が沈み、暗くてほとんどジャニカの顔もわからなくなってから、ルークはやっと本心を打ち明けた。「わからない」激しく心臓が音を立て、また声を出すのもやっとだった。「でも、君に出て行ってもらいたくないのは、わかってる」

するとジャニカは砂浜をルークのほうに駆け寄り、腕に飛び込んで唇を寄せた。

「心配しなくていいわ。私はどこにも行かないから」

ジャニカの唇はやわらかくて、気持ちがよかった。知れば知るほど驚く、ジャニカという女性そのものだ。

心地よくて。

やわらかくて。

温かい。

「そろそろログハウスに戻りましょ。二階の寝室に行けば、私の腕の中で眠らせてあげる」ジャニカが耳元でささやくと、ルークの耳たぶが温かさを感じた。

ところが階段を上って小屋に戻ると、ルークの頭の中で睡眠は優先順位のいちばん最後になっていた。ただジャニカともう一度体を重ねたい、彼女の体に安らぎと歓びを見出したい、それだけしか考えられなかった。

「どうしても君が欲しい」あからさまに体だけを求めているとしか受け取れない言葉だったが、絶対的な本音だった。ジャニカにごまかしは通用しない。

しかしルーカスが本心を認めても、彼女の目には勝ち誇った満足感は浮かばず、愛があふれているだけだった。

「それぐらいわかってるわ。それに私もあなたが欲しいの」

今回は、急がなくてもいい。二人ともどこにも行かないのだから。そして吐き出さなければならない怒りもない。

「君を愛したいんだ、ジャニカ」

ジャニカがまた同じことを言った。「それぐらいわかってるわ」その言葉の響きで、ルークが今自分が何を言ったのかに気づいた。その言葉が、どう受け取られるか。体で愛したいと言ったのではなく、心を動かされたいと言ったように聞こえる。

実際はどうなのだろう？

答の出ない問いは、お互いが相手の服を脱がせ始めると、どこかに消えた。月明かりが窓から射し込み、ジャニカの美しい体を照らす。

彼女がいない生活に、本当に戻って行けるのだろうか？　彼女なしでまともに暮らしていけるのだろうか？　彼女ほどの女性が、他にもいるのだろうか？

「君がどうやってそんなふうにできるのか、想像もつかない」ふとルークがつぶやいた。

「どんなふうに？」ルークの服を脱がす手は止めずに、ジャニカが聞き返す。

わかりやすく言葉にするのは難しい。今は何を言っても理屈に合わないのだから。

「何もかもを変えていくっていうか」変える必要などないとルークには思えるようなことまで。「ものすごいスピードで」

「あなただって同じことをしてるわ」ジャニカの手がルークの心臓の上にぴたりと当てられる。「私を変えてるじゃない。私これまで、愛してるなんて誰にも言ったことがなかったのよ。でも、あなたと一緒にいると、自然と言葉が出てくるの」

ジャニカの言葉がルークの全身を駆け抜けた。これまで積み上げてきたルークの心の壁が、懸命にその言葉を跳ね返そうとする。彼の理性が、本能的に距離を置け、彼女から離れろと叫ぶ。

もちろん距離を置くつもりだ。そうしなければならないし、それがお互いのためだ。キッチンで言ったとおり、二人は住む世界があまりに違う。だから将来をともにはできない。ルークはまだそう信じていた。

しかし、今この瞬間は、ジャニカから離れることなどできない。理性より、欲望の力のほうがはるかに強くなっているから。

ソファやリビングの床で彼女の体を奪うのは興奮した。しかし今度はきちんとベッドで愛の行為をしたい。ルークはジャニカの体を抱え上げ、寝室へ向かった。

「ベッドが砂だらけになるわ」

ジャニカの声に下を向くと、欲望がますます高まってくる。「じゃあ、最初に体を洗おう」

彼女を抱き上げたまま、ルークは鮮やかな青のタイル貼《ば》りのシャワールームに入った。ジャニカが手を伸ばしてさっと栓をひねるといきなり冷たい水が二人にかかり、彼女がきゃっと笑った。やがて温かなお湯が出てきた。

びしょ濡れになって、ルークも笑いながらキスした。彼女のこういったいたずら心が楽しかった。

ルークが最後にたわいのないいたずらをしたのは、いつのことだろう？　誰とふざけ合ったのだろう？

「ねえ」ジャニカが、いたずらっぽく目をきらきらさせて言った。「せっかく二人でシャワールームに入ったんだから、このチャンスを最大限楽しむべきよ」

「まったく同感だな」ルークはそう言うなり、腕に抱いていたジャニカの体の向きを変えた。彼女の両脚を自分の胴に巻きつけ、腕を肩に回させたあと、背中をシャワールームの壁に押しつけ、思いのたけをこめてキスした。ただどんな思いがあるのか、自分でもわからなかったし、それを言葉に表現することもできなかった。

リビングのソファでは、ほとんど前戯もなしに荒っぽく彼女を奪った。それでも彼女の体はじゅうぶんルークを受け入れてくれたが、今度こそゆっくり彼女の体をいつくしんであげようとルークは心に誓っていた。自分の快楽を得る前に、たっぷり歓びを与えるつもりだった。

しかし当然のことながら、ジャニカには彼女なりの計画がある。ルークが唇を彼女の胸へと滑らすより先に、ジャニカは自分で位置を調整し、彼のものを自分の入り口にあてがった。

「今度は君がじゅうぶん感じてからにしたいんだ」ルークが言うあいだにも、ジャニカは体を沈めていく。ゆっくりとジャニカの体がルークのために開いていき、少しずつ彼のものが入っていく。

「これでじゅうぶん感じるわ。すごくいい気持ち」

ルークが何を言おうがジャニカの意思を変えることができないのはわかっていたので、彼はありがたくジャニカの計画に従うことにした。次の瞬間力をこめて腰を突き出すと、ジャニカは彼のすべてを受け入れてくれた。何度も激しく奪っているので、ずいぶんはれて痛いはずなのに。

「今度はやさしくしたかったのに」

「やさしくしてくれてるわ」

ルークはいつの間にか息をするのも忘れ、動くこともできず、ただジャニカの目を見つめていた。彼女もルークの瞳を見ている。彼女はこうやって、瞳の奥の魂をのぞき込もうとしているのだ。エリート外科医という外面の下にある、本物のルークを見ている。それがどういう人間なのか、ルーク自身にさえわからなくなっている生身の男性の姿を。

「君みたいな女性とセックスしたことがない」

ジャニカがにやっと笑った。その笑顔があまりにかわいく、セクシーだった。「全員水に流したってとこ?」

彼女につられて、ルークも笑い出した。笑わずにはいられなかった。ジャニカはすばらしい女性だ。

女性と一緒にいて楽しいと思ったのも、ルークにとって初めてだった。

するとさっきの続きへと頭が切り替わったのか、ジャニカが言った。「やさしくしてくれるのは、もうじゅうぶんよ。だからルーク、めちゃめちゃに私を奪って」

ルークは勢いよく唇を重ね、同時に一度腰を引き、すぐに深いところまで突き立てた。タイルに当たらないように彼女の頭の後ろを手で抱えると、二人は同じような激しさで互いを高みへと上らせていった。行きたい場所がそこにある。

求める頂上がそこに。

下腹部に当たる彼女の恥骨がいやがおうにもルークを追い立て、これ以上我慢できないと思ったとき、ルークは彼女の体の奥が収縮して自分のものを締め上げてくるのを感じた。そしてジャニカの低い声。「すごく愛してる」もうこらえることができなくなり、ルークはジャニカと一緒にクライマックスへと舞い上がった。体がしっかりと彼女の温かさに包まれているのと同時に、際限のない彼女の愛がルークを包んだ。

14

目覚めるとジャニカはルークの腕の中にいた。寝室の窓から太陽が射し込み、手のひらに彼のしっかりした鼓動が伝わる。体を動かすと彼の感触が心地よい。彼の髪が肌をくすぐり、互いの体の対比を実感するのがうれしい。やわらかな白分の肌に彼の全身が硬く感じられる。

そのときルークが目覚めるのがわかった。手のひらに伝わる鼓動が急に速くなったのだ。彼の胸に軽く口づけしたあと、ジャニカはそっとつぶやいた。「おはよう」

ルークはジャニカをぎゅっと抱き寄せ、そのあと体を引き上げてキスした。いつもそうなのだが、彼に唇を重ねられると、その瞬間ジャニカの頭からすべてが消える。キスに夢中になり、自分のすべてをさらけ出して全身を彼に差し出してしまう。ルークがジャニカを抱いたままごろんと転がり、ジャニカはマットレスに背中を押しつけられる形で、ルークに見下ろされた。肘をついて体を支える彼の目がこの上なくセクシーに見える。

ジャニカは無意識に脚を広げた。ルークがそこにもう待っている。すでに濡れていた襞《ひだ》を押し分けるようにして、彼の大きな先端部分が入ってくる。そして次の瞬間、彼のものはすっぽりとジャニカの体に収まっていた。熱を帯びたルークの存在が自分の体を満たしてくれることに彼女は歓喜の声を上げた。

ルークは上になったままじっと動かず、ただただジャニカを見つめている。「君のことが、もっと欲しい」

もちろんこれも愛情について語られた言葉ではない。彼はただセックスを意味しただけなのだと、ジャニカも理性ではわかっている。けれど彼の腰に脚を回し、がっしりした肩につかまり、情熱にのみ込まれていくこの瞬間、それがどんな意味を持つかなどどうでもよかった。

「愛して、ルーク」

ジャニカの言葉を聞いて、ルークの瞳が暗くかげる。取り消すべきだろうか、どう考えても感情が含まれているとしか聞こえないけれど、それでも何か冗談のひとつでも言い足せば、本来の意味とは違う受け取り方をしてもらえるだろうか。ジャニカが悩みかけたとき、ルークが動き始めた。ゆっくりと容赦なく責め立てられると、ジャニカのすべてが悦楽にのみ込まれ、何を考えることもできなくなった。ルークの体の感触、何てきれいなんだという称賛のつぶやき、彼女の体がどれほどぴったりと彼のものを包むかを訴える彼のあえぎ声、すべてが大きなうねりとなって、大海原へジャニカをさらっていく。そんな深いところは危険だと思っても、ずんずん引き込まれる。

そのあいだずっと、ルークはジャニカを見つめたままだった。熱いものがたっぷりと体の奥にほとばしるのがわかった瞬間も、夢中で彼の名を叫んだときも、ジャニカはずっとルークの視線を感じていた。彼が絶頂を迎える光景は美しかった。彼の顔が歓びに歪《ゆが》み、これほど彼をいい気持ちにさせているのが自分だと思うと、幸福感に包まれた。

数分後、二人は汗まみれで荒い息をしながら、体を横にしてベッドで向き合っていた。ルークがジャニカに顔を近寄せる。「君は仕事があるんだろ？」

「まあね」これは事実だ。

ルークがひどく落胆する様子がくっきりとその顔に浮かび、それを見るとジャニカは何だかとてもうれしくなった。ひょっとしたら、わずかなりともジャニカの存在を彼は心のどこかで気にかけているのかもしれない。ジャニカがいなくなるとさびしいと、はっきり認めてくれさえすればいいのに。

「でも、電話で会社には顔を出せないって連絡してもいいの」ほほえみながらルークに伝える。「私はあなたと一緒にここにいたいもん」

できる限り現実世界から逃避して、ここに留まりたい。

「そんな無理を――」

ルークは最後まで言わずに、何か罰当《ばち》たりなことを口にして、どさっと仰向けに体を倒し、ジャニカから遠ざかった。

ジャニカは本能的に、体を起こして彼のほうに近寄った。ルークに関することではいつも本能的に行動してしまう。理性が反対する場合も、どうしてもこうしなければという衝動に突き動かされる。ジャニカはルークの体にまたがると、脚で彼の胴をはさみ込んだ。

「私にはどんなことでも話してくれていいの、わかった?」

ルークは懸命にまじめな顔を作ろうとしたが、やがてこらえきれず笑みがこぼれた。

「君には負けた。宇宙人みたいなやつだな、君は」

ジャニカは冗談めかして、両腕を左右に広げぱたぱたと飛んでみせるふりをした。全裸であることもまったく気にならなかった。「私は特別に創られた人間なの」

ルークの笑みが顔いっぱいに広がったが、また突然、楽しそうな表情が消えた。

「君にここにいてくれと僕から言うことはできない。そんなことを頼むべきじゃないのはわかってる」

「あなたの悪い口癖ね。『僕にはできない、そんなことをすべきじゃない』なんて。私に言わせると、あなたがすべきじゃないのは、がんじがらめにあなたを縛るくだらない規則を気にすることよ。そんなものを忘れれば、本当の問いかけが見えてくるの」ジャニカは彼の平らな腹部に手を這わせ、手に伝わる筋肉の感覚を楽しんだ。「さ、ルーク。あなた自身は何を求めているの？」

「君にいてもらいたい」

衝撃の言葉に、今度はジャニカの顔から笑みが消えた。するとルークがさらに言葉を重ねた。「ジャニカ、君が出て行ったら、僕は何をどうしていいのかわからない」

ジャニカはまったく呼吸できなくなっていた。

今回の言葉も愛の告白ではない。しかし、何らかの意味を持つのは確かだ。ここまでのことをルークの口から聞けるとは思っていなかった。彼がジャニカに対して何らかの感情を持っていることを認めたのだから。ビーチに下りていくまでは、ドアからほうり出すとまで言っていたことを考えると大変な進歩だ。あのとき彼は、自分はりんごでジャニカはオレンジだと言い張っていた。

しかし彼の顔を見上げると、他にもまだ彼が口にしていないことがあるのが見てとれた。「全部話せば、ルーク？　私に隠すことなんてないんだから」

理性が彼の心を圧倒しようとしている様子が見えたので、ジャニカはお腹に当てていた手を心臓の上に持っていった。「ね、ここに話をさせて」そして彼の頭のほうを顎で示した。「そっちじゃなくて」

「僕はただ君と一緒にいたいんだ。この数日を、何もかも――」ルークがまた言葉に詰まる。「まったく、僕っていう男はひどいやつだな」

「そうとも言えるかな」ジャニカはからかうように返事をして、このへんで追及するのはやめることにした。「つまり楽しく過ごしたい、そういうことね？」

「楽しむ」ルークの言葉がうつろに響く。そのあと長い時間、彼は身じろぎもせず、黙っていた。しばらくしてから、決心したようにつぶやいた。「そう、それこそ僕が求めていることだ」

ルークが本当に求めているものが何か、ジャニカには手に取るようにわかった。すぐにわかることだ。自分の心の中をさぐらないでほしい、内に秘めていることをさらけ出そうとしないでくれ、そういう意味だ。

そして現実から離れ、二人がどれほど違う世界に属しているかを忘れたいのだ。ジャニカの出した答は簡単なものだった。彼女が与えられる唯一のものを差し出せばいいのだ。彼を置いて出て行けるほど、ジャニカは強くない。心がせつなく痛むほど、こんなに彼を愛しているのだから。

「わかったわ」

ルークはまだ不安そうだった。「ずいぶん無理を言ってるのは、わかっているんだけど」

ジャニカはゆっくり体を下にずらし、勃起したものに下腹部を近づけていった。話しているあいだにどんどん大きくなってきているのをお腹が感じていたのだ。「ただただ楽しむっていうのに、賛成」そして、腰を揺すってみる。「ただ、何もかも隠しごとがないように言っておくわ。約束できないこともあるの」

「何だ？」ルークも腰を動かし、濡れた部分を彼のものが簡単に探し当てた。

「愛してるって、つい口にしてしまうの。これをやめられそうにないのよ」

そう言うと同時に、ジャニカは腰を沈め、根元まで彼のものを迎え入れた。

「やめてもらいたくはない」

ルークが飾りけのない言葉でそう言ったので、驚いたジャニカの体がまた大きく開いた。脚のあいだも、ハートが収まる胸骨のあいだも。「やめないわ、ルーク。何があっても」

しかし絶頂感のあとのぐったりした状態で、ジャニカは彼の言葉の真意を考えてみた。ルークはただ、官能的に腰を揺するのをやめないでくれと言ったのかもしれない。もうすぐいきそうだから、そのまま続けてくれということだったのだろうか？

それとも、とめどなくあふれるジャニカの愛を、どうかいつまでも自分に注ぎ続けてくれという意味だったのだろうか？

15

こんな気分は、ほんの子どものとき以来だとルークは思った。ジャニカと一緒にいると、わずかながらも自由を味わえる。幸福というものの断片を感じ取れる。

そして彼女とのセックスは、すばらしい、のひと言に尽きる。

ああ。こんなふうに自分のすべてを放つ感覚は、他の女性では味わえない。フランス語で絶頂感を〝小さな死〟と言うのだと聞いたことがあったが、今になってやっとその理由がわかった気がする。ジャニカをどこまでも高みに押しやり、そのあとを自分も追う。一度オーガズムを迎えるたびに、自分の中の暗いしみがひとつずつ消し去られるような感覚になる。

翌日になると二人はやっと互いの体をむさぼり合うのをやめ、数キロ離れたところまでハイキングした。帰り道では、こぎれいな店やかわいいカフェを見つけるたびに、ジャニカが中を見て行こうと言い張った。どの店もクリスマスの飾りつけが華やかで、ちょっとしたプレゼントがいっぱい置いてあった。

本来ならば十五分で帰れる道を、結局一時間以上かけて二人はログハウスに戻った。ジャニカは周囲のあらゆることに好奇心を持つ。ルークひとりであれば、周りのことには何の関心もなく、特に用もないのにまっすぐ急いでログハウスに帰っていたところだった。

午後になると、ちょっと片づけなければならないことがあるからと断って、ジャニカは電話で仕事の指示をした。デザイナーとしてのジャニカが有能で成功していることはルークも知っていたのだが、具体的に彼女がどの程度経営にかかわっているかまでは理解していなかった。ジャニカが数時間キッチンに座ってあれこれ話す内容を耳にして、ルークは驚いた。

二日間ジャニカと一緒にいると、彼女がいないこのキッチンがルークには想像できなくなっていた。ひとりで眠ることも考えられない。だめだ、ひとりでシャワーを浴びることすら、問題外になっている。

彼女にここに来てくれと頼んだわけではない。彼女が勝手にルークの生活に入り込んできたのだ。それなのに今になって思えば、彼女が来てくれて本当によかったと思う。おかしなものだ。よかったと思う気持ちがあまりに強くて、自分で恐ろしくなった。

こんな毎日が永遠に続くはずがない。海と森に囲まれた夢の世界にいつまでもいるわけにはいかないのだ。

ルークは、ジャニカが電話をするあいだ、遠慮して席を外していたのだが、暗くなってくるともうこれ以上離れているのが耐えられなくなってきた。キッチンに入ると、ちょうど彼女が少し苛々した様子で受話器を置くところだった。

その姿がどうしようもなく美しかった。

同時に、ルークは恐怖を感じた。ルークと一緒にいるために三日間も会社を空けるのは、ジャニカにとって大変なことなのだ。電話を終えた彼女の表情が、彼女がいないことで会社は大騒ぎになっているらしいことを物語っている。

ジャニカが帰ってしまう。

嫌だ、まだ行かないでくれ！

ルークの全身が緊張する。胸がぎゅっと締めつけられる気がする。彼女を止めなければ。何とかして、どうかここにいてくれと頼まないと。もう少しのあいだだけでいいから。

ルークにはジャニカが必要なのだ。その気持ちの強さに、彼自身がショックを受けた。

ジャニカがさっとログハウスの玄関へ向かう。「今すぐ行かないと。踊るのよ」

投げつけられた車のキーが、森の茂みに消えていきそうになるのを、ルークは慌てて手を伸ばし、つかんだ。「サンフランシスコに帰るんじゃないのか?」

考えるより先に飛び出した言葉が、ルークの切実な気持ち、そこににじむ恐怖を情けないほどに訴えるが、もう取り消すことはできない。しかし段を駆け下りていたジャニカは足を止めた。眉をひそめてルークを見る。「いいえ。あなたを置いては帰らないわ」

どっと安堵と喜びがルークの体を貫き、その気持ちの強さに彼は倒れそうになった。ルークも段を下りると、ジャニカは駐車場の砂利に立ち、不愉快そうに彼のポルシェを見下ろしていた。どんな女性でもこの車に乗りたがるのに。

ただジャニカだけが、高級スポーツカーを気に入らないというのは、何となく納得できる。

「どうして普通のワゴン車とかじゃないのよ?」ルークが答えるより先に、ジャニカは怒ったような顔で付け足した。「だってね、こういうばかげたスポーツカーの中でやろうと思ったら、すごく大変なんだから」

ルークは大声で笑い、同時に下半身が硬くなるのを感じた。「でも踊りに行くんだろ?」

ジャニカが、あきれたわね、という顔を見せる。「踊る、セックスする、この二つは切っても切り離せないの。そんなことも知らなかった?」そして助手席のドアを開けて乗り込むと、ばん、とドアを閉めた。

　下半身がこういう状態では、とても踊れたものではない。ただ、たいした問題ではない。ルークは踊らないのだ。そもそも、こんな人里離れた海岸沿いの山の中で、ダンスができるような場所などあるはずがない。

　つまりは、セックスするほうに集中すればいいわけだ、と考えてルークはにんまりし、ああ、楽しみだ、とわくわくしていた。

　ところが、どういう魔法を使ったのか、高速道路一号線に乗ってすぐ、その道を入ってとジャニカが言った。オートバイに乗る荒っぽい男性たちが集まりそうなバーがあったのだ。駐車場にはたくさんのオートバイと大きなトラックが停まっている。

　エンジンを切る前から、ハード・ロック調のクリスマス・ソングが耳をつんざくような音量で聞こえてくる。

　まだ車の中にいたジャニカがルークのほうを向いて、にやっと笑った。いたずらっぽい表情がその瞳に躍る。「こういうの、大っ嫌い、そうでしょ？」

「ああ、くそ。そうだよ」

　ジャニカは顔をのけぞらせて笑い、車から出るとスキップするようにバーへ入って行った。

　こんなところで車に鍵をかける意味があるのかなと思いながら――こういうところ

に来る連中は、スリルを楽しむために車を盗むわけで、鍵がかかっていない車には見向きもしないのかもしれない——ルークはジャニカのあとを追った。彼が中に入ると、ジャニカはダンスフロアの真ん中でもう腰を振り、体じゅうあらゆるところを揺すり、くねらせていた。

彼女を食い入るように見つめているのが、自分だけではないことにルークはすぐに気づいた。バーにいる男性の全員、さらにはかなりの人数の女性がジャニカをバーの裏手に連れて行きたいと思っているようだ。激しい嫉妬がルークの体を駆け抜けた。そして考えるより先に、彼は彼女を自分のものだと宣言するため、人ごみをかき分けていた。

ジャニカは彼が嫉妬に燃えてやって来るのがわかっていたのか、くるっと回って彼の胸に飛び込むと首に腕を巻きつけて唇を重ねてきた。

こんなふうにして、ジャニカを自分のものだと宣言するのは最高だ。そう思った瞬間、彼の心の中で何かがふっと解き放たれた。彼女の中に自分の欲望を解き放つときと似た感覚だが、違うところもある。バイク野郎に囲まれて安っぽい酒場でカントリー調にアレンジされた『サンタが街にやって来る』や『ジングル・ベル』に合わせて踊るのが、この上なく自然なことのように思えた。

自分を見つめるジャニカの瞳がきらきらと輝くから。

あるいは、彼女と一緒なら何をするのも当たり前のように思えるから。

どんなことでも。

曲が代わっても、二人はずっと踊り続けた。ジャニカは彼の腕に収まっては離れ、ヒップが揺れて彼の腰に当たり、乳房が彼の胸や腕や手の先に触れ、こすれ……やがてルークはこれ以上我慢できなくなった。彼女の言ったとおりだ。踊りとセックスは表裏一体のものだった。見知らぬ人がいっぱい見ている中、この場で彼女の体を奪えないだけのことなのだ。

ルークは何も言わずに彼女の手を引き、ダンスフロアをあとにした。バーを出てまっすぐ車に向かう。ドアを開けるときに少し動きを止めただけで、彼女の体を文字どおり投げるようにして、助手席に乗せた。

駐車場から車を出すと、車にジャニカの匂いが満ちてきた。興奮して体が熱くなり、楽しんでいることが伝わってくる心地よい彼女の匂いが、バーに充満していたビールとタバコの臭いを消し去っていく。二人とも何も言わなかった。ジャニカでさえ無言で、そのあとすぐルークはビーチへ続く森の小道へ車を入れた。うっそうとした森に囲まれると、ルークはエンジンを止め、シートを思いきり倒した。そしてジャニカのヒップをつかんで自分の上に載せた。

「君と一緒にいると、頭がおかしくなる」そう言うと同時に、ルークは唇を重ね、ワンピースドレスを引き裂いて胸のふくらみをあらわにした。ピンクの頂を口に含み、激しく吸い上げると、ジャニカがもだえる。ルークは舌で周囲を丸く撫でてから、軽く噛んだ。

ジャニカが体を強く押しつけながらヒップを揺すり、無言で訴えてくる。早くいかせてほしいと。二人ともがその瞬間を強く求めている。朝からもう二度も体を重ねたことなど、関係ない。

また彼女が欲しい。

今すぐに。

ルークは片手で乳房を持ち上げて乳首をしっかりと口に入れ、その味をむさぼり、楽しみながら、もう一方の手をドレスの短い裾の中に滑らせた。湿った熱い感触が手のひらに伝わる。

「直接触れたい」乳房を口に含みながらそう言うと、ルークは指をパンティに脚の部分から入れて、そこにたっぷりとたまったクリームを指にこすりつけた。

ジャニカが自分から腰を落として指を迎え入れたので、ルークはもう一本、さらに三本目も入れると、ジャニカはすすり泣くような声を上げて、ルークの頭を乳房に引き寄せた。ルークは少しだけ手の角度を変え、親指で突起をこすりながら、彼女の熱に向かって、指を出し入れし始めた。

「ルーク。ああ、そこよ、だめ、助けて」

一瞬、ジャニカの体がぴたりと動きを止め、歓喜が彼女の体を貫いた。しかしまた今度はもっと速く腰を動かし始めたので、ルークの指がどんどん奥へ引き込まれていった。突起を激しく彼の親指に押しつけ、指を包む内側の筋肉が緊張していき、そして彼女の体全体が歓びに弾けた。

もう絶頂を迎えたはずなのに、ジャニカの指がルークのジーンズのボタンを外そうと忙しく動く。

「もう一度いったら、君には何の力も残らないぞ」ジャニカがジーンズの前を開け、彼のものに手をかけたので、ルークは怒鳴るように言った。

ジャニカはぱっと目を見開いたが、ルークを見る瞳は絶頂感に焦点が合っておらず、その様子がまたきれいだった。「どうしてもあなたを中に感じたいの」

キスしなければ、中に入らなければ、という思いで、ルークは必死だった。あらゆる意味で彼女のすべてを自分のものにしたい。ぬめりを帯びていてもまだきつい彼女の中に、ペニスが入り始めると同時に、二人の舌が絡み合った。今までになかったほど、さらにきつく締めつけられる。最初の夜でもこれほどきつい感じはなかった。いくらかでも思考が働くルークの頭脳のどこかが、厳しく彼を糾弾する。乱暴にしすぎだ、何度も体を奪いすぎだと。あまりに唐突に、あまりに激しくしすぎているのは、わかっていた。

　何とか自分を抑えようと、ルークは彼女のヒップをつかみ、先の部分が入ったところで動きを止めた。

「ゆっくりしないとだめなんだ、スイートハート」

「嫌よ」ジャニカはそう言いながら、まだいくらか残った力のすべてを使って、ヒップを押さえるルークの手を振り放そうとした。体を上下に動かして、彼のものを奥まで迎えようとしているのだ。

　しかし、ルークの決意は固かった。我慢するのはひどく辛いだろうが、彼女のために時間をかけてゆっくり歓びを与えたい。

「こっちのほうが、気持ちいいんだ」ジャニカだけでなく、自分にも懸命にそう言い聞かせる。「少しずつ、少しずつ入れるのが」

　自分の言葉を証明するように、ルークはほんの少しジャニカの体を下に沈めた。液体があふれ出て、彼のものを白く覆い、ジャニカが息をのんだ。

「あなたに命令されるのが好き」息もたえだえに言いながら、ジャニカがあでやかで官能的な笑みを見せた。

　彼女への欲望が強くて、頭がもやの中にあるような気分だったが、それでもルークはにやりと笑い返した。「君が命令に従ってくれるのが好きだよ」

「あなただけよ」ジャニカの返事はささやくような声だった。

「命令に従うのは、あなただけよ、ルーク」

彼女の中にあるペニスがびくんと動き、さらに大きく硬くなった。自分を抑制するのが、さらに難しくなる。もっと奥に入りたい、この気持ちのいいなめらかな熱の中へ、もう少しだけ多く包まれたい。そこでルークは、ジャニカの体をあとちょっとだけ下げた。すると彼女の体が開いていき、興奮しきってほてった肉がルークのものをすっかり受け入れ、彼が受け取るのと同じだけの快感を奪っていった。

そのとき彼女が低く、かすれた声で叫んだ。「ああ、だめ、また」

信じられない。まだ半分も入っていない段階で、彼女の体が収縮し、敏感になった彼のものを絞り上げていく。抑えていたものがいっきに崩れ、ルークは唇を重ねた。歯も舌も使って彼女の口をむさぼりつくす。次の瞬間、根元まで埋めたルークは自分の口の中でジャニカが悲鳴を上げるのを感じながらも、どこからが自分の叫び声でどこからが彼女の声かわからなくなっていた。

16

　翌日二人はビーチを遠くまで散歩した。ジャニカは貝殻を見つけては歓声を上げ、「こんなきれいなの見たことないわ」と言いながらルークのポケットに突っ込むので、ポケットがいっぱいにふくらんだ。桟橋で獲れたてのアサリとムール貝を買って、昼には持ち帰った海の幸をバター炒《いた》めにしたのだが、互いに食べさせ合っているうちにそこらじゅうがべとべとになっていった。そのうちジャニカは食べるのをやめて汁のしたたる貝をルークに投げつけ、小さなバターだらけのミサイルがあたりに飛び散り始めた。キッチンが目を覆いたいほどひどい状態になっていく。瞬間的にルークが思ったのは、これだけ汚すとあとできれいにするのは大変だな、ということだったが、すぐに、自分の目の前にあるアサリでジャニカに応戦しなければという気持ちが勝った。

　結局二人は服を着たままシャワーを浴びなければならないことになった。最初は石《せっ》鹸《けん》で丁寧に手を洗い、口の周りのべたべたを取り、そのあとルークがジャニカを壁に押しつけて、また体を重ねた。ふざけながらも、遊び心に熱い欲望が混じるセックスは、ルークにとって初めての体験だった。

夜はデッキに出したグリルでハンバーガーを焼き、ポテトチップスの袋を空にした。医師であるルークは、当然のことながら正しい食生活についての知識も豊富で、普段なら脂肪もコレステロールもたっぷりの食事のあとは、カロリーは控えめにするのに、この夜はさらにたくさん食べた。

しかしそれは食べ物がおいしかったからではない。ルークにはわかっていた。ジャニカがいるからだ。

三十代も半ばにさしかかり、ルークは食事や運動には今まで以上に気を配るようになってきた。けれどジャニカと一緒にいると、十歳以上若返った気分になる。そうは言っても、ポテトチップスのあと、彼女がさらにスーパーの袋からマシュマロの徳用袋とチョコレートとクッキーを取り出すのを見ると、今後は二人でスーパーに行ったとき、彼女が何を買い物カートに入れるかにもっと目を光らせないとな、と思った。

ただ、そうなると、店の通路を歩く彼女のヒップの揺れに目を奪われないようにする方法を学ばなければならない。

つまり、これからはもっとジャンクフードを食べるようになるということだ。ジャニカのヒップはどうしようもなくセクシーで、目を奪われずにいることなど奇跡に近いから。

そう結論づけてからしばらくして、ルークははっとした。この二、三日のことだけでなく、今後もずっとジャニカと一緒に買い物に行くのが当たり前だと思っている自分に気づいたのだ。

二人のあいだに将来はない。これについては、もっと断固とした気持ちを持たなければならない。しかしジャニカのこととなると、ルークはすっかり意気地なしになる。理性を忘れずに、自分がどれほど辛くても責任のある行動を取るべきなのに、そうはできない。

ジャニカがマシュマロの袋を投げつけてきたので、さっと顔を上げると、チョコレートまで飛んできた。頭にぶつかる前にかろうじてルークはその二つをつかんだ。

ジャニカはクッキーの箱を手にして、ドアに向かう。「あなた、火をおこせる？」

ルークはぎろりとにらみつけ、いったい誰に向かってそんなことを言ってるんだ、と無言で伝えた。「ボーイスカウトで、トップだったんだぞ」

「はい、はい。そうですか」ジャニカがからかう。「聞いた私がばかだったわ。生まれつき何でもできる人がいるってことね？」

「なあ」ルークはジャニカに追いつくと、腰に手を回した。「アウトドアの技術に関して、僕を疑うのは間違いだぞ。僕は森の帝王なんだ。山道で迷子になるなら、絶対僕と一緒がいい」

ジャニカがルークの頰に手を寄せた。「どれほどボーイスカウトの技術があっても、あなた以外の人とは一緒にいたくない。森の中でも、森以外のところでも」それだけ言うと、ジャニカはルークの腕を放して階段を駆け下りた。

そのあとを追うルークは、めまいを覚えた。心臓がどきどきする。

ここまで、〝ただ楽しむだけ〟という約束を、ジャニカは忠実に実行してくれた。忠実すぎるぐらいだ。約束してから、口を滑らせたのは今のが初めてだった。

しかし彼女が自分と一緒にいることを楽しんでいるとわかって、どきどきしたのではない。彼女が自分を愛していることはもうわかっているのだから。

ルークがどきっとした原因は、彼女にそう言われるのがうれしいことに気づいたからだった。

彼女が自分を愛していると実感するのが、とてもうれしい。

喜びすぎている。

ログハウスからの道で、ルークは小枝や木切れを拾い集めた。焚《た》き木を腕いっぱいにしてビーチにたどり着くと、ジャニカはすでに石を円形に並べてキャンプファイアの準備を整えていた。夜の海辺で、ルークはマッチをすり、簡単に火をおこした。しばらくすると、炎が高々と燃え上がった。

毛布を広げた上に、ジャニカを脚のあいだにはさんで座り、二人で目の前の火を見つめる感覚は、本当に自然だった。何の違和感もなくジャニカの背がルークのお腹にもたれかかり、彼の腕が彼女の体にしっかりと巻きつけられる。二人はしばらく黙って火を見ていた。ジャニカは頭をルークの胸に寄せ、彼の顎が軽く彼女の頭のてっぺんに載る。

星空の下、砂浜で完璧な平穏を味わう場面ではあったが、ルークの心の中は嵐《あらし》のように渦巻いていた。相反する感情が激しくせめぎ合う。

自分の腕の中にいるこの美しい女性について、ルークはもっといろいろなことを知りたかった。キスしてもらうのが好きなこと、彼の愛撫に歓ぶことはわかっている。どうすれば快感のあえぎを漏らすのか、絶頂に導くには何をすればいいかも知っている。

けれど悔しいことに、それだけでは足りない。

「昔からファッション・デザイナーになりたかったのか？」

彼女の体がわずかに緊張するのが伝わる。「そうね、たぶんずっと。リリーが人形屋さんにいつも私を連れてってくれて、在庫処分の人形を買ってってくれたの」

「在庫処分の人形って、どういうのだ？」

ジャニカが笑い、振動が自分の胸に伝わる感覚がルークにはうれしかった。「すっごく醜いやつよ。でも、私のところに来ると、すぐきれいになるの。人形屋さんの次には生地屋さんに行って、端切れの山をあさったわ。五ドルもあればいっぱい手に入るのよ。家に帰ると何時間も端切れを縫い合わせた」

「フリルいっぱいのかわいいドレスじゃなかっただろう、きっと？」

脇腹をジャニカの肘が軽くつつく。「ゴスロリ・ファッションの人形ばっかり作ったって、私を責めてるわけ？」

ルークはジャニカの首筋に落ちた髪を払い、そこにキスした。軽い謝罪のつもりだった。「いや、ただ君のセンスというのは、一般人とはかなりかけ離れてるから」

ジャニカの肌はやわらかく、いい匂いがした。一度のキスだけでは足りない。もっと欲しい。

欲しいのは、この見事な体だけではない。ジャニカがもっと必要だ。彼女がどうしてこう人とは異なるのかを知りたい。小さな女の子が、これほどすばらしい女性に成長した秘密を教えてほしい。

「会社を設立するのは、大変だっただろ？」

ジャニカはルークの質問にひどく驚いたようで、体を動かしたため、うなじがまた髪に隠れた。「お互い質問はしないことになってたんじゃないの？」

確かにそうだ。ルークのほうから、ただ楽しもうと言った。楽しいこと以外はしないと。だからまともな男なら、ここで彼女の服をはぎ取り、体を重ね、何も言わず、自分でも何も考えないようにする。特に彼女の心がどうかということなどは。

　しかし、それでは足りないのだ。

「君のことが、もっと知りたいんだ」

　重い沈黙がしばらく続き、焚き木のぱちっと弾ける音と岸に打ち寄せる波音だけが聞こえる。

　やがてぼそりとジャニカが言った。「少し怖かったわ」

　彼女がさっきの質問に答えたのだとわかるまで、少し時間がかかった。彼女をもっと知りたいという、ルークの言葉に対する意見ではない。こんなふうに話し合えば、また事態が複雑になることぐらい、ルークだけでなくジャニカもわかっているはずだ。お互いをさらに深く理解し合えば、多くの問題をはらんでしまう。

「怖くはあったけど」ジャニカが話を続ける。「自分がしたいと思ったことだから、やってみなければ、一生後悔するのはわかってた」

　その言葉が心の奥にずんと重く響き、ルークはひどく慌てたが、ジャニカがそれ以上のことを言わなかったので、ほっとした。

「会社がうまくいったのは、本当にリリーのおかげよ。小さな頃からいつも励ましてくれたことまで考えると、感謝のしようがないの。何時間も床に座って、私のお人形のファッションショーに付き合ってくれた。いつも手を叩いて褒めてくれたわ。それからデザイン学校の卒業発表会のときも、私の最初のショーのときもモデルをしてくれて、あれが評判になったんだもの」

「リリーのことは、僕も大好きだ。ただ、僕は君のお姉さんのことを聞いてるんじゃない。君のことを教えてほしいんだ」

「なるほど」ジャニカはルークの腕から立ち上がると、小枝とマシュマロの袋を手に取った。「ひとつ教えてあげるわ。私、甘いものが大好きなの」

彼女が話をそらしたことに、がっかりする理由はどこにもなかった。会話が危険な方向に進まないようにしてくれて、感謝すべきだ。

ちくしょう！　嘘をつけ。ルークは自分を叱りつけた。彼がジャニカの家の呼び鈴を鳴らし、いきなりキスした瞬間から、二人は危険な方向へまっしぐらなのだ。

ジャニカが長い枝とマシュマロをいくつかルークに手渡し、二人は並んで枝に突き刺したマシュマロを火にかざした。そのうち、チョコレートまで溶かしてマシュマロにつけ、本格的なキャンプファイアのデザートになった。それを口にしたときのジャニカの歓声を聞いて、ルークは一瞬チョコレートとマシュマロに嫉妬を覚えるほどだった。

「そんなにうまいのか？」

うっとりしていたジャニカはぱっと目を開け、ルークにほほえんだ。「これよりおいしいものが、ひとつだけあるわ」

そして軽く唇を重ねてきた。ジャニカの口はチョコレートの味がして、甘かった。

「あなたは？」口を寄せたままジャニカがささやく。

どうして彼女とキスするたびに、頭がまったく働かなくなるのだろうと思いながら、ルークは質問を繰り返した。「僕？」

「好き？」

「君とキスするのが、大好きだ」

もう一度、今度は激しくジャニカがキスしてきた。そして唇を離すときに言った。

「よかった。でも、私はデザートの話をしてたのよ」

ルークははっと自分の手にしたマシュマロを見下ろした。

「ひと口、食べてみて」ジャニカはどうしても甘いものをルークに食べさす気なのだ。

これまでルークは、グルメどころか食べ物そのものにも興味がなく、体に必要とされる栄養を摂取することを心がけるだけだった。ましてや、食べ物が官能的な意味合いを持つなどと考えたこともなかった。

これまでは。

火にあぶられてねっとりしたマシュマロを食べるルークの口元を、ジャニカが真剣な眼差しで見つめる。溶けたマシュマロが唇に落ちたのはわかっていたが、それを拭う暇はなかった。ジャニカの舌が舐め取ったから。

ジャニカが期待に顔を輝かせて砂に座るあいだ、ルークは口にあるマシュマロをのみ込むだけで精一杯だった。

「どう?」

「うまい。でも、やっぱり、君のキスの味のほうがいいな」

ジャニカが焚き火に負けないような明るい笑顔になる。「そういうセリフ、あなたのお兄さんも顔負けね」

トラヴィスとジャニカが子どもの頃、常に緊張した関係にあったことを思い出して、ルークは弁解した。「あいつはいいやつなんだ。みんなあいつの本当のよさを知らないだけだ」

ジャニカはいつになく真剣な表情になった。「トラヴィスのリリーに対する態度を見てれば、今の彼がいい人だっていうのはわかるわ。でも、昔のトラヴィスがどういう人だったかという事実を変えるものじゃない」

その言葉が、言い方がどうも気になる。**でも、昔のトラヴィスがどういう人だったかという事実を変えるものじゃない**、何か不穏なものを感じながらも、ルークは気に留めないことにした。慎重になるより、ただ彼女の顔に浮かぶ笑みがもう一度見たくてたまらなかったのだ。考えてみれば、初めてキスしてから、彼女は何の屈託もなく浴びるほどの笑みを投げかけてくれた。そしてこれまでそのことにも気づかなかったのだ。

「信じてもらえないかもしれないけど、うんと小さい頃は僕のほうが問題児だったんだ」

ジャニカが軽く首をかしげてルークを見上げる。「別に驚きはしないわね、実を言うと。荒々しい本性を隠してる男って感じが、あなたにはあるもの」

彼女のからかいに、ルークも応じた。「言葉に気をつけろよ。残りのマシュマロをみんな君の口に突っ込んで黙らせてやるからな」

「私を黙らせるつもりなら、口に突っ込むのにもっといいものがあるけど」なまめかしくジャニカがほのめかす。

「誘惑するのはやめろ」そう言いながら、ルークはまた彼女を胸に抱き寄せた。当然、自分のものを彼女の口に入れたい。入れたくないわけがない。

ただ、今この瞬間は、もっと彼女と話をしたいのだ。

そんなことをしていると、困った事態に追い込まれるぞ、とルークの計算高い部分が訴える。さっき、何か不穏だぞと警告を発した場所だ。しかし、ジャニカのほうが先に質問してきた。

「トラヴィスとどういう悪さをしたの？」

「泳ぎを覚えたのは、僕のほうが先だった。あいつはそれが気に入らなくてね。自分が兄貴だといつも思ってるから。たった六十秒のことなのに、トラヴィスにとってはすごくその違いが大切なんだ。わかるだろ？」

「誰だってわかるでしょう」

ルークは笑いながら、話を続けた。「それでだ、あるときプールに行って、あいつが僕にすごく偉そうな態度を取るもんだから、足の立たないところで飛び込めよって言ってやった」

「あのばか、飛び込んだんでしょ」

ルークもそのときのことを思い出して笑った。「もちろんだ。でもまあ、結局、あいつにとっては、楽しい午後になったんだけどね」

「どうして？　あなたが助けてあげたから？」

「それもある。でも、すごく胸の大きなベビーシッターのおねえさんのおかげなんだ。僕が助けてやったあと、彼女の胸の谷間に、午後ずっとあいつは顔を埋めてたよ」

「いったいいくつのときの話？」

「六歳か、七歳になってたかもしれない」

ジャニカがきゃっと笑い出した。「ちょっと待って、それじゃまだほんの子どもじゃない。その当時からトラヴィスは女の子のお尻を追いかけてたってこと？　私が喜ぶと思って、話を作っただけじゃないの？」しかしふとジャニカが考え込んだ。「ただ正直に言うとね、トラヴィスがリリーと付き合い始めたときは、すごく変な感じだったわ。お姉ちゃんはあなたと一緒になるものだって、いつも思ってたから」

「それはない」ルークはきっぱり答えた。「リリーと僕は、本当にいい友だちなんだ」

「でもいつも一緒にいたじゃない。本当に何もなかったの？　どこかの時点で、絶対何かはあったはずよ」

ああ、くそ。何でこんなことに。

「一度だけ、キスしたことがある」正直に答えた。

「あーら、やっぱり」

「でも僕たちのあいだには、そういう雰囲気っていうのがゼロだった」

「あなたと一緒にいて、〝そういう雰囲気〟にならないっていうのが、私には理解できないわね」

ああ、キスしないではいられない。「お世辞でもうれしいね」

「お世辞なんかじゃないわよ、ルーク」ジャニカが親指の腹でルークの唇をなぞる。

「あなたみたいにキスのうまい人、初めてよ」

ルークは体を倒して甘い唇をとらえた。本当に甘くてやさしい味がした。

「あなたを愛してるわ」唇を重ねながら、ジャニカがつぶやく。

その短い言葉が、ルークの頭の中でいつものように響き渡る。言われるたびにルークの中で、何かが少しずつ変わっていく気がする。

もう一度だけ、とルークはゆっくりと舌を絡めてから、ジャニカを抱きしめた。

「ジャニカ、僕は――」

彼女の瞳孔が開き、頬が紅潮していた。焚き火の炎だけでも、興奮で赤みが差しているのがわかる。

「黙ってキスしてちょうだい、ルーク。これじゃ足りないわ」

どんなときにも、ジャニカはルークのために逃げ道を用意してくれる。

その逃げ道を使う権利など、ルークにはまるでないのに。

しかし、いちばん気が重いのは、やっぱりその逃げ道を使ってしまうということだった。

唇を重ねたまま、ルークはジャニカを毛布に横たえ、その上から覆いかぶさった。

ジャニカの姿を見たい、自分の腕の中の奇跡のような美しさを目に焼きつけたい、そう思った彼は、体を少し起こして、そっと彼女の肩を撫でた。その手を腕に滑らせ、彼女の全身をじっくり眺める。

焚き火の炎がジャニカの肌できらめくが、彼女にはそんなきらめきさえ必要ない。

この体の中に、燃え上がる炎があるのだから。

「君がここに来てくれて、本当にありがたく思ってる」ふと本音が口から漏れ、ルークはしまった、と思った。

ところがジャニカはびっくりした顔で、大きな茶色の瞳を開いた。興奮と情愛で眼差しが温かい。「ほんとに?」

こんな言葉が返ってくるとは思っていなかった。わかりきった事実なのに。

その反応を目にして、彼女を欲しいと思う気持ちがさらに強まった。自分がどれほどありがたいと思っているかを、言葉ではなく行動で証明したくなった。

波が寄せては引く。ルークは時間をかけてジャニカの服を脱がせた。月が二人を照らす中、ルークは彼女の体じゅうにキスしていった。ジャニカが歓びの声を上げると、焚き火がぱちっと音を立てて呼応した。

それは、ルークのジャニカ・エリスという女性に対する愛の行為だった。そのあいだずっと、彼の頭の中では警告音がうるさく鳴り響き、警告灯がまぶしく点滅して、高いところに上れば上るほど、落ちると大変なことになるぞと訴えた。けれど、体の下にジャニカを感じ、雲のない空では星がきらめくと、さらなる歓びを求めてしまう。そしてルークはこれまでに感じたことのないほどの、深い平穏に包まれていった。

17

「まだ眠いわ」翌朝、ルークの体が動くのを感じて、ジャニカはもごもごとつぶやいた。

この数日でジャニカは、ルークがずいぶん早起きだということを知った。前夜どれほど遅くまで起きていても、どれほど睡眠時間が短くても、ルークは非常に早く起きる。早く起こされても不満でないのは、彼の体の大切な部分もすっかり目覚めるからだ。

「またあとで寝ればいい」ルークがそう言いながら後ろから腰をこすりつけてくる。

彼のものが入ってくると、満たされた感覚にジャニカは、ああっと声を上げた。するとルークが背後でぴたっと動きを止めた。歓びの声だったのだが、痛かったのではとルークは心配している。彼が気にかけてくれることが、ジャニカにはとてもうれしかった。

しかし、気遣ってもらう必要はまったくない。

「遠慮しないで」ルークが動こうとしないので、ジャニカのほうから促さざるを得なかった。「お願いよ、ルーク。続けて」

ルークがジャニカの腰骨をがしっとつかんだ。力のこもった彼の指が肌に食い込むのを感じた瞬間、ジャニカは深く貫かれた。あまりに勢いが強く、腰骨を支えられていなかったら、体全体でベッドに突っ伏してしまうところだった。

「もっとよ、もっといっぱい」

ジャニカの懇願に応じて、ルークは彼女を腹這いにさせ、後ろから激しく突き立てた。ジャニカは両手でシーツをつかみ、彼に与えられるものすべてを受け取った。体はなお多く欲しいと無言で訴え、いつの間にかヒップが高く上がって、もっと深く貫かれることを要求している。

「ああ、ジャニカ」ルークが叫ぶのと、ジャニカがこれ以上だめだと思ったのは同時だった。ルークがうなじの横に歯を立て、二人はともに快楽の頂点に達した。

ルークが歯を立てたことが、ジャニカはうれしかった。そこまで彼を野性的な存在にしてしまえるのは自分だけだということに満足し、笑みを浮かべながら眠りに落ちた。

次にジャニカが目覚めたとき、ベッドに彼の姿はなかったが驚きはしなかった。シャワーを浴びて、何か食べ物を作ろうとキッチンに行くと、カウンターに書き置きがあった。

『ちょっと走ってくる。戻ってきたときも、まだエネルギーが残ってればいいんだが』

ルークの字を見て、ジャニカはほほえんだ。彼が汗まみれで荒い息をして帰ってくるところを想像すると、わくわくする。ルークのそういう姿は、ジャニカのお気に入りのひとつだ。

ところがカウンターにあったバナナを手にして皮をむいたところで、彼女の顔から笑みが消えた。砂浜でキャンプファイアの火を前にして、ルークに抱かれるのは、今までみた中で最高の夢が叶ったようなものだった。自分が特別な女性になった気がした。これまで、こんな気分にさせてくれた男性もいなかった。

それでも。

リリーとトラヴィスについて話したときのことをつい思い出したのだ。ジャニカもルークも、あの二人は最高のカップルだと認めている。当初、あの二人がハッピーエンドを迎えようとは、誰も思わなかった。それなのに、二人は世間の予想を見事に裏切った。

この五年間ジャニカは、嫉妬というか、憧れにも似た気持ちで姉夫婦を見てきた。姉の手にしたものを自分も欲しい。ジャニカのためなら炎をかいくぐることもいとわない男性がいてくれればと、切実に思った。

そして、ルークがその男性である可能性はあるのか？

そもそも、ルークは自分を愛してくれるのだろうか？

このリゾート地を離れてサンフランシスコの喧騒《けんそう》に戻り、元の生活が始まったら、また二人で会うことなどないのかもしれない。彼にとっては、ジャニカというのは永久にこの海辺のログハウスにいるだけの存在なのだろうか？

食べる気が失せて、ジャニカはそのままバナナをカウンターに置いた。

この三日三晩のことを思い返してみた。笑いと愛の行為。そして、先行きの見えない不安。二人とも濁った波にのみ込まれ、深みにはまらないようにと、もがき苦しんでいる。

ビーチで歓喜の瞬間を迎えたあと、二人は裸で毛布にくるまって抱き合い、寒さに耐えきれなくなった頃、荷物をたたんだ。そしてルークがバケツに海水をくんできて、キャンプファイアを消した。

火が消えた瞬間のことを思い出して、ジャニカは恐怖に凍りついた。美しい炎が消え、煙が上がって、やがて何も見えなくなった光景を思うと、みぞおちをがつんと殴られた気がする。

どうかお願い、私たちのあいだもあんなふうに消えてなくならないで。言葉にならなない祈りをジャニカは心の内で唱えた。

じっと何の行動も起こさず、怯えて心配ばかりするというのは、まったく普段のジャニカらしくない。大切な自分の会社の仕事をほうり出すのも、彼女らしくない。ことに今はクリスマス前でいちばん忙しい時期だ。思い立って彼女はカウンターの受話器を取り、留守番電話をチェックした。これがルークにかかわる問題でなければ、会社を一週間も空けることはあり得なかった。

それでも、彼を置いていくなどとうてい考えられない。彼はあまりに大切な人だし、今でもまだ、彼はジャニカを必要としている。最初に彼女のアパートメントにやって来たとき、彼はひどい悩みを抱えてそれと闘っていた。その心の闇はまだ消えてはいない。少しだけ影をひそめて表面からは見えなくなっただけだ。

それに自分で会社を経営するメリットのひとつは、こういうことだったはず。何か非常に重要な事件が起きた場合、有能な社員にすべてを任せて、会社を留守にできるのだ。

ありがたいことに、今日はそれほど緊急の用件はメッセージに入っていなかった。ジャニカが自分で手を打たなければならないのは、仕事関係で世話になった人がボランティアを探しているという話だけだった。ビッグサーから数キロほどのところにあるモントレーの町の青少年センターで、〝ファッション・デザイナーの一日〟という講演をしてくれる人を探しているということだった。

「いいえ、全然面倒なんかではありませんわ。すぐに伺いますから」そう言って、ボランティアを探していた人との電話を切ったとき、ルークが帰ってきた。

「出て行くんだな」

ジャニカがここを去るとルークが決めつけたのは、これで二度目だ。どちらのときも、ひどくショックを受けて、落ち込んだ様子だ。

なるほど……。

彼が落ち込んでいるのを見て喜ぶべきでないのはわかっているのだが、ジャニカはうれしかった。それで、もうしばらく懲《こ》らしめてやれ、と思い、短く返事した。「ええ」

ルークは歯を食いしばり、頬骨の下のくぼみで筋肉が波打った。「今朝のことのせいだな。あんなふうにしたから」

まあ、かわいそうに、と思ったジャニカは、すぐに本当のことを伝えた。

「違うわ、あれでよかったのよ」笑顔を向ける。「時間さえあれば、今すぐまったく同じことをしてって、お願いするところよ。あなたも早くしないと、遅れるわよ」

「僕も？　何に遅れるんだ？」

ルークはまだとまどっている様子だったが、ジャニカが去って行くのではなく、二人で出かけるとわかって、明らかにほっとしたようだ。

ジャニカは笑いながら説明した。「モントレーの青少年センターにデートに行くのよ。さ、早くシャワーを浴びてきて。手伝ってほしい？」

「二人ともきれいになったほうがいいだろう」ルークがそう言って手を差し伸べてくると、ほとんど時間がないのはわかりながらも、ジャニカは一緒にシャワールームへ入って行った。

＊　＊　＊

ジャニカは子どもたちの扱いがうまい。

最初は驚いたものの、ルークはすぐに彼女が誰とでも気軽に接することを思い出した。ジャニカはルークを子どもたちの中に座らせて、一緒に布を切ったり生地を縫ったりするのを手伝わせた。

その後、埠頭《ふとう》にあるレストランに出かけた二人はクラム・チャウダーと焼きたてのパンの昼食をとった。「君はこういうボランティア活動をずいぶんやってるようだね。感心した」

「あなたも立派だったわ。一緒に生地を縫ってるのが、お偉い医者の先生だなんて、子どもたち誰も思わなかったもの」

　つい傷ついた表情を見せてしまったのだろう、ジャニカの眼差しで自分がうまく心を隠せなかったことが、ルークにはわかった。さらに彼女はやさしくルークの手を包んでくれた。

「ごめんね。からかっただけだったの。今日は助けてくれて、本当にありがたく思ってる。ずいぶん大変だったのはわかってるの。あなたがもし救急救命治療から専門を変えるのなら、小児科を考えてもいいんじゃないかって、私、本気で思った」

「子どもは好きだよ。君に教わったとおりのことを子どもに教えるのも楽しかった」

そう言ったが、本心をすべて伝えていないことに、ルークは気づいた。「でも、本当に好きなのは、君と一緒にいることだ」

「私と一緒にいるのが好き」うつろな声で、ジャニカが同じ言葉をつぶやく。「それだけ？」ルークは眉をひそめた。見る間にジャニカの顔から血の気が引いていくので、眉間《みけん》のしわはいっそう深くなった。彼女の求めるものを自分が与えることはできないと、ずっと信じてきたのだから。

「ジャニカ」ああ、くそ。こういうとき、いったい何を言えばいい？

　自分の頭が完全におかしくなり、その中で何が起きているのかを自分でも理解できないのだから、ジャニカに対する言葉など浮かぶはずがない。

「外の空気を吸ってくるから」ジャニカがそう言って、立ち上がった。

ジャニカはずいぶん速く歩いたらしく、ルークが追いついたときには観光客が入れる桟橋の中ほどまで戻ったところだった。後ろから何度呼びかけても、ジャニカは足を止めず、駆け寄ったルークは彼女の腕をつかんで無理やり自分のほうを向かせるしかなかった。

「どうした、何か問題でもあるのか?」

「私よ。私が問題そのものなの」

「そんなことはない。君は完璧だ」

「じゃあどうして、あなたは私を愛してくれないの?」

何を考える暇もなく、ルークは自分の口を彼女の唇にかぶせていた。むさぼるように、容赦なくキスする。やがてルークが体を離したとき、二人の息は荒く、ジャニカの唇は赤くはれ上がっていた。

「僕は君を傷つけてる」ルークの低い声がかすれる。「思ったとおりだ。でも君を傷つけたくないんだ、スイートハート」

「あなたが私を傷つけることはない。それはわかってるの」そして、あっけにとられているルークの手を取った。「さ、ログハウスに帰りましょうよ。この埋め合わせをしてくれるんでしょ」

自分なんか、彼女にはふさわしくない。ルークは改めて思った。これほどおおらかに愛を注いでくれる女性を自分のものにする権利など、まったくないのだ。

そう理解しながらも、自分が彼女を傷つけているのを感じながらも、ルークはやはり彼女をあきらめきれなかった。

18

　ジャニカは緊張していた。ああ、こういう感覚って大嫌い、そう思った。帰りの車中で、二人はひと言も口をきかなかった。そして今、ログハウスで立ちつくして、お互いを見つめている。見ず知らずの他人のように、どう会話を始めればいいのかわからない。互いの体の隅々まで知っているという事実は、関係ない。どこでどうなったのかはわからないが、二人の関係は純粋に体だけのものではなくなったのだ。白黒がはっきりつけられない領域に入ってしまった。

　この灰色の世界では、心臓が今にも破裂してしまいそうだ。

　そして、実際はもうハートなど完全に砕け散っている可能性もある。

「そんなに難しい話じゃなかったはずなの」ジャニカはそう言うと、彼のズボンの前に手を伸ばし、自分の服をはだけた。セックスしようと思った男性に対して取る行動の第一歩だ。「私は女の子で、あなたは男で、互いの体を求めてる、それだけのことよ」

そう言葉にしたものの、説得しようとしているのはルークではないのはわかっていた。

ジャニカがその言葉を信じさせたいのは、自分自身なのだ。

「ジャニカ、やめてくれ」

ジャニカは手を止めた。ルークは、部屋の反対側へと移動する。その瞳は暗く、欲望があるのはわかるのだが、他にもジャニカには理解できない感情があった。すると突然ルークが目の前に戻ってきて、ジャニカの体を抱き上げ、寝室へと歩いて行った。そっと、ジャニカには信じられないほどのやさしさで、ルークが彼女をベッドに置いた。

心臓が胸を突き破って飛び出しそうなほど、ジャニカはどきどきした。

「こんなにやさしくしなくていいのよ」しかし、ルークはゆっくりとジャニカの服を脱がし続ける。肩があらわになったとき、ジャニカはまた言った。「私が埠頭で言ったことなんて気にしないで」それでも、ルークはやさしくジャニカを扱う。

肩に感じるルークの口が熱い。彼の唇が皮膚をくすぐる。彼は体の位置を変え、ジャニカの服をさらに引き下げていく。胸のふくらみが、そして頂があらわになる。親指がやさしく撫でたあと、舌が頂の周囲を舐め取る。

この上ないやさしい愛撫に、ジャニカは呼吸も忘れた。

しばらくすると、彼が顔を上げた。「さっき、何を言った？」

ジャニカが視線を上げると、彼の深い緑の瞳にいたずらっぽい輝きが見えた。驚いたものの、この感動を笑いでごまかしたくはないと久しぶりに思った。

「埋め合わせをしてくれる必要なんてないわ。ルーク、ここであなたと一緒にいたいと決めたのは、私なの。私がそうしたかったんだから」

その言葉を言い終えないうちに、ルークの口がまた乳房に戻った。もっと熱く、奪うように。彼が両方の乳房を交互につまんではキスし、吸い上げていくと、ジャニカは快感に酔いしれた。

しばらくすると、ルークがまた顔を上げた。「他に言いたいことは？」

何を言おうとしていたのだろう？　欲望と快感で、ジャニカの頭には霧がかかった状態になっていた。それでも、何とかこれだけは言わなければ。「いいのよ、ただセックスだけのことで」

よくはない。まったく。それでも、そう言っておかなければとジャニカは思った。言えば、自分でも信じられるかもしれない。

ルークはやさしく扱ってくれたが、それでもいつの間にかジャニカはパンティだけになっていて、それもすぐに脱がされた。ルークは彼女の膝のあいだに座ると、片脚ずつ持ち上げて、肩に載せた。ジャニカの体が、この複雑で美しい男性を求めてうずいた。

ルークの顔が緊張に引き締まり、瞳がかげる。「これはセックスだけのことじゃない」

それがどういう意味かを理解する間もジャニカにはなかった。彼の舌がゆっくりと脚のあいだを舐めていったのだ。

ジャニカの体が激しく反応したが、ルークは彼女のヒップをつかんでしっかりと固定し、上顎と舌をうまく使って脚のあいだを吸い上げる。すると、いとも簡単にジャニカは絶頂を迎えてしまった。痙攣《けいれん》するように体が揺れ、快感が強くなりすぎて、もうこれ以上何を感じることもできないとあえいだ。ところが、体を離そうとしても、ルークが許してくれない。彼の舌と唇と、ときおりこすりつけられる歯が興奮しきった肉体にもたらす快感は、痛みにも似た強烈な感覚で、そこから逃れようがない。

最初のオーガズムが収まる前に、再び絶頂が訪れ、ジャニカはすべての感覚を失った。快感の波に洗われながら、その激しさに耐えるしかない。そして周囲のことにまったく気がつかないうちに、ルークの大きくて硬いものが彼女の中に入ってきた。

はっと目を開けると、知らないあいだに彼の体が自分に覆いかぶさっていた。彼の瞳が危険な色を帯びて見下ろし、体の奥深くに感じる彼のものが存在感を増す。

ジャニカは息をのんで、じっと待った。ルークが自分を見つめている。硬いものが体の中で脈打つ。肘をついて体重をかけないようにした彼の体に筋肉が浮き上がる。彼が何を言いたいのか、その言葉をジャニカは待った。

「ルーク?」

「もう少しだ」やさしくそう言ってから、ルークは動き始めた。ぬめる熱い肉体からゆっくりと自分のものを滑らせて抜き、また根元まで入れる。あまりに深いところまで届くので、彼が腰を突き出すたびに、ジャニカは息をのんだ。

高みへ、さらに高いところへと上りつめても、体が彼をきつく締めつけ始めても、二人が夢中で互いの唇を求め合っても、互いの絶頂の声を吸い込んでも、そしてルークがジャニカの体をぎゅっと抱き寄せても、ジャニカの頭に疑問が残った。疲労感に負けて眠りにつきながら、ジャニカはその問いの答を見つけようとした。〝**もう少しだ**〟という彼の言葉は、いったいどういう意味だったのだろう。

ジャニカを愛するようになるまで、もう少しだと言いたかったのだろうか?

それとも純粋に肉体的なこと、もうすぐ絶頂を迎えるという意味だったのか?

19

翌朝まだ、ジャニカは昨日の出来ごとを気にしていた。

いつもどおり、セックスはすばらしく、激しい快楽を得た。しかし、昨夜は何かが違っていた。

ルークの体が必死で愛を伝えようとしているのに、その体の主である彼はそれを拒否しているという感じだった。

目覚めるとジャニカはベッドにひとりで、体には分厚い毛布が掛けられていた。キッチンから朝食の匂いが漂ってくる。体のあちこちが痛い。いい意味で、存分に体を駆使した感じがある。ランニングマシーンを使うよりいい感じなのは間違いない。

五分でシャワーを浴びてさっぱりすると、ジャニカは裸の上にルークのTシャツだけを着た。彼のベルトを借りてウエストに巻きつけ、ワンピースのように着こなす。

ジャニカが声を発する前に、ルークは彼女の存在を感じ取った。彼女の姿にすっかり見とれている。

「いいドレスだな」

全身をゆっくりと舐めるように見られると、ジャニカの胸の先端が硬く尖る。しかし実のところ、昨夜のことでかなり神経が参っていたジャニカは、無理をして冗談めかした会話を続けた。

「このシャツの下に何を着てるか、知りたい？」

ジャニカがルークに近寄ると、彼は背中に手を回し、そのままベルトへ、さらに下へ動かして、ヒップに触れた。

「下には何も着てないじゃないか」ルークが叱るようにジャニカの耳元でささやく。そして、唇で首筋の皮膚を少しつまんだ。「今日は君の服を買いに行かないとな」

「私が何も着ていないのが好きなんだと思ってたわ」

「それはそうだ。だが、僕のものなんだから、他のやつには見せたくない」ルークが少し体を離して、まじまじとジャニカの目を見る。「ジャニカ、君のすべては、僕のものだ」

昨夜あんなことがあった。〝**もう少しだ**〟と言われた。そして今の言葉。これはつまり、特別な恋人になってくれ、という意味なのだろうか？

はっきりたずねてみたい気持ちと、何もかも忘れてただ楽しむだけという約束との板挟みになって、どう返事しようかジャニカが迷っているときだった。玄関のドアが音を立てて開いた。

　リリーが真っ赤な顔で、ぜいぜい息をしながら立っていた。ログハウスに通じる長い階段をいっきに駆け上がってきたようだ。最初、リリーの顔にほっとした表情が広がった。しかしすぐに、うれしさとショックと狼狽の入り混じった奇妙な顔になった。

　ジャニカのウエストに置かれていたルークの手がぴたりと動きを止めた。その手が氷のように冷たくなるのをジャニカは肌で感じた。そして顔も同じように凍りついた。

　ほんの六十秒前、ルークは心を広げ、温かな男性だった。今の彼はこれまでに見たこともないほど、ぴたりと心を閉ざし——体そのものが閉ざされたようにジャニカは感じた。

　時計の針を昨日に巻き戻したい。そしてリリーに電話をして、心配しないで大丈夫だからと連絡を入れる。そうすれば姉がここに来ることはなかった。

　そして偶然何もかもをぶち壊しにしてしまうことも。

「ああ、ここにいたのね、ジャニカ。よかったわ」まだ戸口に立ったまま、リリーは安堵のしるしに胸を押さえた。「あなたのところに、何度電話したかわからないのよ。あなたのアトリエにも行ったんだけど、会社の人たちはみんな、あなたの行き先まで知らないと言うし。あなたはときどき電話で様子をたずねてくるけれど、会社からは連絡してこないように言われてるって」

ジャニカは自分がまるで親を困らせてばかりいる子どもになったような気がした。こんな気分を味わいたくない。姉に心配をかけたことは、ひどく申し訳なかったが、何より、状況を打開しようと、積極的に行動を起こさなかった自分に腹が立った。

「私なら大丈夫よ、お姉ちゃん」そう言ったものの、ジャニカ自身の耳にも、声が変なふうに響く。何だかきちんと呼吸できていないみたい。

ルークの腕がだらりと下がり、いつの間にルークが体を離したのか、二人のあいだには距離があった。

五分前にはなかった、大きな溝。

ジャニカの脳裏に、突然五年前のことが浮かんだ。ジャニカとルークは、リリーとトラヴィスのあいだに芽生えた恋について、何度か話をした。互いの兄と姉が突然イタリアで結婚した。兄と姉を見届けるため、ルークとジャニカは一緒に大西洋を渡った。そのときは、いい関係が築けてきていると思った。ところがサンフランシスコ、いわゆる〝現実の世界〟に帰ったとたん、ルークはこれまでどおりの多忙な外科医に戻り、奔放な義理の妹とはいっさいかかわりをもたなくなった。家族として何か集まりごとなどがある場合でも、イタリアで温かかった彼の笑みは冷たい礼儀だけのものになり、ルークはジャニカをまったくの他人として扱った。

ああ、だめだ。あれほど二人でいろんなことを味わったのに。愛の行為だけではなく、ジャニカが進んで差し出したたくさんのハートの切れ端も、この数日、ルークはいつくしんでくれた。それなのに、五年前と同じように、すべてを棄て去るつもりなのだ。

ぎこちなくあとずさりをして、どんどん自分から離れていくルークを見ていると、ジャニカはもうこの世に信じられるものなど何もないと思った。

胸がひどく締めつけられるが、ともかくは姉をどうにかしなければならない。ジャニカはリリーのほうを見たのだが、姉は驚いた顔をしてルークだけを見つめていた。祈っても無駄なのはわかっていたが、ジャニカは心の中でルークに強く訴えかけた。**お願い、どうかさっきみたいに私を見て。ゆうべ私の体を愛してくれたときみたいな目をして、こっちを向いて。私があなたの体をいとおしんであげたときみたいに。どうか、こっちを見て、もう一度、君は僕のものだと言って。あのときの気分にさせて。**

そんなジャニカの心の祈りが聞き入れられることなどなかった。

「ジャニカと僕は、ただ――」ルークは言葉に詰まった。頬の肉がぴくぴくと動く。

「ただ、話をしてただけなんだ」そしてジャニカの視線を避けるようにして、さらに遠くへ移動した。「君たち二人で、積もる話もあるだろうから」ルークはそう言うと、リリーの横を通り過ぎ、大慌てでログハウスから出て行った。

ジャニカはその後ろ姿を黙って見送るしかなかった。

いつの間にかリリーがかたわらで、ジャニカの肩を抱いてくれていた。

情けないことに、涙がこみ上げてくる。リリーが現われたからといって〝現実の世界〟に戻ったわけではまったくないのに、それでもリリーが来たとたん、ルークはもうジャニカから必死で離れようとする。まるで恐ろしい伝染病患者を避けるように。

「幻の世界だったんだわ」ジャニカは声を出してつぶやいていた。「あの人にとっては」

リリーは少し体を離し、目にかかるジャニカの髪を払った。「ねえジャニカ。ルークはただ驚いただけよ。だからつい、おかしな行動を取ったの。私が突然現われて、あなたたち二人とも、どうしていいかわからなくなったのね」

ジャニカは姉の腕を振りほどいた。「でも、どうだっていいの。二人で楽しんだだけ、それだけのことよ」

妹がこういう態度に出るときには、話を合わせても無駄だとわかっているリリーは、自分の意見を淡々と述べることにした。「ドアを開けた瞬間ね、ルークがあなたを見つめているところがぱっと私の目に入って」ここで言葉を切り、リリーは妹がちゃんと自分の話に耳を傾けているかを確認した。「私はね、ルークと友だちになって、もう何年も経つの。でも、あの人があんなふうに女性を見つめていたところなんて、一度も覚えがないわ。彼があんな眼差しを向けたのは、あなただけよ」

ジャニカは何を返事することもできなかった。さまざまな感情が胸に迫り、口を開けば泣き出してしまいそうで、そんな恥ずかしいところを姉に見せたくはなかった。

リリーはカウンターの椅子を引っ張ってそこに腰かけた。真剣な表情で何かを考えている。「ずっと気づかなかったなんて、私ったら、どこに目がついていたのかしらね」

「くだらないこと言わないでよ。私が彼をどう想っているかなんて、誰だって知ってるのに」

「あなたのことじゃなくて。ルークよ、彼、あなたを愛してるわ」

姉の言葉を信じたくて、胸が痛いほどだったが、ジャニカは首を振った。あまりに激しく振りすぎて、目が回りそうになった。「違う。愛してなんかいない」

しかしリリーはジャニカの言葉にはいっこうに取り合わず、自分の考えを話し続けた。「ねえ、私、気がついたんだけど、ルークったらずっと前からあなたに恋してたのね。トラヴィスと私が付き合い始めた頃から」

それこそまさにジャニカが信じたいことだった。しかし、そんなのは嘘だ。

今となっては、信じられるはずがない。

「彼、私のことを好きですらないのよ」

「違うわ、ルークはあなたを愛してきたの。そんな感情を覚えたことで、すごく怖くなったんだと思う。だからこそ、何時間も働き続けて、あなたとできるだけ会わないようにしたのよ。距離を置こうとしてたのに、私ったらそれがわからなかったなんて。信じられないわね。じゅうぶんな距離を保っておかないと、あなたへの愛を認めざるを得なくなるからよ」

もうこれ以上虚勢を張ることができそうになくて、ジャニカはついに言った。「私を慰めようとしてくれてるのはわかってるわ、お姉ちゃん。でも、お願い、もうやめて」

リリーの話を聞いていると、ジャニカの頭と心は希望と夢と願いがいっぱいになっていく。それがただの幻だとわかっているので、またさらに落ち込んでしまうのだ。

「ねえ、私の話も聞いてちょうだい。ルークは自分がどれほど愚かなことをしたのか、いずれ気づくはずよ。私にはわかるの。今にもあのドアから帰ってきて、あなたを愛してると言ってくれるわ」

「じゃあ、お姉ちゃんがルークのいちばんの親友だっていうのも、怪しいものね。あの人のこと何もわかってないんだわ」ジャニカの口調に怒りはこめられていなかったが、こう言うことで姉がひどくショックを受けるだろうと確信していた。

ただリリーにも頑として譲らないところがあり、ジャニカの強さとは種類は違うものの、言い出したら聞かない点では似たようなものだ。リリーが別の方向から攻めてきた。「あなたは欲しいものがあれば、必ず手に入れようと困難にだって立ち向かっていく子だったわ。ルークを愛しているのなら、どうして彼の愛を得ようと闘わないの？　闘う価値のあるものよ」

「これまで全力を尽くして闘ってきたわよ！」思わず姉に怒鳴り返してしまい、ジャニカは慌てて自分を落ち着かせようとした。「これからもずっと闘い続けるつもりだった。でももう――」声が震え、その先が続けられなくなり、ジャニカは何度か深呼吸をした。「だめだとわかったの。お姉ちゃんが来たとたん、私のそばにいることさえ拒否するんだもん。これ以上闘っても、何も得られない。何のために闘うのかさえ、わからなくなったの」

「彼の愛を得るためよ、ジャニカ」

ジャニカの頬を、はらりと涙が伝った。「まだわからないの？　たとえ私が求めるものを得たとしても、たとえば無理にでも私が彼のそばにいさせてもらったとしても、そんな闘いで、誰が勝ったと言える？」ジャニカはまた首を振った。「そんなの、本物の愛情じゃない」

ジャニカはもう一度改めて深く息を吸い、自分にしっかりしろ、と言い聞かせた。

「私の無事を確認するためにわざわざこんなところまで来てもらうことになって、申し訳なかったわね」ジャニカはすっくと立ち、姉にきちんとした姿を見せた。本当はやさしい姉の胸に飛び込んで、気の済むまで泣き明かしたかった。「そのうちお姉ちゃんちにも顔を出すわ。子どもたちにも会いたいし、それでいい？」

リリーにはまだ山ほど言いたいことがあり、山ほど質問したいこともあるのは、ジャニカにはわかっていた。けれど、もうこれ以上姉の言葉を聞くのがジャニカには耐えられなかった。黙って姉に背を向け、寝室へと戻って、わずかばかりの身の回りの品をバッグに詰め始めた。

そしてルークのシャツを脱がなければ。

彼が自分から与えてくれたもの以外、受け取るつもりはない。シャツ一枚でも。

当然、彼の心も。

＊　＊　＊

リリーが探すと、ルークはログハウスの前のビーチにいた。

「あの子、ずっとあなたのことを愛してたのね、ルーク。あなたもそれを知ってたんだわ」

こういうところが、いかにもリリーらしいなとルークは思った。彼女の外見はしとやかでやさしい。しかし、必要とあれば、鋼鉄の強さを見せる。

妹とはまさに正反対だ。ジャニカは鋼鉄の外見を持っているが、その芯《しん》にやさしくて繊細な部分がある。

自分がどれだけ卑怯な行動を取ったかはわかっていた。ルークは、親友でもあり今は義理の姉でもあるリリーと向き合った。「君に連絡を入れておくよう、ジャニカに言えばよかった。君が心配するだろうってことぐらい、わかってたはずなのに」

リリーが少し笑みをみせて、首を振った。「今回の騒ぎで私が面白いなと思ったのはね、ルーク、あの子に何かを命令して従わせることができるという、あなたのその考え方よ」そこでリリーが声の調子を変えた。「あなたがあの子を愛するようになって、どれぐらい時間が経つの？」

親友の顔をまともに見られなくなり、ルークはぼんやりと視線を足元に打ち寄せる波に向けた。

この感情はそういうことなのか？

愛？

くそっ。

本当にジャニカを愛してしまったのだろうか？　あらゆる選択肢の中から、そんなものを抜き取ってしまったなど、考えられない。

しかしそのとき、ふっとルークは気づいた。本当に選択肢などあったのだろうかと。

選択肢がなかったのなら、どうすればいいのだろう？

彼女を愛するという感覚が気に入っているのはルークも知っていた。ジャニカと一緒にいると楽しい。気分が明るくなる。しかし、それだけで人生をやっていけるとは思えない。

ただ、何があれば、人生をやっていけるのだろう？

ルークが何も言わないので、リリーが彼の腕に手を置いた。「ねえ、ルーク。いったいあなた、どうしちゃったの？　話して。ジャニカは私の妹だし、あなたたちのことはどちらも大好きよ。でも、私なら話せることもあるでしょ？　私はあなたの友だちなんだもの」

リリーの言葉が妙にルークの気に障った。そして突然、不愉快になった理由がわかった。「違う」ゆっくり答える。「君は僕の友だちじゃない」

リリーが平手で殴られたような顔をしたので、ルークは慌てて彼女の手を取った。「ごめん。今日はやることなすこと、失敗ばかりだ。僕が言ったのは、君のいちばんの親友は、今はトラヴィスだという意味なんだ。当然だろう？」

「それでも、私とあなたが友だちでなくなるってことじゃない――」

ルークはきょうだいとしての温かなキスをリリーの額にして、彼女の言葉をさえぎった。「君のことは大好きだよ、リリー。それはわかってくれるよね。でも、たった今、僕がどうしても心を打ち明けたい人は、君じゃないんだ」そして、ログハウスを見上げる。「そして今すぐあの家に戻らないと、僕が話をしなきゃいけない女性は、どこかに消えてしまう。二度と話をする機会をもらえないだろう」

20

ジャニカは居間のソファに座っていた。スケッチブックを膝に鉛筆を手にしていたが、本当は今すぐここを飛び出して、どこかに隠れたかった。それでも彼にちゃんとさよならを告げようと決めた。弱虫じゃないんだから、それぐらいはしないと。

本当は、最後にもういちどだけルークに会いたかった。

階段に足音が聞こえると、どうしようもなく心臓が高鳴った。

ドアに姿を見せるなり、ルークが言った。「悪かった」

ジャニカはごくんと唾をのみ込み、唇を舐めた。スケッチブックを閉じ立ち上がりかけたのだが、ルークがすぐに目の前にやって来て、膝をついた。

大きな手をジャニカの膝に置いて訴える。「お願いだ、チャンスをくれ」

その手の温かさがジャニカの体じゅうに広がる。彼の願いを拒否することなどできない。何を頼まれても。今のところは。

どんなことでも、喜んで聞き入れたいのだから。

きちんと声が出せるか自信がなかったので、ジャニカはうなずいた。

「何日か前、君がいろいろ質問したことがあったよな。今、その質問に答えたい。きちんと答えられなくても、答える努力をする。自分でも答がわかっていないこともあるんだ。ただ君と一緒にいたことで、いくつか答が見つかったものもある」

別れを切り出すには、こういうふうに会話を始めるのがいちばんだとジャニカは思った。理想の形で話が始まった。なのになぜ、心臓が今にも止まりそうなのだろう？

「あの夜、いきなり君の家に押しかけたのは――」

ルークの声が震え、その気持ちを察してジャニカの心が痛んだ。「ルーク、言わなくてもいいのよ」

「今度こそ、そんなに僕を甘やかさないでくれ」

目の前の端正な顔を見ながら、ジャニカは大きく目を開いた。ルークが助けてくれと求めている。愛をあきらめた心がどれほど痛もうが、必ず助けてあげたい。

「わかった」ジャニカは無理に、つまらないこと言わないでよ、という顔をして、ルークをにらんだ。「それで、理由は何だったの？　何があったの？」

ルークが片手で髪をかきむしる。「人の命を奪ってしまうところだった。小さな女の子の」

思わずはっと息をのんだジャニカだったが、同時に、彼がそんなことをしたとは、絶対に思わなかった。

「実際には何が起きたの？」

「僕は疲れて、へとへとだった」

「それはわかってる。私のところに来たときも、ひどい様子だったから」

「家に帰ればよかったんだ。でも病院に残って仕事を続けた。理由は誰も待っていてくれる人のいない家に、帰りたくなかったからだ」ルークがそっとジャニカの頰を撫でる。「僕を待ってくれる人が自宅にいないことは、わかっていた」

その気持ち、よくわかるわ、とでも言うように、ジャニカの顔が少しほころんだ。

「それがどういうことか、私も経験がある」

「同僚に、少しは休めと言われた。当直なら代わるからと。でも僕は聞く耳を持たなかったんだ。そして手術室で――」

ジャニカは身を乗り出し、ルークの唇に指を当てた。「誰だって失敗することがあるのよ、ルーク」

しかし彼の口に触れたのは、大きな間違いだった。ジャニカは、今度は自分の唇で同じ場所に触れてみようということしか考えられなくなったのだ。

手を引くと、ぶるぶると震えていた。その手を膝に置いてから、ジャニカは続きを促した。「女の子はどうなったの？」

「こっちに来てから、電話で確認してみた。元気だそうだ。僕が手術しなかったおかげでね」

「何だ、そういうことだったの」ジャニカはからかうように言った。「ただ自己憐憫にひたっているだけじゃない。あなたがそういうことをするとは思ってなかったわね」

ルークが驚いたように眉を上げた。「僕のしてるのは、ただの自己憐憫か？」

「たぶんね。私はその場にいたわけじゃないから何とも言えないけど、起こったことのわりには、あなた自分のことを責めすぎだと思う。それにね――」まったく本心とは異なる、にんまり笑いをジャニカは見せた。「そのおかげで、あなたは私のところにやっと来てくれたわけだし、そうでしょ？」

「そんな理由で、君のところに行くべきじゃなかったんだ」

でも、実際、それが理由だった。

ジャニカは、ルークの男性的な顔立ちを見つめ、その匂いを吸い込んだ。これ以上このままにしていると、この唇の味を確かめたくなる。服をはぎ取って、体を重ねてもらいたくなる。

そろそろ出て行くときが来た。

ジャニカの考えを感じ取ったのか、ルークが彼女の服の裾をぎゅっとつかんだ。

「医者の仕事が好きかとも聞いたよな。それから、医者になったのは、母のことがあったからかって。一週間前なら、医者の仕事は大好きだと答えていただろう。でも今は、それもわからないんだ。それから、もうひとつの質問については、イエスだ。医者になったのは母が理由だ」

「疲れきった夜に自信を失うようなことがあったって、それであなたの天職が変わるわけでもないのよ。あなたはやっぱり医師であることが好きなの。私にはわかってるわ。あなたのお母さんも、きっと天国ですごく誇らしく思ってらっしゃるはずよ。医師としてもだし、何より立派な男性になったなって」

「地震の揺れが治まったあと、僕たちの乗った車は押しつぶされた高架橋にはさまれたままだった。僕たち兄弟は母の命が消えていくのを目の前で見ているだけだった」過ぎ去った昔を思い出してか、ルークが少し遠い目をした。「トラヴィスはひどくショックを受けて、ずいぶん荒れたんだ。だから僕のほうがしっかりしないと、二人ともがひどいことになってしまうのはわかっていた。あいつがとんでもないことをしでかすたびに、僕はもっといい子になろうとした。あいつが危険を顧みずに何か挑戦すると、僕は安全な道を選んだ。こうやっていれば、どちらかがもう一方を助けると思った」

「私とリリーも同じだったわ」ジャニカがやさしく告げた。「ただ、役回りがちょうど逆だったのね」

「たぶん、そうだったんだろう」

「これまであなたは、息を抜くこともできなかったのね、そうでしょ？」

「君が現われるまではね、スイートハート」

その〝スイートハート〟という言葉が、まっすぐジャニカのハートを撃ち抜いた。

心の痛みがジャニカの顔に表われたのか、ルークが急いで言い添えた。「さっきリリーが来たときに僕の取った態度は『悪かった』という言葉では済まないことぐらいわかってる」

「正直な気持ちが行動に出ただけなんだもの。謝る必要はないわ。そう感じてしまったんだから、どうしようもないでしょ？」ジャニカは彼の手を取り、ぎゅっと握りしめた。「あなたのためには本当によかったと、心から思ってる。あなたがいろんなことに折り合いをつけて、まともに考え始められるようになって、すごくうれしいのよ」

「けど、何なんだ？　その先を聞きたくない」

聞かせなければならない。「けど、あなたが前に言ったとおりだったなって」

ルークの瞳に強い感情が燃え上がった。何だか恐怖にとてもよく似た感情のように見える。

「違うんだ、スイートハート。僕が間違ってた」

「いえ、正しかったの。あなたと私のことに関して。絶対にうまくいきっこないって」

自分のほうから別れを告げるとは、ジャニカは思っていなかった。こんなことをするのは辛い。それでもこうしなければならないのだ。

あまりにもルークを愛しているから。彼には、何の疑いもなく心の底からの愛を伝えられる女性がふさわしい。ためらいや不安を覚えながら愛を語ってもらいたくない。

そしてひょっとしたら、いつかは彼もジャニカがそばにいないことがさびしくなって、また――

だめよ！

ジャニカがあきらめたのは、リリーが来たときの彼の振る舞いのせいだけではなかった。辛いことだが、現実の世界では今後もルークとジャニカが愛をはぐくむ可能性などなく、それが事実なのだ。まじめでふざけたことなど嫌いな彼のような男性が、現在のジャニカと恋に落ちる可能性はひょっとしたらあるかもしれない。けれど自由奔放に生きてきたこれまでのジャニカのような女の子を本当に好きになることなど、絶対にあり得ない。それは確信を持って断言できる。ジャニカは自分のすべてを愛してもらいたいのだ。彼女のハートは、いろんな面を持つジャニカという女性の中にある。一部だけを切り取ることはできない。

すべてを受け入れるか、いっさいなしか。

だからこそ、ここで彼と別れれば、また彼がジャニカのもとに戻って来ることはない。

絶対に。

＊　＊　＊

これほど強い心の痛みをルークが感じたのは、いつ以来のことだったんだろう。こんなに恐怖を感じた覚えもまた、これまでなかった気がする。ジャニカが去れば、自分の心のあちこちに空洞ができてしまう。そうなるのが怖くて仕方なかった。

ルークはずっと、正しいことをしよう、期待されている責任を果たそうと努めてきた。自分を犠牲にしても、他の人を助けることを優先した。

今しなければならないのは、ルーク自身を助けることだ。

「前に言っただろ、僕への愛を止められないって。忘れたのか？　何があっても、君は僕を愛してるんだって」

そう言いながらも、ルークは自分が卑怯な手段に出ていることを意識した。ジャニカの愛の言葉をこういう場面で利用するのは間違いだ。

おまけにルーク自身は、彼女へ同じような愛の言葉を返すことなど、とうていできそうもない。

「もちろん、覚えてる」ジャニカの口調がやさしかった。自分がルークのもとを去って行けば、彼にとってどれほど大きな痛手になるかを気遣っているようにさえ聞こえた。どうにかして彼の痛みを和らげたいと思っているのだ。「その約束は、これからも守るわ、ルーク」

ジャニカの頬をひと筋涙がこぼれ落ちた。どうしても彼女に触れたくて、どうしてもその涙を払ってやりたくて、ルークは彼女の頬に手を当てた。ジャニカはそっと顔を横に向けて、彼の手のひらの感触を顔全体で確かめ、その瞬間、ルークは心の中で、どうか、どうか、彼女を僕のもとに戻してくださいと、祈った。

彼女を出て行かせないでください。

しかしすぐに、ジャニカはソファから立ち上がった。出て行くのだ。

ルークを残して。

あの温かさややさしさのすべてが、ジャニカと一緒に消え去る。

「愛してるわ、ルーク。だからこそ、あなたは私なんかと一緒にいるべきじゃないって、わかるの」ジャニカはバッグを手にした。「そろそろ、行かないと」

「僕の中で、君への愛が生まれようとしてるんだぞ。こんなときになって、出て行くって言うのか？」

ジャニカはぴたりと動きを止めた。身じろぎせず、瞬きすらしない。「はっきり私を愛してると言えるようになったら、連絡してちょうだい」

階段を中ほどまで下りたとき、彼の声が聞こえた。「行かないでくれ」懇願している。

あの最初の夜、ジャニカが彼に向けたのと同じ言葉。

今回、一瞥《いちべつ》することもなく立ち去る側になったのは、ジャニカだった。

21

ジャニカは猛烈に仕事をこなした。心を失った人間が、どれほど多くの仕事を成し遂げられるかを知って、感心さえした。

その間、日本のデパート・チェーンで、ジャニカ・エリスのブランドを大々的に売り出してもらうことが決定した。これは長年の念願だった。自分の手で縫った展示用のドレスが、パリのファッション博物館で公開されることになった。ヴォーグ誌のティーン版が、新進気鋭のデザイナーとしてジャニカの特集を組むと連絡を受けた。キャリアに関して、望んだものはすべて手に入れつつある。クリスマスは大好きだし、一年でこの時期がいちばん楽しい。

ところが、ジャニカはひどく惨めな気分だった。

もちろん、彼女の気持ちは誰が知っているわけでもない。リリーさえ、何も言ってこない。主な原因は、ジャニカが姉を避けているからだった。普段のジャニカらしくない行動だった。実のところ、すべての人を避けていた。まったくジャニカらしくない。友人と会わず、踊りにも出かけず、一週間自分のアトリエにこもりっきりだった。しかし今夜は、うまい口実を考えつくことができず、家族そろってのバーベキューに参加せざるを得なくなった。

「彼なら来ないから」今朝電話で話したとき、リリーがそう言った。

「来たって別に構わないわ」

ものすごく、構う。何でもないというのは、まったくの虚勢でしかなかった。しかし現実問題として考えると、たとえ彼と会うのが大丈夫ではないとしても、いずれは大丈夫だと思うようにならないと仕方ない。

将来的にどこかの時点で、彼にどう対処すればいいかということを学ばなければならないのだ。

いずれどこかの時点で、ルークと同じ部屋にいて、やっぱり彼のことを愛していて、それでも大丈夫だと言えるようにならなければならない。

いずれどこかの時点で、ルークが話し、飲み物を楽しみ、歩くのを目にしながら、彼の手に触れられた感覚や、あの唇にキスされた感触を微細なところまで思い返さないでいられる方法を見つけなければならない。

さらに、いずれどこかの時点で、彼の最後の言葉を頭の中で何度も再現するのをやめるには、どうすればいいかを覚えなければならない。

僕の中で、君への愛が生まれようとしてるんだぞ。

しかし、そんなのはただの勘違いだったようで、ビッグサーのログハウスを出てからこの一週間、ルークからはひと言の連絡もなかった。

カップケーキの店に立ち寄ってから、ジャニカはトラヴィスとリリーの住まいへ向かった。子どもたちは本当に久しぶりという感じで、ジャニカを歓迎してくれた。

「子どもたちは、あなたにずっと会いたがってたのよ」リリーが言った。「我が家の全員、あなたに会えなくてさびしかった」

「カップケーキよ」

ケーキの箱を目の前に掲げ、それを盾のようにしてリリーの視線を避けた。姉の視線を浴びると、隠しておくのがやっとの心の内をつい吐露してしまいそうだったのだ。ところがリリーがケーキの箱を受け取り、カウンターに置く様子を見て、悪い予感がした。姉の表情が、今夜のバーベキューは大変なことになると告げていた。「あの人が来るのね」感情をこめずに、ジャニカはそうつぶやいた。

リリーがうなずく。「ごめんね。そう聞いたときは、トラヴィスを絞め殺してやろうかと思ったほどよ」

「謝ることなんてないわ。前にも言ったでしょ、私なら覚悟はできてるって」

じゅうぶんな覚悟とは言えないかもしれないが、ともあれ対処はできる。ただ、それがどういう対処になるか、保証はできない。

バイオレットが、こっそりとジャニカが持ってきた紙袋に手を伸ばし、きれいな緑と赤のリボンを引っ張り出した。「これ、私にくれるの？」

「もちろん」ジャニカは紙袋を手に取り、家の奥へと向かった。「バイオレットとサミーにクリスマス用の特別な衣装を作ろうね」

リリーが落ち着いた声で声をかけてきた。小さい頃から何度も聞いてきた、心を慰める口調だ。「あの人だって、いずれわかるときが来るわ。きっとよ」

しかし、姉の声など無視して、ジャニカはリボンやチュールの寸法を測り始めていた。

＊　＊　＊

七回夜が明け、七回太陽が沈んだ。一日三回の食事。毎夜、ほんの数時間の睡眠。毎分、毎秒、ルークはジャニカのいないさびしさをひしひしと感じた。

朝トラヴィスから電話があり、夕方バーベキューをするからと誘われた。どうやらリリーは、ルークとジャニカが海辺のログハウスに二人でいた事実を夫にひと言も話していないらしい。この話が少しでもトラヴィスに漏れたら、ただでは済まないのはわかっていた。

そしてルークは考えた。いったいなぜ、リリーはこれほど重大なことを夫に隠すのだろうと。

しかし理由は簡単だ。

リリーは、ルークの口から兄に話すのを待っているのだ。するとトラヴィスは全世界の人々に向けて、ルークがジャニカに対して抱いている想いについて、しゃべりまくるだろう。

くそ、誰も彼も、ルークが行動を起こすのを待っている。

ルークはトラヴィスに、ジャニカも来るのかと聞いてみた。「たぶんな。リリーがカップケーキの話をしてたから。ほら、砂糖の飾りがごてごてついた、甘いやつだ。カップケーキの話が出ると、必ずリリーの妹が現われるってことになってる。まったく、ジャニカって子は、どうしようもなく甘いもの好きだぞ」

溶けたマシュマロでべとべとの甘い唇にビーチでキスしたときの映像が頭によみがえって、ルークはぎくっとした。

ジャニカの笑い声が、家の外の歩道にも響き渡り、はっとよろめいたルークは手にしたワインのボトルを落としそうになった。玄関には鍵がかかっていなかったので、ルークは勝手に中に入り、キッチンのカウンターにメルローを置いてから、リビングへと向かった。部屋のガラス戸から、大きな中庭が見える。

クリスマス・ソングに合わせて、ジャニカが踊っていた。バイオレットとサミーは緑と赤のリボンで飾ったクリスマス気分満点の服を着て、ジャニカは子どもたち二人と手をつなぎ、輪になっている。

これほど美しい人を、いや光景を見たことがないと、ルークは強く思った。

僕は、ジャニカを愛している。

もうごまかしようがなかった。完璧にはっきりとした事実だった。

この何年も、ジャニカは奪うだけの女性だと思い込もうとしてきた。しかし、彼女の本当の姿がどうして見えなかったのだろう。愚かとしか言いようがない。

ジャニカはその存在すべてを、ルークに与えてくれた。そして自分のためのものは、何ひとつ得ようとしなかった。本当に屈託なく、心から楽しそうに姪や甥と遊ぶ彼女を見て、つくづく思い知らされた。がつんとレンガで殴られた気分だった。

この何年か、ルークは自分に嘘をついてきたのだ。間違ったことをしないようにと用心するあまり、何年もの時間をすっかり無駄にした。愛する人をまた失うような危険から身を守りたかったのだ。

実際は、母を亡くしたときから本当に安心できる場所は、ジャニカが一緒にいるところだけだった。

理屈で考えれば、おかしな話だ。いったいどうして、いや本当にジャニカが自分の世界にうまく収まるのか、自信はない。それでも、そんな理屈などもうどうでもいい。二人で仲良く暮らすには、現実を忘れなければならないのだとしても、それなら一緒に無人島にでも行けばいい。

トラヴィスがどこからともなく近寄ってきて、ルークの肩を叩いた。「おう、弟。間に合ったんだな。ちょうどバーベキューに火を入れるところだったぞ」

そのときジャニカが顔を上げ、ルークを見つめた。大きく目を見開き、ほてった顔にいちだんと赤みが差した。

兄には挨拶もせず、ルークはまっすぐジャニカに歩み寄った。この女性が自分の人生のすべてだと思った。何度も何度も、自分に心を捧げてくれた女性。

「僕は――」

ルークの中のどこかが、まだこれから口にしようとしていることを信じられずにいた。よりにもよって、ジャニカに。そう訴える声に、ルークはふと口ごもった。

ちくしょう、いったいどうしたんだ?

ジャニカにこの気持ちを伝えなければならない。そしてひょっとして、地球上でいちばん幸運に恵まれた男だったとしたら、ジャニカはまたルークを受け入れてくれるかもしれない。だからさっさと言ってしまえ！　ルークの心が叫んだ。この女性を選ぶつもりはなかったのかもしれないが、そんなことはこの際どうだっていい。彼女を愛することを拒否し続けてきたが、実際に愛してしまったのだからその事実を変えることはできないのだ。

愛の告白をしたって、殺されるわけじゃない。本当の気持ちを打ち明けるのだから、辛いはずがない。うまくすれば、気持ちが救われるかもしれない。

「君を愛してる」

音楽が続き、子どもたちはジャニカの周りをまだ飛び跳ねていた。しかしジャニカはぼう然と立ちつくして、ルークを見据えた。

告白すれば、彼女は僕の胸に飛び込んでくるはずではなかったのか？　どうしてジャニカは何も言わない？

そこで、ルークはもう一度言った。「僕は君を愛してるんだ。自分ではどうしようもなかった。この気持ちを止めようと、何年も必死で君への想いを拒絶し続けた。けど、実際には自分を止めることなんてできなかったんだ。だから君を愛してると気づくのに、こんなに時間がかかってしまった。すごく愛してるよ、スイートハート」

あたりにははっきりと緊張感が漂い、子どもたちさえ、踊りをやめた。リリー、トラヴィス、そして子どもたちが、このあとどうなるのかと固唾《かたず》をのんで二人を見守る。

しばらくしてから、ジャニカは子どもたちの手を放し、ルークのほうへ歩いてきた。

ルークは心臓がまた大きな音を立てるのを意識した。そして正面まで来たジャニカが言った。「わざわざ教えてくれて、ありがとう」

そして、ルークの腕に飛び込んでくるはずだったジャニカは、そのまま横を通り過ぎた。

どんどんと玄関のドアまで。

そしてルークの人生から姿を消した。

＊　＊　＊

「リリー、子どもたちを頼んだぞ」トラヴィスの声がした。すると目の前に双子の兄の顔があった。

「いったい、ありゃ、何だ？」この男は、まったく空気の読めないやつだな、とルークは思った。

「僕は彼女を愛してる」

そして愛するその女性を、たった今失った。

トラヴィスはさらに混乱したらしく、首を振る。「何だ、そりゃ？　おまえとジャニカ？　どうやってまた？　いつから？　どこで？」

「二週間前だ。僕が彼女の家に行った」

大きな苦悩を抱え、彼女のところに行くことしか考えられなかった。ルークが切実に必要としているものを無意識のうちに彼女なら与えてくれるとわかっていたのだ。彼女でないとだめだと。

その体だけではない。

心もだ。

「ジャニカの言うとおりだ。僕なんて、彼女を得る資格はない」

「おい、待てよ。おまえら二人のあいだに何があったか知らんがな、ちょっとぐらいは頭を働かしてみろよ。何せ、相手はあのジャニカだぞ、あいつは――」

気がつくとルークは兄の胸ぐらをつかんでいた。一瞬の行動で、トラヴィスばかりかルークもそんなことをしたとは気づかなかった。「ジャニカが、何だと？」

三十年以上ずっと、トラヴィスがタフな男、ルークがいい人、という役割を演じてきたのに、一瞬にしてすべてが入れ替わった。

「言えよ」ルークは双子の兄を威嚇した。実際、トラヴィスの顔を地面に叩きつけたくてたまらなかった。

ルークの荒々しい本性が今にも噴き出そうとしているのを感じ取ったらしく、トラヴィスは引き下がった。「すまん、悪かったよ。俺だってあの子のことは好きだ。大事な義理の妹だからな、わかってるだろ。ただ、おまえが家に来て、いきなりあの子にあんなことを言ったんで、びっくりしたんだ」

ルークはしぶしぶ兄の胸ぐらをつかんだ手を放した。「リリーに伝えといてくれ。ゆっくりできなくて悪かったと」

22

一時間後、トラヴィスがジャニカのアトリエに我がもの顔で入って来た。ジャニカはわざとらしく義兄を無視した。ただ、大きな体に怒りをみなぎらせて頭の真上から見下ろされると、知らん顔をするのもなかなか難しい。

「おう、妹。どんな感じだ？　おまえ、夕めし、食わなかっただろ。ハンバーガーを持ってきてやったぞ」

くだらない挨拶、とジャニカは思った。ハンバーガーはありがたいが、気楽な雰囲気や心遣いなどは、トラヴィスの言葉からまったく感じ取れなかった。

「私、忙しいの。何の用？」

「話がある」

パソコンの画面から顔も上げず、今月の売り上げを再度チェックしながら、ジャニカは言った。「どうぞ、話して」

「おまえな、うちの弟にどんな駆け引きを持ちかけようってんだ？　二人で何をしてた？」

　自分の瞳が怒りに燃え上がっているのを知りつつ、ジャニカはさっと視線をトラヴィスに向けた。「子どもには見せられない絵でも描いてあげようか？」

　トラヴィスはぐっと口元を引き締めた。双子であるトラヴィスとルークは本当にそっくりなのに、まったく違う。顔立ちは瓜《うり》二つだが、そんなのはジャニカにとって表面的なことでしかない。それだけのことだった。

　トラヴィスのことは愛していない。これからもけっして、トラヴィスに恋することはない。

　けれど、ルークのことは心の底から愛している。

　ジャニカが見ていると、トラヴィスはジャニカの仕事机を離れ、窓のそばに歩いて行った。混雑する街並みを見下ろしている。

「おまえのことはいつも、頭のいかれた女だと思ってきたさ。わかるよな？」

　こう言うことでトラヴィスが自分を責めているのでないのは、ジャニスもわかっていたし、実際まるで気にもならなかった。ジャニカとトラヴィスが話すと、いつもこんなふうなのだ。

「うん。それから私は、あんたのことはいつも最低野郎だと思ってきた、わかるよね？」

やっとトラヴィスの顔が緩む。

「だがな、ひとつだけ確信を持ってたことがある。おまえはばかじゃない。これまでに出会った女の中で、おまえほど頭のいいやつはいなかった。おまえもルークも、どっちもすっげえ頭脳が頭に詰まってるわけだ」

ルークという名を聞くだけで、どきっとしてしまう。

「なのに、なんで今これほどばかな行動を取る？」

これほどあからさまに侮蔑的な言葉を使われると、それ以上にひどい言葉を返したくなる。その衝動をジャニカは必死で抑えた。そもそもトラヴィスの売り言葉を買ったところで、どうなるものでもない。真実は変わらないのだから。

ルークはジャニカを愛したくないのだ。それに対して、ジャニカは何をすることもできない。

唯一できるのは、ルークが自分のほうをちゃんと見て、今は見えていないものもいつかは認識できるようになる日が来ることを、ばかばかしくもひたすら待ち望むだけ。ジャニカを愛したくはなかったのに、愛してしまったという気持ちがある限り、二人はうまくいかないということぐらい、どうしてルークにはわからないのだろう？「私、片づけなきゃならない仕事が、いっぱいあるんだよね」とっとと出て行ってちょうだい、を丁寧な表現で言ってみた。

しかし、トラヴィスはいつもどおり、空気が読めない。いや、わかっているのかもしれないが、ジャニカがどう思っているかなど、まったくお構いなしなのだ。「おまえがあいつを愛してるのは、みんな知ってるんだぞ」

ルークと同じ色のきれいな瞳があった。ジャニカはその瞳をまっすぐ見据えた。

「愛してるわ。ほんとにばかばかしいほど、情けないまでに、あなたの弟のことを愛してて、自分でも信じられないぐらいよ」トラヴィスの頬がぴくっと動き、今の言葉がひどくショックだったことが見て取れた。「それから言っとくけど、あんたの弟もそのことをよーく知ってるんだから」

何と言っても、百回ぐらいはそう告げた。

あまりにも正々堂々とジャニカが愛を認めたので、トラヴィスははっとジャニカを見つめ、それからどさっと革張りのソファに崩れ落ちた。

「最悪だ」

姉の夫とこれほど共感したのは、これまでの人生で初めてだった。「まさに、同感ね」

トラヴィスは首を振り、困惑に顔を曇らせた。「だったらどうして、あいつとよりを戻さない？」

いちばん簡単な答を用意してある。「私は最悪の女だから」

トラヴィスの視線が和らいだ。わずかに、だが。「それは嘘だ」

「でも、それが理由だと思えば、簡単に説明がつくでしょ」

トラヴィスに対してだけではなく、ジャニカ自身、そう納得したかった。

「そうかもしれない」トラヴィスが同意する。「簡単に納得はできる。だがな、俺は本当の理由を知りたいんだ」

少しのあいだ、ジャニカも考えた。「そういう説明をあんたにいちいちしたくないのよ」

トラヴィスがうなずいたので、ひょっとしてひょっとしたら、これであきらめてくれるのかとジャニカは思った。そうすればひとりで思う存分自己憐憫にひたれる。しかし、すぐにトラヴィスが話し出した。「リリーが現われるまで、俺はずっとルークだけを頼りにしてきた。この世であいつ以上に大切な存在はなかったんだ。俺の本当の姿をあいつだけがわかってくれた。表面的にタフな男を装っても、本当は違うんだってな。だがな、俺のほうはあいつの内面を本当に知っていたのかとなると、自信がない。必死で勉強して働いているあいつを見てきたし、あいつがいろんな女と付き合ってたのも知ってる。みんな凍えるような冷たい女ばっかりだったよ。キスしたら舌が凍りついて肌にくっつくんじゃないかと思えるようなタイプだ。けど、あいつがこんなふうになっているところを見たのは初めてなんだ。頼む、ジャニカ。あいつを助けたい。それにはおまえの手を借りなきゃならん」

トラヴィスがこれだけ長い文章をジャニカに語りかけたのは、初めてだった。こんなトラヴィスを見て、ジャニカのほうが驚いた。

「あの人を助けるのに、私の手が必要だなんて、どうして思うわけ？　私だってどうすれば助けられるか、わからないかもしれないじゃない」

「俺がおまえにこんなことを言う日が来るとはな」トラヴィスはしっかりとした口調だったが、それでも本当に驚いているように見えた。「だが、ここに来るまでの道で、別の角度から考えてみたんだ。すると、おまえこそあいつにいちばん似合ってるのかもしれんと、思い始めた。おまえは、あいつの今までの氷の魔女みたいな女たちとは全く違う。あいつだって、あんな冷たい女に恋するなんて思ってなかったはずだ。ところがおまえと来たら……まあ、ともかく、おまえのことをどうしていいか、あいつにはさっぱりわかってないわけだ。だからこそ、この地球上であいつの殻を打ち破って内面に触れることのできる、唯一の人間はおまえなんじゃないかと思うんだ。あいつの本当の姿を理解できる女だって」そこでトラヴィスが首を振った。「まったく、俺の頭もいかれてきちまったのかもな。このごたごたが終わったら、検査でも受けたほうがいいのかもしれん」

「名案だわね」言いながら、ジャニカは義兄の思いがけない言葉に、目頭《めがしら》が熱くなるのを懸命にこらえた。

しかし目ざといトラヴィスをごまかすことはできない。まったく、カーソンの男たちときたら。

「何であいつとよりを戻さないのか、まだ聞いてないぞ。おまけにおまえがものすごくあいつのもとに戻りたがってるのが、痛いほどわかったからな」

ジャニカは、これ以上パソコンの前に座っていることができなくなった。脚がむずむずする。どこかに走り去りたい。そのままずっと走り続けたい。これほど心を苦しめるものすべてから、遠ざかりたい。しかし椅子から離れても、どこにも行くところがないどころか、どうあがいても隠れることなどできないことがわかった。自分の感情から逃げることは不可能なのだ。

「ただ、だめなの」

「俺が言ったことを、ちゃんと聞いてたか?」

「聞きたい以上にね」そうつぶやいてから、またジャニカはトラヴィスを見た。「あのさ、あんたがどう考えようがリリーが何を言おうが関係ないの。私がどう思うのかさえ、もうどうだっていいの」

こんな気分になることが耐えられなかった。もう今にも虚勢が崩れ、文字どおり体の奥からばらばらに砕けてしまいそうだった。「とにかく、関係ないのよ」

「関係ないなんて言うな、ジャニカ」トラヴィスがそう言って、ひと息つく。「あいつはおまえを愛してるって言ったんだぞ。俺たちみんなの前で」

ジャニカの鼻孔がふくらんだ。ごくりと唾をのみ、わずかに残った虚勢をどうにか保とうと必死になった。

「それはまた、大変なことをしてくださったものだわね。おおげさな告白だったこと。あんたもずいぶん感銘を受けたことでしょうね」

「感銘を受ける？　いいかげんにしろ、ジャニカ。俺の言いたいのはだ、あいつが実際愛を告白したってことなんだ。声に出して言ったんだぞ。心に思っている本音を。なのに何で、俺たちはこんなとこでこんな話をしてる？　あいつがどれだけ惨めな思いをしてるか、わかってんのか？」

そんなことが問題なのではない。

ここははっきりさせておかなければ。あのときはジャニカのほうこそ本当に惨めだった。ここであの気分をまた思い出したまま黙っているのは不公平だ。あのときのルークは〝愛している〟と口では言いながら、全身で自分の気持ちを拒否したがっていた。あんなあばずれ、手のつけられない女、ジャニカ・エリスに、この自分が本当に恋してしまったことが信じられないと、訴えていた。

「私が人生をともにしたい人」意を決して、ジャニカは話し始めた。「それは、心から私を愛したいと思ってくれる人よ。そういう人でないとだめなの」口元がわなわなと震え出すのを感じて、ジャニカはまた仕事机に戻ると、キーボードを叩き始めた。必死で自分の気持ちを抑える。「愛さないでいようとがんばったけど、愛してしまったっていう人じゃ嫌よ」

＊　＊　＊

その夜遅く、リリーはトラヴィスに抱かれてくつろいでいた。子どもたちを寝かしつけたあと、二人はこれまでにないほどやさしくしかも情熱的に愛を確かめ合った。トラヴィスの手、唇、そしてリリーの体の中で動く彼のものに、いっぱいの感情がこめられていた。

純粋な愛情そのものだった。

満足したリリーが、うとうと眠りかけたとき、トラヴィスがつぶやいた。「君の妹とどんな話をしたか、聞いてこないのか?」

リリーは体を起こした。「まだ話したくないのかと思って」ふくよかな彼女の体を月明かりが照らし出す。

トラヴィスはその姿に見とれていた。視線が顔から胸、お腹からヒップへと移動し、またリリーの瞳に戻る。「ああ、スイートハート。君は何てきれいなんだ」

リリーは手を伸ばして、しっかりと指を絡めた。彼から何度この言葉を聞いても、聞き飽きることはない。リリーを見るたび、夫の瞳がそう伝えてきたけれど、言葉で聞くのは本当にうれしいものだ。

「愛してるわ」そう言ってから、トラヴィスを促した。「それで、どうだったの?」

「ジャニカのこと、俺は誤解してたな」

夫がそう打ち明ける表情が痛々しいほど深刻で、他のときならからかうところだったが、今はリリーも笑える気分ではなかった。リリーも妹のことが心配だった。そしてその相手は夫の双子の弟なのだ。

「あいつ、ルークのことをもてあそんでるんじゃないんだ」トラヴィスが言った。「ジャニカのやつ、ほんとに、真剣にルークのことを想ってる」トラヴィスの表情がさらに深刻さを増す。「ルークはルークで、どうしようもなくジャニカを必要としてる。ジャニカさえいれば、あいつ、俺や君がいなくたって平気かもしれない。それなのに、ルークはジャニカを失おうとしてるんだ」

リリーの心が沈み、知らぬ間に涙がこぼれ落ちていた。「私もそれを恐れてたの」

「どうすりゃいい?」トラヴィスが答える。「クリスマスまでに何とかしないと。俺たちで無理やりにでも、あいつらをくっつけよう。サプライズで結婚式を用意してやるってのはどうだ？」

それを聞いてリリーの目が輝いた。自分たちのイタリアでのサプライズ結婚式を思い出したのだ。「ああ、あの二人が結婚したら、本当にすてきだわ」

トラヴィスがリリーを抱き寄せると、リリーの涙は乾いていった。やがてトラヴィスはリリーの胸に頭を預けて眠りに落ちたのだが、リリーはそのあとも心配で長いあいだ眠れなかった。自分の妹と義理の弟を無理やり結婚させても、今と状況は何も変わらないのがわかっていたからだ。

あの二人のことを、リリーとトラヴィスで決めることはできない。ルークとジャニカ自身が、どうするかを決断するしかないのだ。

リリーにできることは、二人が正しい判断をするよう祈るだけだった。ルークとジャニカの二人ともが、リリーにとって夫や子どもと同様に大切な存在だ。

そしてその二人とも、リリーとトラヴィスが分かち合っているような、永遠の愛に恵まれて当然なのに。

23

成田空港に到着し、都心部に向かう空港バスのカウンターで交通渋滞のためいつ原宿にたどり着けるかわからないと言われたジャニカは、自分のブランドのディスプレイを見る興奮がすっかり醒《さ》めるのを感じていた。ジャニカ・エリスを売り出してくれるデパート・チェーンからは、契約の成立する前からずっと招待を受けていた。自分のデザインが異なる文化でどのように受け入れられるのかに興味があった。

そこでトラヴィスがアトリエを出た瞬間、ジャニカは衝動的に東京に行ってみようと思い立った。そしてこれまでジャニカを熱狂的に支持してくれた原宿のショップに行き、ゴシック・ファッションの中心で雰囲気を感じ取り、できれば珍しいシルク生地なども手に入れてみたいと考えた。

しかし当然、ジャニカが太平洋を越えたのは、そういったことが本当の理由ではない。とにかくサンフランシスコの町を離れたかった。ルークを思い出させるすべてから遠ざかりたかったのだ。

愛してる、そうルークは言った。**君を愛してると気づくのに、こんなに時間がかかってしまった。**

ルークもやっと自分の想いには気づいたらしい。しかし、その事実を受け入れるのに、また時間がかかるはずだ。さらにはジャニカに愛情を抱くのはすばらしいことだと思うようになるには？　ジャニカを想っていること自体恥ずかしい、できればこんな気持ちを持ちたくないと考えなくなるまでに、どれだけの時間が必要なのだろう？　ジャニカのほうからいちいち、大丈夫よ、本当の愛情はこうやって感じるものよ、と教えなければならないとしたら、そんなのが本物の愛情と呼べるのだろうか？　最終的には、ルーク自身が実際にどう感じるかの問題であり、ジャニカが感情を押しつけることはできないのだ。

こうやって海を隔てたところに来れば、ルークを避け、理屈を考えるのは簡単だ。しかし二人ともサンフランシスコにいて、家族の行事の際にしょっちゅう顔を合わさねばならないと考えると、気が遠くなりそうだった。

ほんの少し、何かの拍子で指が触れただけで、もう何もかも忘れてしまうだろうということは、ジャニカにはわかっていた。

あまりに長いあいだ、あまりに深くルークを愛しすぎたのだ。

ジャニカはこれまで欲しいと思ったものは必ず手に入れ、妥協などしてこなかった。

しかしルークが愛情を感じてくれるのが、自分の一部だけだとすれば、それで我慢するしか仕方ないのかもしれない。彼の与えてくれるものが何であれ、その何かにすがって生きていく方法を学ぶべきだと思い始めた。

バスカウンターを離れると、ジャニカはそのまま航空会社のカウンターに向かって、次のサンフランシスコ行の便に席を確保した。そしてまた半日かけて海を渡り、飛行機から降り、これ以上一秒でもルークの姿を見ないでいるのは耐えられなくなって、タクシーの運転手にサンフランシスコ総合病院に行ってくれと伝えた。

もの思いにふけっていたジャニカが、はっと顔を上げたときだった。隣のレーンを走り去ったトラックが後ろのバンパーを落とし、避けようとしたタクシーはくるくるとスピンしながら中央分離帯に向かっていった。そして何もかもが真っ暗になった。

＊　＊　＊

「タクシーの衝突事故。二十九歳女性乗客、頭部に外傷。頭蓋骨《ずがいこつ》内に出血の可能性あり」

その日の勤務はもう十時間にもなっていた。ルークは五杯目のコーヒーを胃に流し込んだばかりだった。過去にはもっと長時間続けて勤務したこともあったが、以前より時間が過ぎるのが長く感じる。二週間の休暇が明けて戻ったのに、まだ疲れが抜けきっていない気がして、だらだらと仕事をしていた。

とはいえ、救急救命室にいるときだけが、わずかでも生きていると感じる時間だった。

以前ならアドレナリンが噴き出す感覚があった瞬間、たとえば交通事故の被害者を目の前にして、絶対的な集中力が要求されるような場合でも、心に燃えるものをまったく感じなくなっていた。いたずらっぽくなまめかしいジャニカの笑顔を見るだけで、頭の中に独立記念日のような花火が上がるのに。

立て続けに花火が上がった。

わずか一週間足らずで、ジャニカが人生を楽しむ方法を教えてくれたことは、いまだに奇跡だとしか思えなかった。周囲のさまざまなことに好奇心を持つこと。その気持ちを他の人と分かち合うことがどれほどすばらしいか。

どうしてここまで救いがたい事態になったのだろう？　そしていったい何をすれば、ジャニカを取り戻せるのだろう？

初めて〝愛してるわ〟と言われたとき、僕も同じ気持ちだよと伝えるべきだったのだ。これまで長いあいだ胸にため込んできた想いをまっすぐ彼女にぶつければよかった。ところが愚かにも、ふくれ上がる気持ちを抑えた。愛した人を失うのが怖かったのだ。しかし、失うことの本当の辛さをわかってはいなかった。さらに失ったのは、すべて自分のせいなのだ。

救急隊員からカルテを受け取り、処置室へ移送されるストレッチャーへと小走りに駆け寄ったルークの目に、そこに横たわる患者の姿がやっと目に入った。

嘘だ。

こんなことがあるはずがない。

どうか、悪い夢なら覚めてくれ。

頼む、こんなのは幻であってくれ。

しかしジャニカの額や頬に血がこびりつき、やわらかな髪が凝固した血でいくつもの塊になっていた。これは現実だ。青白い顔、閉じた目、打撲のあとが残る目の周り。みんな本物だ。華奢な体はぴくりとも動かず、薄い白のシーツの下で何の生気もなく横たわっている。じっとしていることすらできない普段の彼女とはまったく正反対で、それがまぎれもない現実として、ルークの目の前にある。

救急救命室で、数々の患者を救ってきたルークの真価を、今こそ発揮しなければならない。

これまでの経験や技術のすべてを尽くして、何よりも大切なこの女性を自分の手で救わなければならない。

医師としてまずしなければならないのは、治療にあたっていっさいの感情を排除することだった。感情は他の場所で他の機会にとっておくべきものなのだ。生身の人間から外科医としての部分を切り離すことが、ルークは常に得意だった。

やつぎばやに指示を発し、手を広げて看護師に処置用の薄いカバーを着せてもらい、ラテックス手袋をはめ、その間にもジャニカの体の損傷の程度を冷静に判断していった。

スイートハート、どうかがんばってくれ。僕が必ず助けてあげるからね。

しかしルークがジャニカの体に触れるより先に、誰かの手が彼の腕を押し留めた。見上げるとロバートが心配そうな顔で声をかけてきた。「カーソン先生、泣いてらっしゃいますよ」

ルークははっと自分の顔に手をやった。ラテックスの手袋越しには、濡れているのは感じられないが、それでもロバートの言うとおり涙がこぼれていたのはわかった。感情をどこかに閉じ込めようといくらがんばっても、どうしてもできないのだ。今回だけは、無理だ。

処置台の上に載っているのは、ジャニカなのだから。

「先生のお知り合いですか？」

「僕の最愛の女性だ」

何も考えずに、その言葉が出た。

処置室にいた全員の視線がルークに注がれる。看護師、補助の医師たち。長年一緒に仕事をしてきて、個人的な付き合いもある人たちだ。誰も何も言わなかった。担当を外れたほうがいいのでは、と言う人もなく、今のルークにメスを握ることはできそうにないと、口にする者もいなかった。誰ひとり、他の医師に処置を任せたほうが、ジャニカにとっては安心なはずだという事実をルークに突きつけようとはしない。

よかった。そんなことは言われるまでもない。ルーク自身が誰よりもわかっていた。怪我をして血まみれのジャニカを処置室に残したまま部屋を去り、完全に元の姿にして戻してくれるよう誰かの手に彼女をゆだねるのは、ルークにとって身を切られるような辛さだった。

しかし、こうしなければならない。

彼女のために。

「頼む」懇願するルークをロバートが首を振ってさえぎり、これ以上何も言わなくてもわかっていると伝えてきた。

「この人のことは、僕たちに任せてください、カーソン先生。約束します。この人とこの先、長い人生を一緒にされることになりますよ、先生。必ずね」

処置室を去るルークの足は鉛のように重かった。待合室に行くこともできなかった。

しかし、脚に力が入らず、立っていることもできない。よろめいて壁にもたれかかったルークは、そのまま背中を壁に預けてずるずると床に座り込んだ。頭を両手で抱え、心臓は……鼓動を感じるのが不思議なぐらいだった。

のろのろと時間が過ぎる。ルークは何も考えられない時間と恐怖でいっぱいになる瞬間を交互に体験するだけだった。

どうしようもなく怖かった。

処置室では涙を流したが、もう泣いてはいなかった。涙もかれ、ぼんやりとスピーカーから流れる『ジングル・ベル』の歌詞をつぶやいていた。明るいクリスマスの曲にすがりつき、どうにか正気を保っておこうとしたのだった。

もしジャニカに何かあったら、事故の怪我が思ったより深刻だったら、万一大手術が必要で、ひょっとして失敗するようなことがあったら、自分はいっさいの感情を失ってしまうだろうと、ルークは思った。

ジャニカなしでは、生きていくことなどできない。

頭の片隅で、リリーに連絡したほうがいいことを思い出した。妹が病院に担ぎ込まれたことを知らせないと。しかし、今はそんなこともできない。もう大丈夫だとわかってからでないと。

一方では、今すぐ処置室に戻って、自分で彼女を治してやりたい衝動が大きくなるばかりだった。ロバートの手から器具をひったくりたい気持ちをやっとのことでこらえ続けた。

「ルーク？　どうしたの、床にへたり込んじゃって。何があったの？」

手を放し、ボウリングのボウルみたいに重たく感じる頭を上げると、ジョーンズ医師がいた。三週間前にルークに精神的休養を申し渡した精神科部長、スタッフ管理の責任者だ。

「待ってるんです」

部長が同じように並んで座ったので、ルークは驚いた。「誰を待ってるの？」

「ジャニカ」

それ以上、ルークは何も言わなかった。義理の妹なんですと説明もしなかった。長いあいだ愛し続けた女性ですとも、いつその気持ちにはっきり気づいたかも言わなかった。実際にはそれが何日の何時何分だったかまで言える。ジャニカはルークが求めるすべてを無条件に与えてくれ、ルークのほうからは何を返すことも拒否した。そしてルークが何もかもをぶち壊しにしてしまった。そんなあれこれが、ルークの頭にいっきにわき上がる。

精神科医の声がいつになくやさしく響いた。「これがどういう状況なのか、私にはよくわからないけれど、でも、仲間を信じなさい、ルーク。うちのドクターが全員優秀なのは、わかってるでしょ？」ジョーンズ医師がそれ以上何も言わなかったので、ルークはまた膝に頭を垂れた。すると彼女はやさしくルークの手を握り、声をかけた。「何か私にできることがあれば、教えてね。私ならオフィスにいるから」

理性で考えると、ジョーンズ医師の言うとおりだということは、ルークにもわかっていた。大手術が必要な気配もないし、同僚医師たちは、最高の腕を持った外科医ばかりだ。しかし心の奥底がその理屈を納得してくれなかった。ジャニカの笑い声を聞くまでは安心できない。

自分の目で彼女が踊るところを確かめるまでは。

彼女が、緑と赤のリボンで飾り立てたバイオレットやサミーと手をつなぎ、リリーとトラヴィスの家の居間で、輪になって飛び跳ねるところを見るまでは。

その姿を見たらやっと、納得する。

そして、彼女を愛していると言い続ける。

もう一度自分を愛してほしい、今度は何の心配もせずに愛してくれればいいんだと彼女にわかってもらう努力を、一生かけても続ける。もう二度とあんな愚かな男には戻らない。

待ち続けるのが何時間にも思え、どれぐらい経ったかわからなくなった頃、処置室のドアが開いた。出てきた同僚たちは、床に座り込んでいるルークを見て驚いたようだった。

待合室にいる患者の家族が、手術を終えて出てくるルークの表情から、何らかのサインを読み取ろうとする様子をこの十年近く見てきた。今度は、ルークが医師の表情から何かを読み取ろうとする側に立った。ジャニカは無事なのだろうか、まさか思ったよりも大怪我だったとか……

「彼女の容体は？」荒っぽくぶっきらぼうな聞き方だった。

「若くて健康な女性ですからね、すぐによくなるでしょう。傷口はきちんと縫合しました」ロバートが元気づけるようにほほえんだ。

これまでまったくの他人に、ルーク自身が何千回も口にした言葉だった。しかしその聞き慣れた言葉が、今のルークには黄金にも値するほどの意味を持っていた。どっと安心感がわいてきて、座っていなかったら、床に崩れ落ちたところだった。

「ありがとう」

そっと口にしたその単語に、心からの謝意がこめられていた。

「心配してたんですか？」ロバートがやさしく告げる。「怪我は深刻なものではありません。頭を強く打って意識を失ったので注意は必要ですが、内出血はなく、脳震盪《のうしんとう》で意識を失っていただけです。この程度の外傷で、命に別状があるはずはありませんよ」

ロバートの手を借りてルークはどうにか立ち上がり、回復室に移されるジャニカに付き添った。もう大丈夫だと判断したのか、医師たちはすぐに立ち去った。通常は肉親でも処置が終わった直後に患者と接することはないのだが、ルークは初めて病院の規則を破った。

今度ばかりは、規則を守ってはいられなかった。

ジャニカのそばを離れる気はなかった。彼女は点滴をいっぱいつながれ、頭に包帯を巻いて眠っていた。枕元には心肺機能を伝えるモニターが置かれている。そのとき、ルークの頭に、ビーチでキャンプファイアを前にしたときのジャニカの言葉がよみがえった。

自分がしたいと思ったことだから、やってみなければ、一生後悔するのはわかってた。

そのとおりだ。

そして、またルークは大きな衝撃を感じた。自分がジャニカを愛していることはわかっていた。けれど、今初めて気づいたことがある。ジャニカはルークの存在そのものなのだ。

24

ジャニカは散々な気分で目を覚ました。

　これほどひどい二日酔いの朝は、寝返りを打ってもう一度眠るに限る。ただ過去の苦い経験から学んだことがある。残念ながら、このまま眠ってしまうと数時間後に目覚めたとき、気分はさらに悪くなっているのだ。だから今すぐ起きて、痛み止めをのんでおかなければならない。

　ところがシーツをはねのけようとしたとき、激痛が体を走り、ジャニカはううっとうなるだけだった。

「動いちゃだめだ、スイートハート」

　すぐにルークの声だとわかった。どこにいても、彼の声ならすぐにわかる。ものすごく温かくて、どうしようもなくセクシーで。彼の姿を確認しようとしたのだが、砂嵐に顔を向けているような感じで、うまく目が開かない。

　突然、強い恐怖がジャニカを貫いた。いったい何が起きたのだろう？

ジャニカは痛みに負けないよう、この眠気を払いのけて頭をすっきりさせようとした。そのとき、額に彼の唇を感じた。そして「しーっ、大丈夫」というやさしい声。すっかり落ち着いた彼女は、またうとうとと眠りに落ちた。

＊　＊　＊

「喉、からから」
プラスティックの水差しの縁が口に当たる。ごくんと飲み込もうとしたとき、ルークの声が聞こえた。「一度に口いっぱいにしてはだめだ。ゆっくり、少しずつな」まったく同じ言葉をかけられたことを、ジャニカは鮮明に思い出した。二人でベッドにいたとき。ジャニカは彼のものを、ひと息に全部口の中に入れようとしたのだった。確かに今もベッドにいるらしいが、愛の行為をしていないのは明らかだ。

どこもかしこも痛い。突然彼女の頭に、いろいろな場面が次々とフラッシュバックした。飛行機を降りた。タクシーに乗った。トラックがバンパーを落とし……あとは痛みと暗闇。

そして体の芯からわき上がるルークに焦がれる気持ち。彼の腕の中に戻りたい。温かな彼の胸で安心したい。

まぶたがくっついたように重かったが、それでも何とか目を開いた。

飛行機を降りたときに考えたとおり、ルークの病院にやって来たのだ。計画とは少しばかり異なる方法で。

「愛してるよ、スイートハート」

彼のやさしい言葉に、ぼんやりとしていた視界がはっきりして、ルークの顔に焦点が合った。そして、彼の頬を涙がこぼれ落ちるのが見えた。

「愛してる」ルークの言葉にはたくさんの感情がこめられ、声が涙でくぐもっていた。

ぼんやりとした頭で、体じゅうに痛みを感じていても、すべてが変わったことがジャニカにはっきりわかった。

今ルークが口にした愛は、以前彼が抱いていた感情とは異なるものだ。

「私も」ジャニカはそう答えたが、言葉を発すると体じゅうが痛くて、うっと身じろぎした。

「きちんと呼吸して。僕は君を置いてどこにも行かないから。約束する」

そのうち看護師がやって来て、さらに痛み止めをのまされたが、ルークはずっとジャニカの手を握ったままで……それどころか、涙を隠そうともしなかった。

その上、ジャニカへの愛情も。

ジャニカの目に映ったのは、彼の自分への愛。他の何よりずっと欲しかったものが、はっきりと見えた。しかし彼の愛の強さが認識できてくると、急にジャニカはこんなのが現実のはずがないと思い始めた。

今度は、ジャニカがたずねる番だった。「どうやって、そんなことが？」

「どうやって、って何がなんだい、スイートハート？」

「どうやって、あなたは私のことが愛せるの？」

驚いたことに、ルークの口元にかすかな笑いが浮かんだ。彼はジャニカの額にかかる髪をそっとかき上げて言った。「愛してるのは、君が善良な人だから」

ルークの意図が、ジャニカにはすぐにわかった。ジャニカが彼に言ったことを、そのまま繰り返しているのだ。しかし、これではじゅうぶんとは言えない。

「私が善良な人間じゃないことぐらい、あなたも知ってるはずよ、ルーク」痛みで頭が朦朧《もうろう》とし、ずいぶん疲れてきたが、それでもどうにか反論することはできた。

「いや、君は善良な人だ」

「昔は違ったわ」

「あの当時ですら、僕は君を愛してた」少しばかりいたずらっぽく、ルークの瞳が輝いた。「君が悪さばかりしてるときでもね。君と一緒に悪いことをしてみたかった」

思わぬ告白を聞き、ジャニカはどう答えていいかわからなかった。黙っている彼女を次の言葉が貫いた。

「愛してるのは、君が誠実な人だから」

もちろんこれまで嘘をついたことはないが、それでも言っておかねばならないことがある。「私には、あなたの知らない部分があるの。私の過去について。私がどんなことをしてきたかについて。あなたが眉をひそめるようなこと」

慌てて話し始めると、ルークの指が唇に立てられ、それ以上言えなくなった。「僕は今の君を愛してるんだ。それから約束しておくよ、スイートハート。過去も含めて、僕は君という女性を愛している」

「そんなの無理だわ」

「無理じゃないさ。君のすることすべて、君という人のすべてを僕は愛している。どこかを除いてということはないんだ。過去も現在も、未来も」

ルークの口からこんなことを聞く日が来るとは、思ってもいなかった。過去のことも含めて彼が自分を愛してくれるなど、夢でもあり得ない。そしてふと理由を考えついた。

「私をあるがまま受け入れ、愛してくれる人に出会えるなんて思ってなかった」涙がとめどなくこぼれ落ちる。彼が愛してくれる理由に納得がいった。

「君に愛情を感じることがどれほど簡単か、知ってるかい?」

顔を左右に振ると、刺すような激しい痛みを頭部に感じた。びくっと体を動かしたが、痛みのせいではない。ルークの言葉が信じられたからだ。心のいちばん奥で、本当の意味で自分を愛してくれる人などこの世にはいないとこれまで思っていた。なぜなら、ジャニカ自身が本当に自分のことを愛していなかったからだ。自分を受け入れることができなかった。

「知らない」ジャニカは小さくつぶやいた。

「君を愛するのは、君が心配りのできる人だから。愛してるのは、君がやさしいから。僕以外の誰にも見せない、君のやさしさが大好きだ。愛してるのは、君以上に愛情深い人はいないからだ」ルークが顔を近寄せ、ジャニカの唇に彼の吐息がかかった。

「君が君でいてくれること、それが君を愛する理由だ」

そう言うと、ルークはそっと口づけた。本物の、深い温かさがジャニカの体に広がり、彼女の心の奥深くにしみ込んでいった。

やっと、本物の愛を見つけたのだ。ジャニカは奇跡が起きたと思った。

25

ジャニカが暗闇で目を覚ますと、ルークはまだ彼女の手を握ったままだった。ベッドのすぐ横に持ってきた椅子に座り、頭をベッドに預けているのだが、この姿勢だと、きっとあとで首が痛くなるに違いない。

ジャニカの体もまだ、ぼろぼろの状態のままだった。しかしそれは体の表面的なことだけで、しおれて何も感じなくなっていたはずの心の中は最高の気分だった。嘘みたいに最高。まったく一点の曇りもなく、ルークの愛情を信じることができるから。ジャニカが目覚めたことを感じたのか、ルークが顔を上げてほほえんだ。眠たげな様子がセクシーで、ハンサムで、ぴりぴりして細かいことにうるさい医師というこれまでの姿とはまったく違って見えた。事故の直前、ジャニカの最後の記憶は、どれほど強くルークを愛しているかということだった。そして何もわからなくなった。

「あなたが私を助けてくれたのね」

ルークの顔から笑みが消え、彼は手を放した。「違うんだ。僕じゃない。もちろん他の医師には、君に触れさせたくなかった。君を間違いなく助けてくれるのか、他の誰にも任せられないと思った。でも僕自身は治療にあたれなかったんだ。君の体にメスを入れるのは、自分自身の体を切り裂くのと同じだ」

ジャニカの体の中で温かなものが広がっていった。ルークが言葉をひとつ口にするたび、胸の鼓動がよりしっかりと確かな音になっていく。「他の人に譲ったの？」

「ごめん、ジャニカ。僕がそこまで強くなくて。本当は僕が担当すべきだった」それを聞いて、ジャニカはルークに抱きつきたくなったが、腕を上げる力もなかった。仕方なく彼の手をぎゅっと握って伝えた。「ね、まだわからない？　あなたは私を救ってくれたのよ。私に必要な処置が何かを判断し、その処置がきちんとできる人に私をゆだねたの」涙が頬を伝い、ジャニカは言葉を切った。「その結果、これからも私はあなたを愛し続けることができるのよ、ルーク。それを可能にしてくれたのはあなたなの」

＊　＊　＊

ジャニカは意識が戻ったばかりで、体力もないのはわかっていたのだが、ルークはまたキスした。そっと唇を重ねただけだったが、そうせずにはいられなかった。するとジャニカがキスを返してきたので、驚いた。ジャニカ・エリスというのは、まったくタフな女だ。

　そしてそのタフな女は、ルークのものなのだ。

　彼女の今の言葉を信じたかった。ジャニカの命を救うにあたって、自分も何らかの役割を果たしたのだと思いたかった。

「あなたの頭の中が、猛烈に回転してるのが見えるわよ」ルークの様子をじっと見守っていたジャニカが言った。「このままじゃショートしちゃうわ。私にも話して、お願いだから」

　ジャニカのほうを見ると、茶色の大きな瞳がいっぱいに愛をたたえていた。彼女は理解してくれている。これまではジャニカを完全に信頼してきたわけではない。すべてを話してはこなかった。怖かったからだ。しかし彼女を失うことの恐怖は、何よりも大きいことがわかった。自分の心のいちばん奥底に隠した暗い秘密を打ち明けることよりも、彼女を失うほうが怖い。

「あの地震で、何もかもが変わってしまった」

「当然よ、みんなが大変な思いをしたもの」

「そういうんじゃない」今回ばかりは、いくら気遣ってくれるのだとしても、話をそらしてもらっては困る。「僕という人間が、だ。もしかしたら、ひょっとして、僕がもっといい子にしてたら、母は死ぬこともなかったんじゃないかと思った」

「あなたは当時、まだ小学生だったんでしょ？」

「その後二十年以上、僕はずっと母の死を償ってきた」

ジャニカの目からぽろぽろと涙がこぼれたが、ルークも泣いていた。ルークは涙など流さない男だった。二十年以上前の地震以来、ただの一度も泣いたことがなかった。

昨夜までは。

「そろそろ、母のことも終わりにしていい頃だと思う」ルークは、ジャニカの手の甲を親指で撫でながら言った。「今、そのことがはっきりわかった。君のおかげだ。僕には君がいないとだめなんだ。今までもずっと君を必要としていたんだ」

ジャニカは涙を浮かべながらも、笑顔を向けてきた。彼女らしい。「わかってるわ。私には前からそんなことわかってたの」そこで笑みを浮かべた口元がわなわなと震えた。「私もあなたがいないとだめだから」

そこでルークはまた考え込んだ。これこそがいちばん納得できないところだ。「どうして僕でないとだめなんだ？　君みたいに美人で、セクシーで頭のいい女性が。どんな男だって振り向かせることができるのに」

「何度もあなたへの想いを断ち切ろうとしたの。あなたがいずれ私の気持ちに気づいてくれるのを待ってるなんて、ばかばかしいって。でもだめだった。どうしてもあなたでないと。あなた以外の人を求めることなんて、今後もないの。子どもを持ち、将来をともにするのはあなたしかいない。頼れる夫であると同時に、情熱的な夜を過ごす恋人でもあり、さらに私のいちばんの親友であってほしいのは、あなたよ。あなたの悪い癖をいろいろからかったけど、そういうところもみんな大好きなの」

ルークはジャニカの言葉を懸命に理解しようとしたのだが、どうも納得できないところがあり、これから何度も聞き返さなければならないのだろうなと思った。「僕のほうは、君のおかげで楽しむことを覚えたよ。僕がこれまで気づかずにいたことや、見過ごしているものがあると教えてくれた。もう大事なものを見逃したくはない」

「心配しなくていいわ」ジャニカが思わせぶりな笑みを浮かべる。この笑顔が大好きだ。「とんでもないことをいっぱいさせてあげるから。私のせいで正気を失いそうになるわよ」ところがふと、ジャニカの笑みが心から楽しそうなものではなくなった。「でも公衆の面前であなたに恥をかかせるようなまねだけはしないわ。それからこの病院でも。ここはあなたの職場だもの」

ルークはまた、以前の会話を思い出した。そしてはっとした。トラヴィスについての話だった。**トラヴィスのリリーに対する態度を見てれば、今の彼がいい人だっていうのはわかるわ。でも、昔のトラヴィスがどういう人だったかという事実を変えるものじゃない。**

ジャニカの過去だ。なぜルークがジャニカを愛しているか、あれほど理由を並べたのに、それでもなお彼女は過去の自分の行動を恥じ、心配している。過去のことを持ち出して、責められるのではないかと不安なのだ。

ジャニカがこれまでどんな人生を送ってきたかについて、ルークはもう気持ちを伝えた。そしてそんな彼女と将来をともにするのは自分の決めたことだと告げた。しかし彼が本気でそう思っていることを、彼女のほうが信じてくれるまで何度でも同じことを言ってきかすしかない。「君がどんな人か、僕にはわかってるよ、ジャニカ。そのすべてを愛している。昔の君も、これからの君も、何もかもだ。僕が君という女性を恥ずかしいと思うことは、けっしてない。わかったか？　あんまり聞きわけのないことばかり言うと、お尻ぺんぺんしてやるからな」

ジャニカは驚いた顔でルークを見つめた。さまざまに入り混じった感情がその顔をよぎる。「わかった。お尻を叩いてもらうようなことにはならないわ。そういう目的のためには」

それを聞いて、こんな状況なのに、ルークの下半身が何となくもぞもぞした。「この先一生、ずっと僕は君を愛し続ける。一緒に笑い、愛を確かめ合う」そこで言葉を切り、にやっと笑った。「喧嘩をして君を膝に抱きかかえ、そのかわいいお尻をぺんぺんしても、必ず僕の気持ちをわかってもらうからな」

ジャニカも笑顔で答える。「私たち喧嘩するの？」

「そのあと仲直りだ」

今度はもっと大きな笑みが思わせぶりに帰ってきた。官能的な展開をたっぷり期待させる。「ええ、そうね」

26

二週間後、リリーとトラヴィスの恒例のクリスマス・パーティ

「今年のクリスマスは、今までと違う感じね」リリーがまだ退院して日も浅いジャニカをしっかりと抱きしめながら言った。ジャニカ自身も、この感情の変化が信じられずにいた。

リリーとトラヴィスの家は、例年どおり華やかな飾りつけがしてあり、友人たちが大勢集まって、クリスマス・ソングを奏でるバンドまで用意されている。トラヴィスが、妻をちょっと借りるよ、とリリーを抱き寄せると、彼女は笑いながら、体に無理がないようにと座るジャニカのもとを離れていった。

そのときルークが部屋に入ってきた。彼の瞳がすぐにジャニカをとらえ、近づいてくる。「愛してる」ジャニカは息をのんだ。

この二週間、いつも耳にする言葉だが、それでも言われるたびに胸がいっぱいにな

り、ジャニカは何も言えず、キスしようと体をかがめてくる彼に、顔を突き出した。

「結婚しようか？」キスしながら、ルークがつぶやいた。

「ええ、できるだけ早く」ルークの冗談めいた笑い声がうれしくて、ジャニカも冗談を返した。

するると、突然ルークはジャニカの前にひざまずき、ジャニカの手を取った。「結婚していただけませんか、ジャニカ・エリス？」

友人たち全員の前で、正式に結婚を申し込まれたことにジャニカは驚いた。本来なら彼の腕に飛び込むところだが、まだ体力が戻っていない。「はい、ルーク・カーソン。あなたと結婚します」

「今すぐ、これからだ」

ジャニカはかぶりを振った。「どうやって？」

ところが、彼の返事は簡単だった。「なぜなら、僕は君を愛しているからだ」そのあとキスされると、ジャニカの頭からは細かいことなどすっかり消えていた。

＊　＊　＊

リリーの手が肩に置かれたのを感じ、もう一度ルークを愛情のこもった眼差しで見つめてから、ジャニカは姉に案内されて別の部屋に入った。リリーが美しく伝統的なウェディング・ドレスを目の前に差し出すと、ジャニカの目からとめどなく涙があふれた。

ジャニカなら絶対にデザインしないような純白のドレス。

完璧な結婚式の衣装だった。

まだ完全には体の傷の癒えないジャニカは、姉にすべてを任せた。着ていた服を脱がされ、ウェディング・ドレスを身にまとう。リリーは傷痕《きずあと》の痛々しいジャニカの顔にも軽く化粧をして、きらきら光るガラスのネックレスを首につけたあと、絆創膏《ばんそうこう》を隠すように薄いレースのベールを頭にかぶせた。

すっかり支度が整って全員が待つ部屋に戻ると、クリスマス・ソングを奏でていたバンドが曲を変えた。

結婚行進曲だった。

姉が何もかも用意しておいてくれたのだ。

医師からはもう歩いても大丈夫だと言われていたのに膝ががくがくして、ジャニカはリリーの手を借りた。顔を上げると暖炉の前にルークが牧師と並んでいる。その姿を見て、全身が震えた。

ああ、本当にこの人を愛している。

タキシードに着替え、胸元のポケットには緑と赤のリボンを飾ったルークは、これまでにないほどすてきだった。彼が家族と友人と同僚たちの前で、ジャニカへの愛を誓おうとしている。

ルークにずっと憧れてきた。その憧れの人と、こんな瞬間を迎えられるのは、夢だとしか思えない。

しかし、これは現実なのだ。奇跡のようなすばらしい現実だ。

リリーがぎゅっとジャニカを抱き寄せた。「大切な妹を任せられるのは、ルークだけよ」

「愛してるわ、お姉ちゃん。何もかも、ありがとう」

リリーに手を引かれて暖炉の前まで行き、そこでジャニカの手はルークに渡された。牧師が何かを話し始めたが、ジャニカはルークの瞳を見つめるだけで、何も耳に入らなかった。笑顔でジャニカを見下ろす彼の瞳に愛があふれ、それを見ていると胸がいっぱいになった。

どうにか、「誓います」と言うと、ルークも同じ言葉を告げ、左手に指輪をはめてくれた。見たこともないほど美しいリングだった。

「ここにこの二人を夫婦と認めます。誓いのキスを」

ジャニカが体の向きを変えるより早く、ルークが唇を重ねてきて、その瞬間ジャニカの頭はルークのことだけでいっぱいになった。そして自分がどれほどこの男性を愛しているか、同じだけの彼の愛で包んでもらえるのはどれほどすばらしいかということだけを感じた。

　歓声が起こった。リリーとトラヴィスがいちばん大きな声で二人の幸福を祝ってくれた。

＊　＊　＊

　ルークはジャニカを抱き上げたまま、自分の家に入っていった。ジャニカは目を閉じ、彼の胸に寄りかかっている。

「気分はどうだ？」

　事故からまだ二週間経ったばかりなので、ルークはあまり彼女に無理をさせたくはなかった。

「いい気分」ジャニカは、首に巻いた腕をぐっと引いて顔を近づけ、わざと乳房をルークの胸にこすりつけた。「エッチな気分」

　それを聞いて、ルークは最後の段を踏み外しそうになった。ジャニカは目を閉じたままで、本当に今の言葉が彼女の口から漏れたとは思えなかった。もうすっかり見慣れた、そして何度見てもうれしくなるあのいたずらっぽい笑みを浮かべてもいない。きっとすっかり体力を消耗したのだろう。

それなのに、今のひと言でいくぶん硬くなった状態を保ってきたルークの下半身はいっきに爆発しそうになった。

ジャニカを寝室に運び、ベッドに横たえると、彼女の腕がルークの首をつかんで放さなかった。「行かないで」

もちろんルークもここにいたい。彼女の体を愛し、その中に自分を埋めたくてたまらない。しかし、彼女が大事故に遭ってから、まだ二週間だ。瀕死《ひんし》の重傷を負ってもおかしくなかったたし、今でも彼女の体が、心配でならない。「今日はいろいろめまぐるしかったたから」

ジャニカの美しい瞳に、怒りの炎が燃え上がった。「陶器の人形みたいに扱われるのはもうたくさんよ」

するとルークのほうの怒りにも火がついた。「何なんだこれは？　結婚して一日も経たないうちに、もう逆らうのか？」

ルークの返事を聞いて、ジャニカの目がまた燃え上がったが、今度は怒りではなく妖《あや》しい光が宿る。「それなら、私を黙らせる方法を考えるのね」

ジャニカの挑戦的な言葉に、タキシードのズボンの下でルークのものがむくむくと大きくなった。彼女が何を求めているか、わかったのだ。二人ともが必要としていることを。

「ひざまずけ」

ウェディング・ドレスを着たまま、ジャニカはすぐにひざまずいた。タキシードの花婿の前で、次の命令を待つ姿はあまりに美しく、罪つくりだ。「僕をどれだけ愛しているか、行動で示すんだ、今すぐに」

ほっそりとした彼女の指が、ルークのズボンの前へと伸び、ファスナーをゆっくり下ろしていくと、結婚指輪のダイヤとルビーとエメラルドがきらめいた。

次の瞬間、彼のものは新妻の口の中に納まっていた。熱い唇がうずくものをしっかりととらえ、舌が興奮をあおっていく。あまりの快感に、これ以上は我慢できないことを悟ったルークは、すぐにジャニカをベッドに倒し、激しく深く突き立てた。

「愛して、ルーク」ジャニカがつぶやく。

ルークは、言われたとおりのことをした。

＊　＊　＊

妻をゆったりと胸に抱き寄せ、ルークは満ち足りた気分にひたった。「今のは少し、荒っぽかったかな?」

「ああいうのが、大好きよ」眠そうな声が返ってくる。「私の体が何を必要としているか、あなたには正確にわかるのね」その後しばらくジャニカが何も言わないので、ルークは彼女が寝てしまったのだと思っていた。するとほとんど聞こえないぐらいの声で彼女がつぶやいた。「私の心が何を必要としているかも」

ルークはそのまま新妻の温かさとやわらかさを腕に実感しながら、眠りに落ちていった。眠る寸前、ジャニカの言葉と、まったく同じことを彼も感じた。ジャニカはルークのことを他の誰よりも理解してくれる。体も、そして何より彼の心が、何を必要としているかを。

ジャニカだ。

今後もずっと。

サンタクロースが、人生最高のクリスマス・プレゼントを用意してくれた。ジャニカの愛情だ。

「メリー・クリスマス、僕の奥さん」

訳者あとがき

ホットなクリスマスの短編集、お楽しみいただけたでしょうか？　三作品ともｅブックスの形式で出された小品で、官能的なだけでなく、心も温かくなる、クリスマスにふさわしいロマンスではないかと思います。

作家についてですが、リサ・マリー・ライスの説明はもう必要ありませんね。傷ついたヒーローが穏やかな時間を取り戻す、彼女の得意なモチーフがクリスマスをテーマにしたストーリーに美しくちりばめられ、自身イタリアに住み、ご主人が外交関係のお仕事をなさっているご本人にとっても、思い入れがある作品のようです。

Ｎ．Ｊ．ウォルターズは初邦訳作家で、デビューは二〇〇四年、Ellora's Caveというリサ・マリー・ライスの〝真夜中シリーズ〟を出版したｅブックスのレーベルからです。現在もレーベルの人気作家として、バンパイヤものなどを含めて幅広いジャンルのセクシーなロマンスを次々に発表しており、現代もののコメディ・タッチの作風が特徴です。『ジェサミンのクリスマスの贈り物』もユーモアにあふれ、ヒロインに真摯《しんし》に向き合うヒーローの誠実さが温かくて、もっともクリスマスらしい作品ではないかと思います。

　三作の中では長さのある『ラブ・ミー』は、日本での出版のために作家が大幅に加筆、書き直しをしてくれました。ベラ・アンドレイは邦訳作が一点ありますが、名前の表記が異なりとまどわれた方もおられるかもしれません。作家本人から本来の発音に近いものにしてほしいと強い要望があり、「アンドレイ」にしています。彼女も上記のEllora's Caveでデビューのあと、現在はリサ・マリー・ライス同様メジャー・デビューを果たし、カリフォルニアの森林警備のエリート部隊を描いたシリーズが大人気になっています。

　実は最初にこのエリート部隊のシリーズを読み、セクシーでありながら、心にしみるせりふに胸を打たれてすっかりファンになり、クリスマスの短編がないかたずねてみたところ、この『ラブ・ミー』をクリスマス用に書き直すと作家本人から連絡をいただきました。読まれた方はおわかりのとおり、本作品の前にヒーローとヒロインの兄と姉が主役となる"*Take Me*"という話があり、最初は続編から出すことに抵抗があったのですが、オリジナルの"*Take Me*"では説明されないままだった親を亡くしたいきさつなどが語られ、こちらから紹介したほうがよりわかりやすいと安心した次第です。個人的には、昔のノーラ・ロバーツ作品――かなりセクシーではありますが――のようなヒロインが一途にヒーローを思いつめるところが大好きです。

キャサリン・コールターから「ジェットコースターみたいにわくわくする作品」と賛辞を贈られた森林警備のエリート部隊シリーズの第一話、"*Wild Heart*" もできるだけ早くご紹介できればと願っています。

◉訳者紹介　上中 京（かみなか　みやこ）
関西学院大学文学部英文科卒業。英米文学翻訳家。
訳書にライス『真夜中の男』他シリーズ三作、『闇を駆けぬけて』（扶桑社ロマンス）、ケント『嘘つきな唇』、ブロックマン『この想いはただ苦しくて』（以上、ランダムハウス講談社）など。

クリスマス・エンジェル

発行日　2010年11月10日　第1刷

著　者　リサ・マリー・ライス他
訳　者　上中 京

発行者　久保田榮一
発行所　株式会社 扶桑社
〒105-8070　東京都港区海岸1-15-1
TEL.(03)5403-8870(編集)　TEL.(03)5403-8859(販売)
http://www.fusosha.co.jp/

印刷・製本　株式会社 廣済堂
万一、乱丁落丁(本の頁の抜け落ちや順序の間違い)のある場合は
扶桑社販売宛にお送りください。送料は小社負担にてお取り替えいたします。

ISBN978-4-594-06298-9　C0197
Printed in Japan(検印省略)
定価はカバーに表示してあります。